媳婦說得是 3 完

風文創 508

沐榕雪瀟 著

目錄

第六十章　前世夫妻

暗衛送來消息，蕭梓璘看過之後，臉上浮起嘲弄的冷笑。陸太后正拉著海琇說話，兩人看他臉色有異，知道新得來的消息讓他嗤之以鼻。

「朝廷閒得太久，是該打仗了。」蕭梓璘見海琇和陸太后都一臉疑問，挑眉一笑，說：「鑲親王殿下和銘親王殿下在御書房慷慨陳詞，說若不跟北越國開戰有損我朝天威，支持者不少。這兩位連主帥、先鋒和副將都推舉好了，正商量戰術呢。」

陸太后冷哼一聲。「讓他們兩個去，一個為先鋒，一個為副將，沒打敗北越國誰也別回京。還有人支持他們？真是糊塗，打仗是鬧著玩嗎？皇上怎麼說？」

「朝堂內外人才遍地，我朝還怕和北越打仗嗎？沒打敗北越國就不讓他們回京，他們要想回來就給皇祖母拿十萬兩銀子，皇祖母真是高明。」

陸太后聽出蕭梓璘的話外之音，問：「你別跟哀家貧嘴了，到底怎麼回事？」

「我父王和銘王叔都爭著要代皇上陣前督戰，他們慷慨勇猛，讓孫兒佩服。」

「他們沒說要抬幾副棺材去嗎？」陸太后滿心疑問。鑲親王和銘親王都是只好風花雪月的富貴王爺，怎麼變得那麼勇敢了？就因為被北越勇士吊上樹了？

蕭梓璘與陸太后疑問相同，不過他已經找到了答案。掌管暗衛營多年，他已養成了習慣，一點不同往常的風吹草動都會用心留意。

「皇祖母不要長他國志氣、滅自己威風。」蕭梓璘嘴角挑起嘲弄。「好男兒當馬革裹屍，他們抬棺材做什麼？沒的累贅，一副也不用。」

陸太后沈默了一會兒。「璘兒，這到底是怎麼回事？北越那些人不是要磕頭致歉嗎？為什麼不見好就收，倒是他們非提和北越國開戰的事？」

「孫兒不只想見好就收，還想讓我朝和北越和平共處，這就是我帶琇瀅縣主來說明身分的原因。之所以沒先跟皇上說，就是想看看朝臣遇到這樣的問題有何反應，沒想到竟這麼反常。」蕭梓璘轉向海琇，嘻笑問：「美人，依妳之見，這是怎麼回事？」

海琇斜了他一眼，才硬著頭皮回答：「小女子以為銘親王殿下和鑲親王殿下是受人挑唆，才一致請求皇上向北越國開戰。」

陸太后眉頭一皺，沈聲道：「他們倆的政見、主張十有八九相悖，誰又能同時挑唆他們？再說向北越開戰這麼大的事，也不是三言兩語就能說通的。」

蕭梓璘衝海琇讚許一笑。「正因為他們多數時候不和，今日聯名上書，同時提出要和北越國開戰，才會有那麼多官員支持，就連諸多閣老們也同意了。」

「璘兒，你趕緊讓人去查，這可不是小事。」

「正在查了。」蕭梓璘剛要細說，聽到外面發來信號，他便出去，過了一盞茶的工夫，又回來，說：「半個時辰前，久不問朝事的葉磊求見皇上，代大長公主呈上請安的摺子。皇上見他精神不錯，就詢問他對今天上午發生的事有什麼看法？葉磊主張向北越開戰，還分析了兩國的形勢，說得皇上都動容了。他還說沐飛殺了我朝和親公主的子孫，我朝就要殺對北越攝政王至關重要的人祭旗。」

「誰是對北越攝政王至關重要的人？」陸太后問出這句話心裡就明白了，趕緊看了看海琇，又說：「葉磊安分了這麼多年，今日的言行舉動確實反常，難道葉家也知道沐公主未死，又與裕王世子隱姓埋名、生兒育女的事了？」

蕭梓璘冷笑道：「皇祖母，大長公主這些年可不像您那麼養尊處優，她費的力、操的心遠比您多。紙包不住火，只要有心，想知道什麼事都不難。」

陸太后沈思了一會兒。「璘兒，你想怎麼做？」

「孫兒釣魚最是沈得住氣，而且總想釣大魚。」

「對北越攝政王至關重要的人當然就是周家人，你想好怎麼護他們一家周全了嗎？你想沈住氣釣大魚，可若有人意圖傷害他們，你還能穩住不動嗎？」

「皇祖母放心，孫兒自有安排，若連他們也護衛不住，被掛在樹上的就是孫兒了。皇祖母只需把琇瀅縣主跟您說的事向皇上一個人透露一二即可。」

海琇輕咬粉唇看向蕭梓璘，正與他溫柔熾熱的目光相遇，兩人相視一笑。

回到正堂，看到李太貴妃、明華郡主和李冰兒都走了，海琇鬆了口氣。大概是因為清華郡主把河神點化之事講得太過生動，又見海琇頗得陸太后的心，眾人半信半疑的目光裡摻雜著羡慕嫉妒恨，複雜得令海琇心塞。

恭送陸太后回宮之後，海琇又跟清華郡主說了一會兒話，才同海珂一起回去。在府門口，碰到周氏去探望長華縣主剛回來，母女幾人回房說話。

昨天，長華縣主與柱國公府已分清了家產，連祖宅都一分為二了。長華縣主打算把祖宅重新修葺裝飾，另開大門，和柱國公府完全分開；等祖宅修葺裝飾完畢，她就要搬回祖宅居住，與她同時住進祖宅的還有她的繼子。

要過繼海勝只是長華縣主的一個幌子，家財、祖宅都分清了，海勝不願意過繼的消息馬上就要公開，到時候，長華縣主選擇海誠一家過繼也順理成章。周氏今天去探望長華縣主，就是要商量怎麼把這件事做得不著痕跡。

第二天，聖旨頒下，追封海朗為忠勇侯，襲五代，爵位由其繼子承襲。

與此同時，長華縣主請旨過繼海誠，由他襲爵的批覆也發下來了，海誠成了第二任忠勇侯；皇上大概嫌總是請旨麻煩，又在批覆裡注明立海岩為忠勇侯世子。

朝堂正為是否與北越開戰的事爭吵不休，弄得朝野上下人心惶惶，這一連串的喜訊砸得海誠一家歡喜不已，也調節了京城裡緊張的氣氛。

柱國公府自是雞飛狗跳。據說僅一天，砸壞的茶盞杯盤碎瓷都是用馬車拉的。

次日，海誠和周氏帶兒女去接長華縣主過府居住，好讓長華縣主兒孫繞膝，盡享天倫之樂。長華縣主獨居守寡多年，一朝兒孫俱全，自是老淚縱橫。

第三天早朝，皇上否決了與北越開戰的提議，表示願與新的北越皇朝重修舊好。詔書發下，京城百姓齊稱聖明，京城又恢復了一片祥和。

詔書發下當天，朝廷收到了北越皇朝的國書，北越國太上皇並攝政王沐呈灃七日之後到達盛月皇朝京城。國書上寫明他此行公私各半，而負責接待的禮部官員又撓頭了。

浮雲游移，夜風溫涼，燭影搖曳縷縷花香。

海琇坐在涼亭中，透過薄雲迷濛，遙望漫天星光。星輝灑在她的臉上，與燭光相映，潔淨的面龐亮澤生輝，沈靜的神態更似九天悠遠。

蕭梓璘坐在她對面，靜靜看著她，好像靜止一般，連眼睛也不眨一下。眼前的人不是那種奪目的漂亮，像一汪清泉，雖清澈見底，卻流淌著太多歲月的故事。

「你怎麼不說話？」海琇拉起蕭梓璘的手，輕輕撫摸他手心的繭子。

「不想說，累，今天在御書房說了太多話，嗓子都乾了。」

蕭梓璘拍了拍身邊的座位。說：「妳坐到我身邊來，我給妳講故事。」

海琇笑了笑，扶著他的手站起來，坐到他身邊，拿出一只精緻的天藍色荷包塞在他手裡。蕭梓璘接過荷包，又扶她坐下，嘴角挑起寵溺的笑意。

「朝廷不跟北越開戰，我也寬心了。」

蕭梓璘冷哼一聲。「一場有心之人設計的鬧劇而已，只左右一些蠢人。」

海琇沈默了一會兒，問：「葉磊和大長公主設計這場鬧劇，是為了挑起兩國的戰爭、從中得利吧？他們想得到什麼好處？」

「就憑他們現在的身分，還有那點見不得光的能耐，根本不可能挑起兩國戰爭，他們這麼做只是想轉移朝野上下的注意力，方便他們行事。」

海琇想問得詳細一些，話到嘴邊，又打住了。蕭梓璘查的都是隱秘的要案，該讓她知道的，自然會跟她說，有些事不讓她知道也是為她好。

蕭梓璘盯上了葉磊和大長公主，再露端倪，葉家危矣。

葉玉柔和葉氏都是外嫁女，就算葉家有罪，按律不會牽連她們。該怎麼做才能把她們捲進去，連蘇宏佑那個畜生一起除掉，又不牽連蘇家某些無辜之人呢？

這件事她不想讓蕭梓璘插手，她要自己去做，自己的仇自己的報。

「我明天想去清安寺找蘇瀅和蘇灩，看看清華縣主是不是能與我同去？」

蕭梓璘握住海琇的手，輕聲說：「明天別叫清華了，我陪妳去。」

「我和清華郡主之前約好了，為什麼不叫她？是不是她遇到麻煩事了？」

「算不上麻煩事。都是家中瑣事，妳不能插手，也幫不上忙，裝作不知道最好。」蕭梓璘邊說邊擺弄海琇的手指，扶起來，按下去，玩得似乎很盡興。

「你陪我去清安寺不會耽誤公事嗎？」

「不會，我隨時都在辦公事。」

蕭梓璘停頓片刻，又說：「蘇家有一位我的忘年交，我該去看看他。」
「你的忘年交？是蘇老太太嗎？」
「今晚的星星真美呀！」蕭梓璘岔開了話題。
海琇知道他不想回答她的問題，輕哼說：「你剛才還說要給我講故事。」
蕭梓璘攬住海琇，沈默良久，才說：「在西南省時，我恢復了記憶，知道自己是誰之後，腦子裡多了一些印象，不像是我這一世的事，就像作了一個夢。我查了許多書，又問了不少高人，得出的結論是那個夢是我的前世。在前世裡，妳是我的妻子，今年冬月我會和妳成親。我雖另有一個非常喜歡的人，她也愛慕我，我和她年少初遇，彼此一見傾心，但我還是娶了妳。」
海琇想問前世裡他喜歡的人是誰，話到嘴邊卻又打住了。只要蕭梓璘現在喜歡的人是她，管他的前世做什麼？她前世還是程汶錦時，不也愛慕范成白嗎？
「在鑲親王府，我是原配嫡出，排行第二，長子是李側妃所出。我母妃去世後，太后娘娘把我帶進宮養在身邊，直到我被封世子，李側妃才扶了正，我那位兄長也就成了嫡長子。他與鑲親王爵無緣，觸動了李太貴妃和華南李氏一族的利益。李太貴妃說若我要想穩坐鑲親王世子之位，就要放棄她，娶妳過門。」
海琇依偎在他肩膀上，靜靜聽他講述那些在他記憶裡憑空多出來的、好像夢一樣的故事。她聽得入迷，一句也不想問。

「妳就不想問些什麼？」

「不想。」海琇的粉唇畫過他的唇角，柔柔一笑，才說：「那些人逼你娶了自己不喜歡的人，你肯定對她不好，讓你的婚事不如意也是他們的奸計。」

「為什麼不想？我此刻說的這件事，隨便妳問什麼我都回答。」

海琇微微一笑，問：「你回想那個夢，可曾後悔自己委曲求全？」

蕭梓璘輕哼一聲。「不是後悔，是恨，恨那些逼迫我的人。」

「對，你應該恨，痛恨比後悔更有力量。」

「琇兒，妳為什麼不問我喜歡的那個人是誰？」

海琇輕輕一笑，說：「於我來說，她是誰並不重要，因為那是你一個人的夢，不是我和你共同的夢，你沒必要告訴我。保存在心裡，永遠是美好的，我不會傻到和你夢裡喜歡的人爭風吃醋。本來現在過得很好，又何必讓自己心塞？反正你在夢裡娶的是我，這就是緣分、是天意，你逃不開。」

蕭梓璘的夢是他對前世的記憶，有讓他心甜的、心酸的、心悸的、心痛的種種印象。而她在他的前世記憶裡只是沈悶呆憨的海四姑娘，才情欠缺、身分不顯，卻是他的妻。這一世，她是程汶錦和海琇的合體，還是他的妻，這就是生生世世的緣。

「我不想逃開，有時候回憶前世，就覺得自己太傻，比唐二蛋還傻。」蕭梓璘挑起她前額秀髮，低聲說：「我跟妳說一件事。在岳母逗唐二蛋說把妳許給他做媳婦之後，他就動心了，天天變著花樣想妳，尤其是晚上。」

「他怎麼變著花樣想我？」

蕭梓璘的頭埋進海琇的懷中，吃吃笑道：「男人本能的花樣，妳想知道？」

海琇明白他的意思，一把推開他。「接著講故事。」

「妳都不問我前世喜歡誰，還聽故事幹什麼？」

「別說是在你前世，就是現在你喜歡上別的女人，一見傾心，我又有什麼辦法？如果我還喜歡你，會千方百計保住自己正妃的位置，跟那些人鬥；如果不喜歡了，我會求和離，就這麼簡單。我肯定會悲痛傷心，但我更會善待自己。我外祖母臨終才看透，我母親到了西南省才看透，我現在就看透了。」

「太可怕了。」蕭梓璘趕緊站起來，跟海琇保持了距離。

海琇挑起眼角，面露不悅。「我很可怕嗎？」

「不是妳可怕，是聰明的女人太可怕。」

「聰明的女人能勘破世情、看透浮華，遇事不驚不怖，淡定以待。」海琇拉著蕭梓璘坐下，嘆息道：「想看透談何容易？就像我外祖母，她這一生經歷了太多波折，朋友出賣、丈夫背叛在她心裡留下了難以癒合的傷。」

蕭梓璘小心翼翼坐到海琇身邊。「想必妳已知道我夢裡喜歡的女子是誰了。」

海琇微微搖頭，似是否認，似是感慨，幽幽出語。「她是誰不重要，重要的是她最後輸了，輸給了她一直看不上眼、你也不喜歡的海四姑娘。」

在蕭梓璘前世的記憶裡，他喜歡誰，海琇已經猜到了，但她不想明說。蕭梓璘的前世與她的前世截然不同，對於那個虛無之境，她不想去觸碰，更不想被其羈絆。

「妳為什麼認為她輸了？」

「還記得你第二次在水中救我時嗎？那時候你還是迷糊懵懂的唐二蛋，生死攸關的時刻，你說『對不起，琇兒，是我害了妳』。當時我們在水裡掙扎，我看到你的眼睛很亮，不像呆呆的唐二蛋，那時你就已在恢復記憶了。當時我想不明白你為什麼會說這麼一句話，現在，聽了你跟我講的故事，我才明白了。在你夢裡是否曾出現過臨死前的情景？要是有，我想那一刻你一定想對你的妻子海四姑娘說一聲抱歉。在你最危險的時候，你想到的人是你的妻子，這就足夠了。」

蕭梓璘握緊海琇的手，沈思片刻，說：「在那些憑空增加的記憶裡，我喜歡的女子是程汶錦。我第一次見她時，她已是江東小有名氣的才女了。」

海琇並不吃驚，在蕭梓璘跟她講那個故事時，她就猜到他一見鍾情的女子是程汶錦了。在蕭梓璘的夢裡，程汶錦是程大姑娘，海琇是海四姑娘，她們是兩個截然不同的人，因為與蕭梓璘的愛恨恩怨，她們才有了交集。

而現在，她的身體是海四姑娘，靈魂卻是程大姑娘，兩人變成了一個人。

在她還是程汶錦的時候，初見蕭梓璘確實曾讓她眼前一亮，卻沒動心，因為她愛慕的人是范成白。人生若只如初見，這或許這就是陰差陽錯的緣分。

海琇笑了笑，問：「在你前世的記憶裡，程汶錦是不是嫁給你大哥了？」

「妳怎麼知道？」

「世子之位和心愛的女人你只能要一樣，你得到了世子之位，那些人為了洩憤，肯定會在你心裡捅刀子，有什麼比逼你心愛的女人嫁給你大哥、與你同處一座屋簷下更讓你心痛的？程汶錦的繼母也正想讓她難受呢，他們一拍即合。」

蕭梓璘咬牙冷哼。「妳真是太瞭解他們了。」

「是我瞭解惡人不擇手段的心性。當然，在有些人看來，你也是惡人一枚。」

蕭梓璘把海琇攬在懷裡，笑問：「妳還瞭解什麼？還知道什麼？」

海琇咬唇一笑，說：「我還知道你這個惡人不會放過他們，尤其會報復你那個娶了程汶錦的兄長，而報復他最高明的手段就是送他一頂綠帽，讓他……」

粉紅柔嫩的雙唇被堵得嚴嚴實實，清涼的薄荷氣息沁人心脾，在她被吮吸得有些窒息的時候，還能感受到來源於他的清爽涼意，讓她備感舒適。

溫和的夜風吹散了浮雲，天上星輝璀璨，夏夜溫柔如水。

第六十一章　忘年之交

第二天，海琇早早起來，去給長華縣主請安。

長華縣主已經起來了，海珂和秦姨娘正伺候她梳妝。看到海珂和秦姨娘臉色都不好，屋裡的氛圍也有些壓抑，海琇略帶歉意地看向長華縣主。

秦姨娘肯定又在為海珂的親事鬧騰，還鬧到長華縣主面前來了。海琇借為長華縣主取佛經的機會問了長華縣主的丫頭，果不其然，秦姨娘還想請長華縣主勸海珂，可海珂和沈暢的婚事早已說定，等沈暢的家人進京，連換庚貼帶六禮就一併辦了。秦姨娘還不死心，海誠說定的事她總想不作數，這不是找不自在嗎？

海琇厭煩秦姨娘那張萬事不如意的苦臉，跟長華縣主說了會兒話，就去看周氏了。她正跟周氏商量公開周家身分的事，就有下人來報，說清華郡主找她去清安寺。馬車停在門口，因時間緊急就不進來了，讓她快些收拾。

「快去吧！別讓郡主久等。」

行裝早就收拾好了，她跟周氏和長華縣主告知之後，就急匆匆上了清華郡主的馬車。蕭梓璘靠在車內的軟榻上，正查閱信件。看到她進來，他微微一笑，遞給了她一份摺子。摺子是內務部呈給蕭梓璘的，要確定他們的婚期。

「內務部在今年九月、十一月和次年二月分別選了日子，我還沒讓他們呈給海大人。妳先挑個日子，挑好了，我讓他們把其他日子都劃去。」

海琇面飛紅雲，低聲問：「有沒有比次年二月更晚一些的日子？」

「沒有，只有更早的，說不定下月就能挑出好日子。」

「那算了，還是次年二月吧！」海琇挑嘴輕哼，拈酸道：「殿下的四位側妃什麼時候進門呢？她們都年紀不小了，連程三姑娘都比我大，肯定比我更著急。」

「不是四位，是三位，到過門的時候還剩幾位，我也不知道。」

海琇聽出蕭梓璘的話外之音，忙問：「什麼意思？」

「連潔縣主肆意撒潑，讓北越人看了笑話，有辱國體。逍遙老王妃上書太后娘娘，並轉呈皇上，請求削去連潔縣主的封號，並廢去她臨陽王側妃的位分，恩准其削髮出家。皇上和太后娘娘都准了，今天逍遙老王妃親自送她去了西山寺。」

海琇撓了撓頭，強笑道：「這也太狠了吧？」

「狠？哼！若非看在逍遙老王妃與太后娘娘相交多年，這還太便宜她了！」

蘇漣觊覦臨陽王正妃之位多時，叫囂著非蕭梓璘不嫁，還請蘇賢妃和葉淑妃出面玉成。最終身子被污，毀了名節，嫁到英王府為妾，弄得求生不得、求死不能。

連潔縣主被削了封號，名聲也毀了，最終削髮出嫁，還算得了便宜。若不看逍遙王府的情面，連潔還能有多慘，海琇不敢想。

飛蛾撲火只為一瞬的光明，與光明擦肩而過，就是無休無止的黑暗。

蕭梓璘見海琇縮成一團，正膽怯地看著自己，問：「妳幹什麼？」

海琇可憐巴巴地說：「我想躲你遠點，我也覬覦你了，我怕你收拾我。」

「妳是躲不開了，前生、今世，還有來生，妳負債累累，還想躲嗎？」蕭梓璘眼底充滿寵溺的笑容，把她摟進懷中上下其手，嘴也不老實了。

海琇掙扎了一番，無濟於事，反而被他抱得更緊了。她只得以最舒服的姿勢靠在他懷裡，看書、喝茶、吃零食，不時跟他調笑幾句。

情長路短，滿車甜蜜，很快，他們就到了清安寺。

蕭梓璘把海琇主僕送到客院，讓知客僧安頓海琇主僕，他就去找他的忘年交說話了。知客僧先給海琇主僕安排好住處，才帶她們去了蘇家的院子。

蘇老太太帶蘇灩去誦經了，蘇瀅正在給蘇老太太煎藥。看到海琇來了，蘇瀅迎上來，未語先落淚。海琇看她哭得傷心，忍不住心生悲愴，連聲嘆息。

「蘇灩現在怎麼樣？」

「她本是爽快活躍的性子，現在就像變了一個人，我看她都生無可戀了。老太太想給她報病，讓她在清安寺帶髮修行，不讓她嫁；她雖願意，可她母親鬧騰得厲害，自己想不出好辦法，還不聽老太太的，真是作死。」

海琇唉聲長嘆，說：「一會兒我勸勸她。」

「妳還是別勸她了，許多事情無法改變，她看得太透澈、想得太明白反而更難受。妳和她是閨蜜好友，要想寬慰她，就陪她靜靜坐一會兒。」

海琇點點頭，沒再說什麼，唯有一聲長嘆。

錦鄉侯府裡凝聚了她太多的怨和恨，把蘇家某些人噬骨剝皮，都不足以平息她的激憤，但冤有頭，債有主，她不想讓她和蘇家的恩怨牽連蘇灩和蘇瀅。她想報仇，卻總施展不開，也是因為這些情意牽絆了她的手腳、束縛了她的心。

「蘇瀅，我能為妳做些什麼？」

「我說什麼妳都能幫我？」蘇瀅眼底流露出幾分期許。

「只要我能做到，我都會幫妳。」海琇語氣鄭重。

她真的希望能幫蘇瀅和蘇灩做些什麼，最好能將她們妥善安置。她想報仇就得算計錦鄉侯府，蘇瀅和蘇灩難免會受到牽連，她想盡可能地替她們做些什麼。將來有一天就算是做不成朋友了，她心裡也不至於太愧疚。

蘇瀅點頭致謝，說：「我想把自己嫁出去，找一個不怕被蘇家牽連的男人。」

海琇並不吃驚，沈思片刻，問：「妳還是覺得他不錯，對嗎？」

「他確實不錯，但他擔當不夠。唉！也不能說他擔當不夠，而是蘇家的現狀讓人望而止步；而且，我不想做側妃，我很霸道，我想讓那個男子就只有我一個。」

程汶錦不明不白地死去，范成白為給她報仇，一番運作，就讓蘇氏一族答應讓蘇宏佑為妻守制三年。這本是夫妻情深的佳話，卻只是表相，事實上，這恰是蘇家江河日下的轉捩點。宮宴上，蘇漣鬧出那麼大的醜事，丟盡了蘇家的面子，致使蘇氏一族都在人前抬不起頭來，蘇瀅是蘇漣同父異母的親姊，名聲能不被帶累嗎？

蘇瀅雖喜歡六皇子，但因她的出身限制，只能給六皇子做側妃，所以，她想把那份美好的感覺沈封在記憶裡，成為永恆，不輕易去觸碰。

海琇重重點頭，說：「我會盡心為妳辦好這件事，相信我。」

「我信妳。」蘇瀅握住海琇的手，低聲說：「從妳第一次給我寫信，我就感覺到妳對蘇家事的事特別關心，我琢磨了很久，確定妳和蘇家無親無故，那麼，或許是有仇吧。琇瀅，我被這個家束縛了太久，也恨透了，我也想衝開枷鎖，只是有些事心有餘而力不足；我和蘇灩終究會離開蘇家，希望我們不會成為妳的顧慮。」

海琇微微一怔，隨即笑了笑，說：「我去看看蘇灩，偷偷看看她。」

「好。」看著海琇離去的背影，蘇瀅一聲長嘆，忍不住輕聲抽泣。

海琇快步出來，倚在門外，長嘆一聲，沒見著自己的丫頭，只看到了飛花和落玉。

「荷風她們呢？」

「回縣主，她們回房休息了，殿下吩咐我們二人伺候並保護縣主。」

「有勞了。」海琇看了看她們，輕哼道：「他讓妳們伺候並保護我，說白了還不是監視？我要真想做些什麼，有妳們這兩雙利眼盯著，還不是束縛？」

「縣主多心了，殿下讓我們伺候您並保護您，不是監視盯稍，我們會按殿下的吩咐做事。說得直白些，監視盯稍很累，我們不會自討無趣、自找麻煩。」

「飛花的意思想必縣主也聽明白了，只要縣主不背叛我們殿下，不行違法之事，不出賣社稷朝廷，妳做什麼我們都不會干涉，還可以幫忙，並替妳保密。」

「真的？那太好了，我信妳們。」

飛花和落玉抱拳應聲。「多謝縣主信任，縣主有何吩咐？」

「我想去後山祭拜故人，妳們替我備車馬，並陪我同去。」

很快，飛花和落玉就準備好了馬車，並趕到清安寺的後門。飛花趕車，海琇和落玉坐在車裡，閒來無事，海琇就給她們講起程汶錦賽詩擇婿的故事。不用她多講，飛花和落玉便知道程汶錦是因被人設計才所嫁非人。

「縣主，前面有一駕馬車，看樣子也是朝程大姑娘的墓地去了。」

海琇愣了一下，說：「靠邊停車，落玉，妳去看看前面那輛馬車坐的什麼人？」

落玉應聲而去，身影迅速快捷，僅用了一盞茶的工夫，她便回來了。前面那輛馬車裡坐了兩個熟人，小孟氏和程文釧，她們去給程汶錦上墳了。

海琇冷哼一聲。「今天是什麼日子，怎麼這時候去上墳？」

「回縣主，上墳不分日子，只要有心，隨時都可以。午時日光最好，陽氣最旺，是上墳的好時候。據說上冤鬼之墳最好趕在午時，不容易撞上鬼。」

小孟氏心裡有鬼，想必程文釗也知程汶錦的死因，午時上墳，以求心安。海琇靈機一動，計上心來。凡事都有適得其反，小孟氏做了虧心之事，還想心安嗎？

「飛花、落玉，我想拜託妳們一件事。」

「縣主無須客氣，有事儘管吩咐，提前聲明，裝鬼嚇人之事我們不做。」

海琇乾笑幾聲，問：「為什麼不做？怕嚇到妳們殿下的程側妃？」

飛花和落玉齊聲回答：「不是，有失暗衛營水準，不夠乾淨俐落。」

「知道了，我沒打算讓妳們扮鬼害人。」海琇否認得很勉強。

她確實想讓飛花和落玉幫她裝鬼嚇小孟氏母女，聽她們說這不夠水準，她心裡一震。小孟氏敢毒死程汶錦，之前又害死了程汶錦的生母，難道還會害怕鬼嗎？裝鬼嚇人確實只是小打小鬧，不能痛快果斷報仇，也有失她的水準。海琇是知錯就改，善莫大焉的人，她馬上就調整了思路，重新思考起收拾小孟氏母女的辦法。

「放出消息，讓程三姑娘知道臨陽王殿下今夜留宿清安寺。」

飛花和落玉互看一眼，齊聲說：「縣主放心，程三姑娘不會錯失機會。」

「好，我們回去，我改日再去祭拜故人。」

海琇三人回到清安寺，得知蘇灩和蘇老太太還在誦經，她就回房了。吃過午飯，她躲在床上閉目沈思，竟然睡著了。

睡醒之後，聽丫頭說小孟氏和程文釗也在清安寺的客院住下了。剛才下起雨，天氣不好，小孟氏母女正好住下，也和蘇老太太敘敘舊。

即使是小孟氏母女送上門，憑她一人之力，想對付她們也不容易。她需要蕭梓璘幫忙，可她不想跟他說實話，尤其不想讓他知道自己有害人之心。

梳洗完畢，海琇想去找蕭梓璘，該怎麼說、怎麼做，見了面才知道。看到飛花、落玉在院子裡伺候，海琇讓她們進屋休息，她打算在客院散步，只帶荷風隨身伺候。剛走上院門外的長廊，就見烏蘭察溜進了長廊拐角處的花叢中。海琇衝荷風做了噤聲的手勢，輕手輕腳靠近花叢，裝作無意間經過。

「姓烏的，你還算不算兄弟？」

「怎麼不算？我就你和小融融兩個好朋友，我對你們的情意勝過對禽獸。」

「那你還對我下狠手？你看，我手上的傷就是你的彎刀留下的。我身上別的傷口都塗了藥，就你留給我的刀傷不塗藥，你知道為什麼嗎？」說話的是個年輕男子，不是京城口音，跟烏蘭察說話的語氣很是矯情，顯然跟烏蘭察很熟。

海琇聽這男子的聲音很熟悉，只是一時想不起來了。

「我也是情非得已，我現在不想讓小融融知道我和你認識。禽獸說現在烏什寨不夠強大，想與盛月皇朝交好，好讓盛月朝廷封賞為王。小鳥鳥，你救過我的命，我不會傷害你，可又不能把禽獸的話當耳旁風，小鳥鳥，你……」

「你再叫我小鳥鳥，我就、我就割了你的鳥。」

海琇聽到男子發狠的話，這才聽出跟烏蘭察說話的男子是沐飛。沒想到他跟烏蘭察認識。這「小鳥鳥」的名字，再配上烏蘭察細膩傲嬌的語氣，真是太銷魂了。實在忍不住，海琇笑出了聲，驚動了在花叢後面說話的沐飛和烏蘭察。海琇沒打算跑，但她怕荷風受驚，才想轉身拉一把，一把刀就架到了她的脖子上。

「小察察，是我呀！」海琇小心翼翼地轉向烏蘭察，臉上流露出惡作劇的笑容。

「原來是妳呀，哈哈哈哈……」

「你笑什麼？」海琇和沐飛同時詢問。

烏蘭察衝海琇擠眉弄眼。「我知道是妳，可架在妳脖子上的不是我的刀，我就笑了。小鳥鳥，你千萬不要因為她聽到你我說話就殺了她，除非是因為她長得醜。她是盛月皇帝指婚的臨陽王正妃，你殺了她，再給臨陽王挑個漂亮的。」

沐飛仔細看了海琇幾眼，冷哼道：「小烏雲，你騙我，她長得不醜。比起清華郡主雖然確實差了許多，但比起我的奶嬤嬤好看多了，至少年輕幾歲。」

海琇見沐飛跟烏蘭察是同一副德行，膽子便大了，她輕輕推開他的刀，說：「我本來不醜，烏蘭察說我醜是想借你的刀殺了我，他明知我和你有親，才生了壞心。」

「我和妳有親？」

「是、是、是呀！」

海琇說的是真話，可聽她的語氣、看她的神態，卻像是在說假話。

「我不信妳。」沐飛冷哼一聲，指向荷風，問：「我和她有親嗎？」

「沒、沒、沒有。」荷風被寒光四閃的刀嚇壞了，趕緊說了她知道的實話。

沐飛用刀指向海琇。「妳的丫頭說沒有，妳想騙我？我看妳怎麼圓謊！」

「小烏烏，她沒騙你，她和你真是親戚。」烏蘭察一本正經說完這句話，又衝海琇擠眼道：「我最喜歡說實話，妳是知道的，妳長得醜也是實話。」

「小烏雲，她長得不醜，你再跟我作對，我會砍你一刀。」

海琇攤了攤手，實在不想理會他們了，再跟他們繞下去，天黑也說不清。別看烏蘭察表面上在京城遊手好閒、東串西逛，實際上可沒閒著。他跟蕭梓融混在一起，出入王府宮廷都容易，知道周家的往事並不新鮮。

海琇指了指烏蘭察。「你跟他說吧，省得我多費唇舌，你們說清楚再找我。」

飛花和落玉不願意裝神弄鬼嚇唬小孟氏，她正為報仇犯難呢，老天就把沐飛送來了，再加上一個總叫嚷著要替她報仇的烏蘭察，事情就好辦了。

海琇帶荷風去了蕭梓璘的院子，金大守門，看到海琇主僕來了，沒通報也沒多問，直接領她去了客廳。

第六十二章　認下義子

蕭梓璘正和人說話，可海琇掀簾子進去卻沒看到人。

「你在和誰說話？聽上去還相談甚歡。」

「女人，妳在用鼻孔看人知道嗎？妳這樣很不禮貌、很傷我自尊知道嗎？」一個奶聲奶氣的聲音從腳下傳來，嚇得海琇一聲驚叫。

一個三歲左右、粉白圓潤的男孩就跪在海琇腳下，正仰著頭看她。這個男孩看上去還很小，可他說話的語氣和神情卻流露與年齡不符的成熟與機靈。

「他、他是誰？」

蕭梓璘笑了笑，說：「他就是我的忘年交，現年兩歲零九個月。他想讓我收他為義子，我說這件事應該由妳決定。這不妳一進門，他就給妳跪下討好了。」

「我叫蘇闊，很高興認識妳，美女。」

海琇聽到這個孩子報出姓名，心裡頓時劇顫，幾乎要窒息昏厥了。

蘇闊是程汶錦的孩子，跟她雖已無血脈相連，卻靈魂相繫。

如果程汶錦沒有死，便會一直陪在孩子身邊，朝夕相處，母慈子乖。就算在蘇家的日子過得再艱辛，有親生骨肉相伴，他們母子苦中求樂，也會幸福。

點滴的幸福那些人都要剝奪，他們太可惡、太殘酷了。今天在這裡見到這個孩子，她心疼，也心悸，充滿怨恨，卻又滿心柔軟。她不能落淚，她不想讓蕭梓璘看到，不只怕他猜疑，更怕他的關愛太多，會成為她心裡的負擔。她沒有勇氣面對從前，因為害她的人還活著，甚至有的活得還不錯。

「美女，妳是不是想哭？不會是因為我——太帥、太可愛吧？」

海琇用力閉了閉眼，蹲下身，把蘇闊扶起來，低聲說：「看到你這麼聰明可愛，又跪下來迎我，我確實想哭；可聽說你是臨陽王殿下的忘年交，我又有些吃驚。我以為殿下的忘年交是一位白髮蒼蒼的智者，沒想到會是個小孩子。」

「美女，總說實話是一個很不好的習慣。」蘇闊拍了拍海琇的臉，轉身走了。

蕭梓璘輕哼道：「說實話不好？難道你愛聽假話？」

蘇闊乾笑幾聲，說：「我願意接受善意的謊言，拒絕惡意的欺騙。涉及我的某些問題，我真心不想聽實話，我還小，哄我是你們這些大人的樂趣和責任。這位美女得知我是殿下的忘年交，第一反應是吃驚，這是對我人格的鄙視。妳心存鄙視可以放在心裡，何必說得那麼清楚？這不是存心破壞氣氛嗎？」

海琇無奈一笑，說：「我向你道歉，因為我的真話傷害了你，可我沒有鄙視你的意思。說錯了話、做錯了事都要承擔責任，我會補償你的。」

「哦耶，妳想怎麼補償我？」蘇闊站到椅子上，終於與蕭梓璘一般高了。

蘇闊的舉止言行不像兩、三歲的孩子，卻也不乏可愛精乖、討人喜歡，只是對海琇而言，蘇闊還讓她感覺到濃重的心悸與悲愴。程汶錦已化作一具枯骨、一抔黃土，就埋在清安寺的後山上；現在的她是海家的四姑娘，是琇瀅縣主，是聖上指婚的臨陽王正妃。

她要替程汶錦報仇，讓那些凶手求生不得、求死不能，或者背著污名慘死；可對於這個孩子，她只希望蘇闊一生平安順遂、富足安康，希望他有一個光明的前途。

畢竟她和蘇闊早已沒有血脈聯繫，她心裡衍生不出那種能包容一切的母愛。

「美女，聽到我說話了嗎？妳想怎麼補償我？」

海琇笑了笑，轉向蕭梓璘，柔聲問：「你想收他做義子？」

「可以嗎？」蕭梓璘雖已作出決定，還是想徵求海琇的意見。

「蘇家人不配，你沒看到他們鬧出的那些事嗎？」海琇心裡湧出濃重的仇恨。

她和蘇家某些人有仇，恨起來的時候，心裡忿忿不平，難免會牽連蘇闊。冷靜下來想想，她也不想把蘇家人都一棒打死，可有時候她難以控制自己的情緒。

「美女，做人要恩怨分明。」蘇闊衝海琇做了幾個鬼臉。

海琇走過來，把蘇闊按在椅子上，高聲道：「我的話還沒說完呢。」

「快說。」蘇闊想掙脫海琇的控制，站起來，又被海琇按住了。

她一字一句說：「蘇家人不配，程汶錦配，你聽清楚了嗎？」

「哦，我是程汶錦的兒子。唉！我怎麼又叫她的名字？忘記避諱了。」

蘇闊拍手大笑幾聲，又跺了跺腳，表達自己高興的情緒。來到這個時空，認清了自己的處境，再看看錦鄉侯府的現狀，他足足悲摧了一年。反正他也是個奶娃，只要吃喝拉撒睡正常，誰也不注意他的心情。

第二年，他忍辱偷拉關係，撒嬌賣萌無下限，費盡心思謀劃了一年。過完兩歲生日，他開始實施自己的計畫。第一步，就是找個堅實的靠山，有錢有權有實力，有朝一日蘇家倒了，覆巢之下，他這只小卵只要活著，就需要供養他的後臺和金主。幾經篩選，他把蕭梓璘定為第一目標，開始瞭解這位朝堂實權人物的生平履歷。因為他看起來年紀太小，大人說話並不避諱他，他也因此知道了許多不為人知的隱秘。

老天不負有心人，他對蕭梓璘其人才剛有了初步瞭解，在宮宴上就偶遇了。蕭梓璘一箭數雕，讓蘇漣、英王和平王世子及他們的家人都丟盡了臉面，若沒有蘇闊這個小參與者，蕭梓璘的妙計也不會實施得那麼順利。

蘇闊給蕭梓璘一個大大的笑臉，討好問：「這麼說你答應收我為義子了？」

蕭梓璘指了指海琇，說：「關鍵是她答應了。」

「爹——」蘇闊叫得親切響亮，接著，他要管海琇叫娘，卻被海琇捣住了嘴。

「叫我琇姨，或者什麼都不叫。」

「好的，琇姨。」蘇闊扶著海琇跳下椅子，給他們二人磕頭見禮。

「給你的。」蕭梓璘送給蘇闊一把短劍，單看純金劍鞘，就知道這把短劍價值不菲。

「還有，以後叫我義父，留著爹這個詞叫你的生父吧！」

「義父、琇姨，實不相瞞，自我出生到現在，從未正眼看過我生父。」

「為什麼沒見過？他……」海琇明知故問，是想詳細瞭解蘇宏佑的現狀。

蘇闊哼哼一笑，說：「他就在錦鄉侯府，住在祠堂左邊的院子裡，平日不出院門，逢年過節或祭祖才出來，聽說是在為我生母守孝。我生母新死那年除夕，我曾祖母把我抱給他，讓他看看我，他大發脾氣，非要把我摔死，是奶娘連攔帶搶才把我抱過來。自那以後，我一見他就大哭，我曾祖母就不讓我們再見面了。他特別喜歡葉姨娘生的蘇涵，隔三差五就傳話讓奶娘和葉姨娘帶蘇涵去看他。」

程汶錦是怎麼死的，除了葉玉柔這謀劃者、蘇宏佑這動手的人，葉氏、蘇乘及蘇老太太都知道，蘇家怕程汶錦的死因敗露，迫於多方壓力，才讓蘇宏佑為程汶錦守孝三年。守孝期間戒淫樂、食素齋，不得隨便出院門，更不能出府門。對於蘇宏佑來說，這是嚴重的懲罰；對蘇家來說，這也是很丟人的事。按習俗，父母孝才守三年，蘇宏佑守妻孝三年，這可是本朝開國以來的第一重孝。

海琇暗暗咬牙，又微笑安慰蘇闊。「都說虎毒不食子，他第一次見你就要把你摔死，顯然這其中有所誤會，你也別在意，沒有生父疼愛，你還有義父。別看外面傳言你義父殺人不眨眼，其實他是心胸開闊又篤直守信之人。」

蕭梓璘看了海琇一眼，沒說話，卻笑得生動，顯然對海琇這番話很是受用。

蘇闊長嘆一聲。「我才不在意，我早就知道我生母是我生父殺的，他殺我生母是受葉姨娘蠱惑。像他那麼無情、愚蠢、狠毒的人，還是遠離的好。」

蕭梓璘瞇起眼睛，沈默片刻，問：「想過為你生母報仇嗎？」

「沒有。」蘇闊回答得很乾脆。「我若為我生母報仇，必須殺了我生父，這豈不是我的罪過？我不會殺他，但若有機會引導他走向滅亡，我倒樂意而為。」

海琇以不可置信的目光看著蘇闊，驚嘆道：「你真是個兩歲多的孩子嗎？你怎麼就能說出這番話呢？我真的不敢相信，難怪你會成為殿下的忘年之交。」

「信不信由妳。」蘇闊嘻嘻一笑，半句也不多說，拿起點心就吃。

蕭梓璘衝海琇眨了眨眼，說：「這世間總有許多離奇的事情，說不清、道不明，卻又不得不信。就像海四姑娘得了河神點化，突然像是變了一個人一樣。」

海琇笑了笑，沒說什麼。面對像蕭梓璘這麼聰明的人，有些事沒必要說得太清楚。其實，蕭梓璘一直對她得河神點化才變得聰明這件事半信半疑。

「還有三個月，你父親這三年妻孝就守完了。」海琇給蘇闊倒一杯水，餵他喝了，又說：「你生父守妻孝是逼不得已，他出來必會洩憤，你可要當心了。」

「琇姨放心，義父會保護我。」

「有些時候防不勝防，你義父就是派武藝高強的人保護你，也不可能處處周到。你年紀不大，卻是精靈乖巧之人，想必也知道該怎麼保護自己。」

保護蘇闊不成為蘇宏佑發洩的對象，最好的辦法就是除掉蘇宏佑。蘇宏佑很愚蠢，對付他沒必要精心設計，也無須用求生不得、求死不能的招數折磨他。

要是讓他死前看清葉玉柔的真面目，知道他疼愛的兒子不是他的就更好了。

海琇見蘇闊一直吃東西，好像對她的話不甚在意，又嘆氣道：「你父親守完妻孝第一件事必是把葉姨娘扶正，蘇涵成了嫡子，肯定忌恨原配所出的嫡長子。」

「琇姨，妳有什麼話就直說吧！」

海琇有些尷尬，好像自己深藏的心思被人一眼就看穿了一樣。她趕緊看向蕭梓璘，蕭梓璘低頭喝茶，臉上沒什麼表情，就像沒聽到他們說話一樣。

她心裡稍稍安定，攬著蘇闊小小的肩膀，說：「你的外祖母……」

「不是親的。」蘇闊打斷了海琇的話。

「你的外祖母不是親的，外祖父是親的；你母親出身程氏家族，程家還是你的外家，這些都無從改變。不管你是否和他們往來，在外人看來，你們是親戚。」

「是啊！義父、琇姨，你們說我該怎麼辦？」

海琇拉著蘇闊的手，輕聲說：「我帶你去見一個人，不，兩個人。你繼外祖母和程三姑娘，你小姨母，聽說她們午時給你母親掃墓去了。」

蘇闊為難搖頭。「我曾祖母不讓我見程家人，也不歡迎程家人上門。」

蘇老太太肯定知道小孟氏是殺害程汶錦的凶手之一，小孟氏裝出苦主的模樣，得到同情和安慰；而蘇宏佑卻被千夫所指，蘇家也因此丟盡了臉面。小孟氏自該被千刀萬剮，可蘇宏佑只是守了妻孝，就能抵一條人命嗎？

在蘇家，蘇老太太還算是不錯的人，可也沒想過還程汶錦一個公道。對於她來說，程汶錦只是嫁進蘇家的媳婦，一個外人，不可能與家人相提並論。

把蘇闊照顧好，也算是對程汶錦的補償。

蕭梓璘猜到海琇的心思，對蘇闊說：「去看看你外祖母也無妨，你曾祖母不會怪你；你認我為義父是可喜之事，應該讓她們知道，讓她們為你高興。跟她們見面後，凡事聽你琇姨的，記住，你只是一個不到三歲的孩子。」

「謹記義父教誨。」蘇闊還人模人樣的行了禮。

海琇拉著蘇闊走到門口，又回頭說：「我還有一件事想跟你說。」

蕭梓璘溫柔一笑，以低沈而充滿誘惑的聲音說：「晚上再說，我等妳。」

「哇噻，這裡可是佛門清淨地，二位施主一定要檢點為上。」

海琇粉面飛紅，一把甩開蘇闊，扭頭走了。蘇闊衝蕭梓璘做了鬼臉，快步追上她。蘇闊跑到前面，海琇和荷風走在後面。看到沐飛在拐角處衝她招手，海琇趕緊讓荷風帶蘇闊去了她們的院子，看了看四下無人，這才去見沐飛。

沐飛撲上來，給了海琇一個大大的擁抱。「妹妹，真是太好了。」

海琇推開他，皺眉問：「你信我是你的妹妹？」

「說實話，我真不敢相信，可我必須信。」沐飛回答得乾脆而實誠。

「我不明白。」海琇刻意和沐飛保持了幾步的距離。

沐飛撓頭一笑，說：「妳是我姑祖母的外孫女這件事，若是妳來跟我說，我絕不相信，但我相信小烏雲，他精靈古怪，卻從不騙人，更不會跟我說謊。別看妳長得誠實——用小烏雲的話說就是長得醜——可眼睛裡卻透著狡猾。還有，聽說妳跟清華郡主是閨中密友，我需要妳幫忙，所以我相信妳。」

這沐飛也是怪胎，跟烏蘭察有得一拚，海琇決定不跟他計較。

「聽到你中傷我的話，我是該罵你一頓，轉身就走，還是該……」

「妳該忍辱負重留下來。」

海琇冷哼一聲。「給我一個理由。」

沐飛湊到海琇身邊，低聲說：「小烏雲說妳有幾個仇人，他想幫妳殺了，妳說不用。我知道妳信不過他，妳應該相信我，畢竟我和妳是親戚。」

海琇不想讓烏蘭察幫她殺人，不只是因為不信任他，更是因為沒有理由讓他捲入她的仇恨。然而她雖想自己報仇，不願假手於人，多數時候卻都是心有餘而力不足。

正如沐飛所說，他們是親戚，用起來保險。

沐飛見海琇沈思，又說：「我祖父的鑾駕很快就到達盛月京城了，他此行國事只是其次，主要是為尋找他妹妹的下落。我提前跟妳熟識了，也好讓妳為我求求情。還有，我看上了清華郡主，想讓我祖父替我向盛月皇帝求親。妳在清華郡主面前也替我美言幾句，我不想勉強她，這就要靠妳的三寸不爛之舌替我遊說了。」

「你把我當什麼人了？我是媒婆嗎？」

「不不不，是小烏雲這麼說的。」沐飛乾笑幾聲，又說：「我手下有三十名隱衛，男女都有，武功、暗器、用毒及奇門之術都懂，全供妳差遣，怎麼樣？」

海琇聽沐飛這麼說，忖度片刻，說：「我還真有一件事需要你幫忙。」

「妹妹請講。」

「我還沒想好，等我想好了自會告訴你，但我說你做，你不許多問。」

「好，我傍晚再找妳。」沐飛聽到有人朝這邊走來，趕緊離開了。

海琇朝小孟氏和程文釧住的院子陰鷙一笑，回自己的院子找蘇闊。她要以帶蘇闊見外祖母這契機，攻破小孟氏的心防，讓小孟氏得到最殘忍的報應。

第六十三章 設計報仇

小孟氏本不想來祭拜程汶錦，但她拗不過程文釗，就一起來了。

程汶錦的母親死了二十餘年了，程汶錦也死了快三年了。作為殺死她們的真凶，這些年，小孟氏也會害怕，但她不相信死在她手裡的人還能折騰出什麼花樣。

妳們活著都沒鬥過我，死了照樣是手下敗將！這是小孟氏一貫的信條。

只是這幾天，小孟氏總是心神不寧，全因海琇幾天前在銘親王府彈奏了程汶錦譜的〈鳴春曲〉和〈吟秋曲〉。聽說不懂琴譜的琇瀅縣主比在場的才女都彈得好，可見功底之強；又聽說她之所以彈奏這兩首曲子的技藝不亞於程汶錦，是因為她得了河神點化。

小孟氏膽怯了，而且越想越害怕。

這世間有神靈存在，因為琇瀅縣主見過，又受益匪淺，人們不得不信。如果神靈存在，難道鬼魂就不存在嗎？小孟氏被擾得心煩意亂，突然想起一些事，又禁不住心驚膽戰。她陪程文釗來祭拜程汶錦，其實就是來求安慰，也有求原諒的意思，她計畫選一個黃道吉日，請幾位高僧法師給程汶錦做一場盛大的法事。

程文釗來祭拜程汶錦則是想求保佑、找靈感。

她現在是小有名氣的江東才女，出身書香大族，又有程汶錦之妹這塊金字招牌，她一直覺得自己在蕭梓璘的妃位爭奪中占了先機。

連潔縣主出局了，她少了一個強而有力的競爭對手；洛川郡主是再嫁之身，她根本不屑於比較；而憑她的身分和才藝，也能把海琪壓下去。

至於那位無才無貌的正妃，她從未放在眼裡。她認為，蕭梓璘願意納琇瀅縣主為正妃，只是囿於那一紙婚書罷了，根本沒有情意可言。

所以，程文釧的自我感覺很良好，認為自己將來能在臨陽王府一枝獨秀。沒想到形勢大反轉，那位無貌無才的正妃彈奏了程汶錦的曲子，技巧甚至遠超於她。

她感覺到莫大的壓力，這才不年不節地來祭拜，她想讓程汶錦在天之靈助她一臂之力，穩固她才女的地位，最好也跳出來點化她一番，讓她得到蕭梓璘的青眼。

還有，聽說蕭梓璘喜歡程汶錦，她來祭拜，不也能吸引蕭梓璘嗎？

祭拜回來的路上，天下起了小雨，路過清安寺，又聽說蕭梓璘在寺裡，程文釧喜不自勝。天氣不好，在清安寺躲雨借宿不都順理成章嗎？

程文釧正在涼亭吹風，看到丫頭進來，忙問：「打聽到了嗎？」

「打聽到了，臨陽王殿下就住在大殿後面那座院子裡，院子東邊有一個角門與客院相通，可自來了清安寺，臨陽王殿下就沒出過門，聽說……」

「聽說什麼？別支支吾吾的。」

「聽說琇瀅縣主也來了，是和臨陽王殿下一起來的。她住在客院西側，和臨陽王殿下的院子只有一牆之隔。那會兒，她去了臨陽王的院子，就沒、沒出來。」

「不知廉恥！」程文釧沈思半晌，剛想吩咐丫頭，就見小孟氏氣呼呼地進來。

「母親，出什麼事了？」

小孟氏看到程文釧主僕，面色有所緩和，沒說什麼，就進屋了。

程文釧知道小孟氏去見蘇老太太了，看小孟氏的樣子，就知道受了氣回來了。

自程汶錦死後，蘇老太太一直對程家人沒好臉色，這幾年，蘇家都不跟程家來往了，可小孟氏總想討好蘇老太太，這令程文釧很是氣悶。

「母親……」

「別問了，現在雨也停了，我們收拾收拾就回去吧！」

程文釧不想走。好不容易等到了一個能與蕭梓璘相處的機會，她不想放棄。

「母親，現在都申時正刻了，我們下了山，再趕路回城，等我們回去，城門也就關了。依女兒之見，還不如今晚借宿清安寺，明日一早回去呢。」

小孟氏剛想責令程文釧回城，就有丫頭來傳話，說琇瑩縣主來訪。

「她來幹什麼？」程文釧妒恨在心，暗暗咬牙。

「快請琇瑩縣主進來。」小孟氏趕緊換了一張笑臉迎出去。

見禮之後，海琇簡單介紹了蘇闊，並讓蘇闊給小孟氏和程文釧請安。小孟氏聽說蘇闊是程汶錦的兒子，當下就變了臉，費盡心思猜測海琇的來意。

程文釧對海琇很反感，可聽說蘇闊是蕭梓璘的義子，她當即又變得熱情無比。她是蘇闊的姨母，蘇闊成了蕭梓璘的義子，怎麼想她都覺得自己能夠先入為主。

「闊兒，快讓姨母抱抱。」程文釧笑臉盎然，彎下腰要抱蘇闊。

蘇闊如泥鰍般從程文釧的雙臂間滑開，又奶聲奶氣地說：「外祖母、小姨母，琇姨說妳們今天上午去看我娘了，妳們見到她了嗎？她還好嗎？」

程文釧一直保持下蹲的姿勢，聽到蘇闊的話，她才直起腰。蘇闊謹記自己是一個兩、三歲的孩子，問題簡單而直接，沒想到卻難住了程文釧。

小孟氏聽到蘇闊的話，心裡猛然一顫，別有意味的目光投向海琇。她聽著這句話很不對味，可從蘇闊一個小孩子嘴裡說出來，也沒什麼不對。

程汶錦已同她們陰陽相隔快三年了，她們怎麼可能見到她呢？可這話不能跟一個孩子說，小孩子的心思太純，他聽不懂，或許會絞盡腦汁地追問。

「闊兒，你外祖母和小姨母是去看你娘親了，但她們不可能見到她。因為你娘去了一個很遙遠、很遙遠的地方，現在是青天白日，她回不來。」

蘇闊衝海琇眨了眨眼，說：「我明白了。小姨母、外祖母，我知道了。」

「琇瀅縣主，闊兒是蘇家老太太的心肝寶貝，妳帶他出來可知會過蘇老太太？」小孟氏笑容溫柔，嘆氣道：「不瞞琇瀅縣主，闊兒快三歲了，我也是第一次見他。聽說蘇家人帶他到清安寺祈福，我們母女在寺中逗留也是想看看他，那會兒我去看他，蘇老太太……唉！琇瀅縣主，妳還是快些帶他回去吧！」

聽到小孟氏下了逐客令，海琇答應得很乾脆，程文釧卻不高興了。程文釧攔住蘇闊，並委婉地向海琇告辭，可蘇闊非拉著海琇一同留下。

「闊兒，你剛才說你明白了，你跟小姨母說說你明白什麼了？」

蘇闊精乖一笑。「義父說我娘死了，是被一些人害死的；琇姨又說現在是青天白日，我娘回不來，我就知道我娘做了鬼，鬼怎麼會白天出現呢？妳們白天去看我娘，是見不到她的。她知道妳們白天去看她了，晚上她一定來看妳們。」

海琇簡直太滿意了。這蘇闊真是個人精，一點即透，也不會讓人懷疑。

「琇瀅縣主，妳還是趕緊帶闊兒回去吧！」小孟氏面帶強笑，看向海琇的目光透出凜冽。

「釧兒，妳跟我進去，讓丫頭們趕緊收拾東西，我們下山。」

蘇闊雙手攏住嘴，喊道：「小姨母，我晚上陪義父吃飯，妳一定要來找我喲。」

「走吧！」海琇目的達到，拉著蘇闊趕緊離開。

蘇闊說晚上程汶錦會來看小孟氏和程文釧，她們難得相見，海琇必須幫一把。離開小孟氏母女下榻的院子，海琇就帶蘇闊去了蘇家人的院子。蘇老太太回來了，正跟蘇瀅說話，蘇灩還在大殿聽高僧講經。見到蘇闊，蘇老太太倒是很高興，可對海琇卻是不冷不熱，神色淡淡。

海琇跟蘇瀅說了幾句閒話，就回了臥房，躺在床上閉目尋思。聽到有人輕輕敲打後窗，海琇知道沐飛來了，就遣散了門外丫頭，讓沐飛從後窗進來。沐飛帶來的八個人，男女都有，房間都擠滿了。

海琇跟沐飛說了自己的計畫，沐飛不問因由，只問海琇想達到什麼效果？沒想到沐飛辦事如此痛快，海琇心裡踏實了，對他多了幾分信任，跟他說了自己想要的結果，沐飛便帶著他的人離開去準備了。

寺裡不供晚飯，知客僧單獨給蕭梓璘準備了素齋。蕭梓璘讓人給海琇送來了瓜果點心，又叫海琇去他的院子用飯。

海琇沒走角門，她從正門進入蕭梓璘的院子，在垂花門碰到了程文釧。程文釧正溫言巧語逗蘇闊說話，看到海琇，蘇闊很高興，她當即就黑了臉。金大來傳話，說蕭梓璘有公事要辦，讓海琇和程文釧帶蘇闊在餐室用餐。

晚飯吃完，天色也黑透了。

程文釧讓人取來琴，說是要教蘇闊彈琴，還跟蘇闊講程汶錦未嫁時填詞譜曲的逸事。隨後，她說要彈一首曲子讓蘇闊練習，卻彈了一曲纏綿癡情的〈鳳求凰〉。

蘇闊聽得很認真，只看琴譜不動手，又讓程文釧多彈了幾首。海琇靠坐在軟榻上一邊聽琴，一邊看書，不時點評讚許幾句，房間裡的氣氛倒也融洽。

「都進亥時了，義父還在處理公務嗎？」

守在院子裡的金大回答道：「殿下出去了，一會兒就會回來。」

程文釗眸光一閃，輕聲道：「時候不早，天色又不好，殿下出去幹什麼？」

「可能去找清安寺住持說話了。」

海琇換了個姿勢，輕咳了三聲，斜躺在軟榻上，繼續看書。

過了一會兒，就有丫頭來給程文釗送消息，說小孟氏不舒服，讓她回去。程文釗不認識來傳話的丫頭，心生警戒，但看到那丫頭給她使眼色，才決定回去。

來傳話的丫頭打著燈籠走在前面，程文釗抱著琴譜走在中間，後面還有兩個丫頭抱著琴。走了很長一段路，程文釗和她的丫頭才察覺這條路不對。

程文釗停住腳步，厲聲問：「妳是什麼人？要帶我們去哪裡？」

前面的丫頭舉起燈籠衝程文釗晃了幾下，指了指暗處。「程三姑娘請看。」

程文釗感覺眼睛不舒服，揉了揉，才朝丫頭指的方向看去。只見蕭梓璘身穿銀青色長袍，如暗夜裡一顆明亮的星星，正朝她走來，她頓時粉面含羞。

「殿下，您怎麼在這裡？」

程文釗沒想到蕭梓璘竟約她私會，真是又驚又喜。原來那傳話的丫頭是蕭梓璘派來的，看來蕭梓璘是被她用心彈奏的〈鳳求凰〉打動了。

「跟我來。」蕭梓璘衝她招了招手，轉身朝暗處走去。

程文釗欣喜若狂，趕緊朝蕭梓璘跑去，卻不知道與此同時，兩個抱著琴的丫頭忽地倒地不起。

大片厚重的烏雲湧來，聚積在清安寺上空，連暗淡的星光也被覆蓋了。閃電劈下，照亮了漆黑的大地，悶雷滾滾而來，在空中作響，雨應聲而下。

蘇老太太派了七、八個下人來找蘇闊，沒想到蘇闊卻摟著海琇睡著了。

「殿下什麼時候回來？」海琇問金大。

金大壓低聲音說：「北越太上皇在驛站遇襲，殿下聽說之後就下山了。」

「他什麼時候回來？」

「屬下不知，殿下派我護縣主周全，縣主儘管放心休息。」

「好，那我先回房休息。」

海琇回到臥房，看到桌子上有一封信，趕緊遣走丫頭，打開看信。信上只有八個字：一切順利，放心睡覺。金大帶人保護她，那些事也不需要她插手，是該好好睡一覺了。她吃了蘇瀅給她的安神藥，外面風雨大作，她睡得格外香甜。

她一覺醒來，天已大亮。

天晴了，紅日冉冉升起，樹枝上掛著晶瑩的水珠，清風微拂，吹落一樹清新。

「姑娘，您總算醒了。」荷風趕緊準備伺候海琇梳洗。

「有事？」

「咱們沒事。」荷風扶著海琇起來，低聲說：「聽守門婆子說，蘇家人住的那座院子昨夜鬧鬼，天沒亮就開始折騰，程家下榻的院子裡也鬧騰開了。」

海琇暗哼一聲。「趕緊洗漱更衣，過去看看有什麼需要幫忙的？」

她們先去了蘇家人居住的院子，到門口，正碰上蕭梓璘領著蘇闊出來。看到蕭梓璘一臉疲倦，臉色也不好，海琇趕緊詢問，又給蘇闊使了眼色。

「琇姨，不管您信不信，昨夜我娘真的回來了。」蘇闊嘆了口氣。「我娘說她和她的生母，都是產後最虛弱時被小孟氏灌了毒藥害死的。那種藥喝下去會大出血，症狀看起來像是產後血崩，她還說父親要摔死我。她跟我說了許多話，我曾祖母和四姑姑還有不少下人都看到她了，看得清清楚楚。」

海琇面露恐懼，看向蕭梓璘，顫聲問：「是、是真的嗎？」

蕭梓璘笑了笑，說：「跳樑小丑上不得檯面的伎倆，妳也會害怕？」

「我也覺得是有人胡鬧。佛門清淨地，怎會有鬼魅呢？」海琇拉著蘇闊的手安慰了幾句。「殿下臉色憔悴，還是回房休息吧！我來帶蘇闊。」

「好，午後我們回城。妳勸勸蘇老太太，最好同我們一起回去。」

「我這就去。」

「殿下、殿下！小女子的母親下落不明，求殿下相助！殿下，嗚嗚……」程文釧快步跑來，跪在蕭梓璘腳下，哭得梨花帶雨，身體輕輕顫抖。

今日，程文釧打扮得與往日截然不同。

她今天穿了一件粉紅色夏衫，刺繡別緻，襯得她人比花嬌。她粉面飛紅，看向蕭梓璘的眼神滿含嬌羞，即使哭泣都帶出了幾分哀怨。

以前，她總是模仿程汶錦，穿乳黃色、淡紫色、水藍色或乳白色的衣服。這些顏色的衣服與她的氣質不符，襯得她老了幾歲，一點少女的靈動也沒有。

東施效顰，白白埋沒了她的本色。

只是這麼顏色鮮豔的衣服並不適合在寺廟裡穿，尤其她為祭拜而來。可今早她還描了蛾眉、點了朱唇、撲了細粉，精心打扮過。

天剛濛濛泛亮，驚魂未定的程家下人就發現小孟氏不知道去向，都吵嚷著到處找人，在這種情況下，程文釧還有心情打扮自己，她的心有多大呀！

女為悅己者容，可程文釧此時取悅蕭梓璘未免不合時宜。她也是懂禮數規矩的人，難道她受了刺激或發生了不同尋常的事？海琇仔細打量程文釧，尋思片刻，心不由一顫。

蕭梓璘聽到程文釧嚶嚶哭泣，不由皺眉，看了金大一眼，沒說話。

金大回答道：「已經派人去找了，也通知了山下官府，程三姑娘靜待便是。」

「可都找了一個多時辰了，至今沒找到，小女子……」

「殿下、殿下，找到孟夫人了。」一名暗衛匆匆跑進來回稟。

「在哪裡找到的？她現在的情況怎麼樣？」

「回殿下，在後山的一座孤墓前找到的，人已奄奄一息。她全身上下一絲不掛，頭上、手上、身上都是抓痕，臉上還被咬出了幾個血洞，看傷口的樣子不像是人所為。跟我們一同找人的高僧說她中了屍毒，必須趕快醫治。」

聽到這番話，有兩個人同時昏倒了，一個是程文釧，一個是蘇老太太。

蕭梓璘把清安寺鬧鬼之事交給當地官府查辦後，就帶海琇回京了。

蘇老太太清醒之後，越想越害怕，半刻也不想在清安寺停留。他們一家決定回府，正好與海琇和蕭梓璘同路，一路上也能相互照應。

程文釧很想跟蕭梓璘在一起，只是小孟氏傷得很重，她走不開。蕭梓璘答應替她往程家送信，讓程琛和程文鋼父子趕到清安寺照應。

小孟氏的身體已腫成如一個碩大的包子，被抓、被咬的傷口都已發綠。她已清醒過來，被綁在床上不能動彈，整座清安寺都能聽到她聲嘶力竭的叫喊聲。

清安寺的高僧言明屍毒不能根治，只能試著給她配藥治療。治療期間，須嚴防她掙脫捆綁咬傷人，一旦咬了人，她會死去，而被咬傷的人會變成她現在的樣子。

海琇聽人說了小孟氏的情況，不禁渾身發冷，暗嘆沐飛等人手段狠毒。她想讓小孟氏求生不得、求死不能，沐飛做得很好，令她很滿意。小孟氏毒殺了程汶錦的生母，又毒害了程汶錦，這就是報應不爽、罪有應得。

蕭梓璘跟海琇交代了幾句，就騎上馬，走到了前面。

海琇看他情緒有點低落，知道他為清安寺的事鬧心，不知道該說什麼，只好沈默。憑蕭梓璘的聰明及勢力，很快就能查出這件事與她有關。

她沒打算欺騙蕭梓璘，但也不會跟他開誠布公地說，這畢竟不是什麼好事。

啟程時，海琇才見到蘇灩。

蘇灩都瘦成了木偶人，但精神還不錯，只是笑起來很勉強、很沈重。她再也不是那個靈動活潑、朗聲笑語、說起話來沒完沒了的蘇灩，這令海琇格外心痛。

蕭梓璘有事，把海琇的行程安頓妥當，把馬車留給了她，就騎馬下山了。海琇想跟蘇灩同乘一車，好好說說話，也寬慰她一番，可蘇灩神色淡淡，以伺候蘇老太太婉拒了，海琇無可奈何，只能默默注視，長聲哀嘆。

有些人、有些事一旦過去，就再也回不去從前了。

「上車吧！」蘇瀅知道海琇所想，不便多說，只能陪著她嘆氣。

蘇闊匆匆跑來，說：「曾祖母怕過了我病氣，讓我跟妳們坐一輛車。」

「好啊！路上有你聒噪，也不麻煩。」蘇瀅把蘇闊抱上了車。

海琇坐到車上，便拉住蘇瀅的手，說：「蘇瀅，妳一定要同我一起留在京城。」

蘇瀅吃了一驚，明白海琇的心思之後，又無奈一笑，重重拍了拍她的手。

「妳們這是要生離死別嗎？」蘇闊以不解的眼光注視海琇和蘇瀅。

蘇瀅拍了拍蘇闊的頭，笑道：「聽你一說，怎麼就那麼悲愴呢？」

蘇闊皺眉輕哼。「跟妳說過多少次了？男人的頭、女人的腰，不能隨便摸。」

海琇被蘇闊的神態逗笑了，撫平他皺在一起的臉，又往他嘴裡塞了一塊點心。

蘇瀅餵了蘇闊半杯茶，又嘆氣道：「妳別怪蘇灩冷淡，她現在……」

「別說八姑姑，是她自己想不開。」蘇闊嚥下嘴裡的點心，又說：「在錦鄉侯府，若學不會苦中作樂、自我開心，就算不被人害死，也會被自己苦死。」

「你還挺會自我安慰的。」

「當然。」

海琇認真地聽蘇瀅和蘇闊對話，心裡湧起蒼涼，又摻雜了幾分猶疑。她注視著蘇闊，想在他臉上找到程汶錦的影子，卻失敗了。一張屬於畜生的臉揮之不去，總與蘇闊稚嫩的面龐重疊，讓她無限懊惱，又恨得心疼。

蘇闊是男丁，即使百般厭倦，也無法從蘇家脫離出來，不像女子，出嫁了就是外姓人。蕭梓璘收他為義子，他有這座堅實的靠山，卻無法分離血脈的骯髒。

「闊兒，你現在是臨陽王殿下的義子，這件事很快就會在京城傳開，你想好怎麼應對了嗎？」海琇一隻手握住蘇闊的兩隻小手，又看了蘇瀅一眼。

蘇闊衝蘇瀅眨了眨眼，轉向海琇。「琇姨，我只是個孩子，這麼高難度的問題也要我應對嗎？您是臨陽王正妃，有人非議我們，您該出面周旋才是。」

「我該如何周旋？」

蘇闊輕咳一聲，裝模作樣唸道：「車到山前必有路，柳暗花明又一村。」

蘇瀅衝海琇寬慰一笑，說：「妳不必替他擔心，他是個年齡與心智不符的鬼精靈。府裡只要老太太還在，那些人就是想算計闊兒，也無從下手；再說臨陽王殿下既然收了他為義子，肯定會替他打算，妳放心就是。」

一路上，蘇闊、海琇和蘇瀅說說笑笑，很快就到了西城門。

第六十四章 進宮見駕

進城之後，蘇闊和蘇瀅坐上蘇家的馬車，飛花、落玉則護送海琇主僕回府。

「琇瀅縣主，殿下讓飛花和落玉留在貴府，貼身伺候並保護您。」

「好，替我謝過殿下。」海琇向金大道謝，並讓荷風安頓飛花和落玉。

今天府裡很清靜。海誠去了衙門，周氏去巡查鋪子，秦姨娘則帶海珂回了娘家，長華縣主被陸太后召到宮裡說話了。主子們都不在家，下人也就懈怠了。這倒很合海琇的心思，不用去給長輩請安，一路勞累，正好舒舒服服睡覺。

她簡單用了午膳，漱口淨手之後，躺在床上就要睡著時，傳皇上口諭的人到了。得知她正午睡，那人不讓叫醒她，直接去她的臥房傳了口諭。海琇睜開眼，看到來傳口諭的人是蕭梓璘，趕緊閉眼裝睡。

「昨晚沒睡好？也被清安寺鬧鬼驚到了？」

觸到蕭梓璘別有意味的眼神，海琇不淡定了。昨晚，沐飛怕蕭梓璘在清安寺不便行事，就藉口北越太上皇在驛站遇襲，把他調開了。可越是這樣，就越容易引起蕭梓璘的懷疑。

「平日不做虧心事，夜半敲門心不驚，我昨晚睡得很好，天亮了才聽說寺裡出事了。倒是你昨晚沒在寺裡，想必沒休息好，看上去很勞累。」

「沒事。」蕭梓璘坐到床邊，握住海琇的手，以溫柔而悠遠的目光看著她。

海琇坐起來，問：「你來傳什麼口諭？」

「皇上宣妳父母、哥哥還有妳明天進宮敘話。你們進宮後先到慈寧宮請安，皇上處理完手頭上的事務會召見你們，中午還會在慈寧宮設宴。」

「這麼隆重？」

「當然，北越太上皇的鑾駕後天就到京城了，朝廷沒準備怎麼行？」蕭梓璘見海琇面露擔憂，安慰道：「凡事有我，自會護妳周全，妳不必擔心。」

海琇的頭埋到蕭梓璘肩上，輕聲說：「謝謝你。」

蕭梓璘畫了畫海琇的臉，柔聲說：「妳若真想謝我，就讓岳母給妳準備豐厚的嫁妝。皇祖母總說女兒外向，妳將與我共度此生，要一心向著我才是。」

「這主意倒是不錯，又謝了你，又表明向著你，還能為自己攢私房。」

蕭梓璘點點頭，笑道：「我的主意不錯吧？信我，肯定讓妳受益。妳我即成夫妻，就要真心相待。妳操持家務，送往迎來，我信妳能成為我堅實的後盾，妳也要信我能為妳遮風擋雨，給妳一片寧靜，讓妳盡享歲月靜好。」

海琇兩手搭在蕭梓璘的雙肩上，低聲說：「我信你，也想讓自己終身受益。」

彼此都是聰明人，有些話點到為止，有些事心照不宣，這樣最好。即使是夫妻，朝夕相處，彼此信任，也不可能做到真正的親密無間。

她的前世蕭梓璘沒有參與，她要報前世之仇，也沒必要讓他捲入其中。前世對於她來說如同傷疤，她可以借蕭梓璘的力報自己的仇，但不想自揭傷疤於人前。

他們會成為恩愛夫妻，彼此珍重，因此，她才不想讓蕭梓璘看見她曾經的傷。

蕭梓璘看著海琇沈思，拍著她的手，淡淡一笑，一切盡在不言中。

海琇鬆了口氣，勾了勾蕭梓璘的小指，問：「兩位側妃過門的日子定好了嗎？」

「定好了。」

「需要殿下上門迎娶嗎？」

「按規矩，指婚的側妃也要上門迎娶。可兩人都想先進門，各不相讓，就定在同一天。我不能一天迎娶兩人進門，又分身乏術，乾脆全由公雞代替。」

「什麼？由公雞……」海琇沒喊出下半句，嘴就被蕭梓璘掩住了。

蕭梓璘指了指門外，問：「什麼事？」

「回殿下、縣主，海大人回來了，正生氣呢，管事請縣主去勸勸。」

「我去勸，妳接著午睡。」蕭梓璘抱了抱海琇，又扶她坐在床上。

「你先別走。我問你，為什麼要讓公雞代替迎親？」

蕭梓璘微微一笑，隨口問：「在江東有用公雞代替男子迎親的嗎？」

「也有，不過那都是貧苦人家，新郎重病或死了才用公雞代替，還有……」觸到蕭梓璘深深的目光，海琇的心猛然一跳，說到一半的話也戛然而止。

江東是程汶錦的故鄉，她生在那裡，又在那裡長到十七歲，自然知道江東的風俗。可海琇生在京城，六歲去了西南省，多年之後又回到了京城，怎麼可能知道江東的習俗？就算是看書或聽人說過，也不可能熟悉到順口拈來。可她知道，因為她是借住在海琇的身體裡的程汶錦，江東人氏。

一言不慎，防不勝防。

海琇嗔怪蕭梓璘詐她，很是氣惱，想哭想罵，但此時，她也感覺自己心裡那塊石頭慢慢著地。石頭一旦落下，不管降落的時候砸得多麼疼，落下就輕鬆了。

蕭梓璘雙手捧起海琇的臉，在她額頭上親了一下。「我去看看岳父，明天見。」

海琇推開他，倒在床上，頭埋進迎枕裡不再看他，聽到關門聲，才抬起頭。

荷風進來，知道她沒睡，便問：「文嬤嬤煮了酸梅湯，姑娘要喝嗎？」

「那還用問嗎？去給我裝一壺。」海琇心裡窩火，覺得燥熱難忍。

「文嬤嬤能讓姑娘喝一盞就不錯了，要是孫嬤嬤在，姑娘一滴都別想。孫嬤嬤說姑娘幾次落水，體內寒濕，怕成親後不好受孕，連寒涼的果蔬都不讓姑娘吃。」

海琇皺了皺眉，不想再繼續這個話題，又躺到床上養神去了。

「秦姨娘和二姑娘同老爺一起回府的，聽說去了秦家。老爺回來之後就大發脾氣，秦姨娘和二姑娘都哭得很傷心，府裡都議論呢。」

海誠是庶出的，若沒跟柱國公府分家，他還真不能光明正大跟秦家走動。秦家也知道這不成文的規矩，海誠回京城任職，也沒有要跟他來往的意思。

現在海誠從柱國公府分了出來，又過繼給長華縣主，襲了爵位，秦家就向他拋出了「繡球」。能與秦家像其他親戚一樣來往，秦姨娘自然高興，也賣力遊說。

長華縣主是明白人，自不會在這等小事上干涉海誠。今天是海誠第一次以親戚的身分到秦家作客，怎麼鬧著氣回來了？

海琇輕哼一聲，問：「府裡在議論什麼？」

「二姑娘的親事。」

又是海珂的親事，海琇聽到這問題都想撞牆了。秦家覺得銘親王府的三公子不錯，海誠和海珂卻看中了家無橫財的沈暢，意見相左，不鬧騰才怪。

周氏回來時，蕭梓璘已經走了，海誠也不生氣了。明天要帶正妻及嫡出子女見駕，他正積極用心地準備。

海琇到二門迎接周氏，見她一下車，就撲到她懷裡，倒把周氏嚇了一跳。周氏把海琇摟在懷裡，母女親暱地往裡走。

「姑娘這是怎麼了？」孫嬤嬤很納悶。

海琇以眾人都能聽得到的低聲說：「清安寺鬧鬼，可嚇死人了。」

沒等眾人追問，海琇就把清安寺昨夜鬧鬼、小孟氏被弄到繼女墳前，被抓咬得生不如死的事講了一遍。時值傍晚，日落西山，聽得眾人不由膽戰心驚。

「哼！活該，不是什麼好東西！」

小孟氏是海朝的嫡親外甥女，和海朝等人一樣，早被周氏劃分到了壞人一欄。

在海琇看來，小孟氏不只是壞人，更是仇人。她把昨夜的事繪聲繪色講給眾人聽，就是想把這件事盡快傳播出去，利用輿論的力量給程家施加壓力。

「娘，您把外祖父和外祖母的事告訴父親了嗎？」海琇低聲詢問。

「昨日妳一走我就說了，只說了妳外祖母的身世經歷，沒說那個人。」

「父親沒問起外祖父？外祖母那樣的身世，一般人也入不了她的眼哪。」

「昨天，他聽了妳外祖母的身世經歷就驚奇不已、不敢置信，估計一天都在查證琢磨。今天他還想細問，被我堵了幾句，不敢問了。」

「跟祖母說了嗎？」

「說了，沒想到妳祖母同逍遙老王妃、陸太后還有妳外祖母都相識，並有幾分交情。我一說，她就信了，一句也不多問，倒哭得傷心。」

「唉！由己及人吧！」海琇挽著周氏的胳膊往裡走，邊說邊低聲說話。說起海誠從秦家回來發了一頓脾氣，因為海珂的婚事，秦姨娘和海珂都哭得很傷心。

「也不知道父親是不是把外祖母的真實身分告訴秦家人了？他們一直認為周家是低微的商戶，這些年一直想讓秦姨娘壓娘一頭，想想真是可氣。」

周氏嘆氣說：「三年前，北越攝政王才重新奪回皇權，這些年音訊不通，根本不知妳外祖母的下落，更不知道有我們，娘和妳兩個舅舅發誓不認那個人，跟皇家也無瓜葛。我確實是普通商戶出身，事實如此，不怕別人嘲笑和嫌棄。北越攝政王認我們，我們就認他，不認就算了，還和以前一樣過日子不是很好嗎？」

海琇點點頭，感嘆周氏豁達。「對了，娘，皇上傳口諭召我們進宮見駕。」

「早就知道了，皇上的口諭上午就傳到妳舅舅家了。」

「舅舅一家也去？」

「當然，我是外嫁女，周家還是以他們為主。」

母女二人進屋，見了海誠，商量明天進宮見駕的事。聽說長華縣主從宮裡回來了，海誠夫婦和海琇趕緊去迎接請安，閒話宮裡宮外的事。周氏幾經猶豫，還是把她父親是被逐出皇族的原裕王世子一事告訴了海誠和長華縣主，繼周氏的母親是北越國公主之事公開之後，這無疑又是一個重磅炸彈。

海誠和長華縣主都很震驚，直到下人來報海岩回來了，他們才緩過神來。

第二天一早，海誠夫婦帶海岩和海琇同長華縣主一起進宮了。

他們拐上直通宮門的朱雀大街，遇到了周家的車馬從對向行來。周貯和周賦兩夫婦坐車，兩房四個兒子騎馬，跟隨的僕從不少，倒也整齊隆重。

到達宮門口，侍衛統領確認了他們的身分，沒有通報就直接放行了。男子由總管太監引著去了前殿，女眷則被領到慈寧宮去見陸太后。

海琇等人剛到達慈寧宮門口，就有太監送來消息，說海誠父子和周貯、周賦等人由蕭梓璘安頓照顧，她這才放下心。海誠為官多年，進宮次數有限，周貯父子和周賦父子又從未進過宮，她還真擔心他們照應不周，失了規矩禮數。

守門太監得了好處，直接就把她們領到了小花園。小花園正中的湖岸上擺有桌椅案几，垂柳遮陽，用於待客，舒適清爽。

陸太后坐在湖邊涼亭裡，正和逍遙老王妃說話，銘親王妃和海貴妃不時插話湊趣。清華郡主和連純郡主正在湖岸上餵魚，一群丫頭圍著，很是熱鬧。

海琇看到逍遙老王妃，趕緊低聲跟周氏做了介紹。周氏冷哼一聲，又告訴了她兩個嫂子，姑嫂三人的臉色都變得壓抑，帶出幾分警惕和不安。

長華縣主知道當年恩怨，明白周氏姑嫂三人的心情，拍了拍海琇的手，走到了前面。她們在涼亭外給陸太后等人行了禮，有長華縣主做榜樣，禮數自是周全。

陸太后讓眾人免禮，微笑著看向周貯之妻楊氏和周賦之妻蔣氏。海琇趕緊做了介紹，蔣氏和楊氏再次上前行禮，並奉上了送給陸太后的禮物。

楊氏送的是上等南珠，每顆足有黃豆粒大小，圓潤整齊，晶瑩剔透，白、黃、粉三色，每色一百顆。南珠稀有珍貴，顏色鮮豔的更少見，這無疑是一份厚禮。

蔣氏送的是紫金絞絲鑲芙蓉玉的鐲子，滿滿一盒，共六十只。絞絲鐲子並不稀奇，關鍵是紫金名貴，又鑲上了芙蓉玉，做工也精緻，自是價值不菲。

陸太后和沐公主當年頗有交情，見到沐公主的後人自然高興。看到這麼貴重的禮物，她心裡不只欣慰感慨，更對周貯、周賦行事知禮滿意至極。

看到這些禮物，別說海貴妃和銘親王妃，就連走南闖北、見慣了好東西的逍遙老王妃都嘖嘖驚嘆。

清華郡主衝海琇眨了眨眼，拿起紫金鐲子就往手上戴。

「來來來，坐裡邊來。」陸太后衝楊氏和蔣氏招手，讓她們坐到了涼亭裡。

隨後，陸太后又把周氏和長華縣主召進涼亭裡，給她們賜了座。

清華郡主把紫金絞絲鐲子套到手腕上，輕盈晃動。「皇祖母，這紫金絞絲鐲子好漂亮、好精緻。去年孫女得了一副，也是紫金的，卻沒鑲芙蓉玉。」

蔣氏送的紫金絞絲鑲芙蓉玉鐲子每只造價都一百多兩銀子，自是厚重。

陸太后輕哼一聲，說：「哀家知道妳的心思。」

「多謝皇祖母。」

清華郡主雙手上各套了兩只鐲子，跪在陸太后腳下，迎著陽光搖晃。皓腕如雪，紫金璀璨，引來陣陣讚嘆，也惹來銘親王妃嗔怪的白眼。

下人來報，說李太貴妃、大長公主、裕郡王老王妃及明華郡主求見，並言明李太貴妃帶了貴客。陸太后的臉色變了變，讓銘親王妃接她們進來。

「皇祖母，下面逢年過節進貢的寶貝不少，可我沒見過這麼別緻的鐲子，您是不是捨不得賞我呀？」清華郡主撒嬌賣癡，陸太后又恢復了歡愉的神色。

就因為清華郡主喜歡絞絲鐲子，又衝南珠投去貪婪之色，為楊氏和蔣氏奉上的寶貝增值不少。陸太后高興了，周貯、周賦兩家連同周氏也就有了體面。

陸太后笑嘆道：「看妳這麼喜歡這紫金絞絲鐲子，哀家就賞妳兩對，賞琇瀅縣主兩對。連純郡主八月出嫁，賞她鐲子四對、南珠六十顆，算哀家給她添妝了。」

清華郡主挽著陸太后的手臂撒嬌，海琇和連純郡主趕緊跪地謝恩。

「強盜來了，快把這兩份厚禮收起來，賞賜給我們的另外分出來。」清華郡主邊說邊衝海琇眨眼。她用這種方式抬周家人的臉面令海琇很感動。

陸太后嗔怪一笑。「真是一副小家子氣，連純郡主和琇瀅縣主都比妳強幾分。」

逍遙老王妃和長華縣主謙虛了一番，海貴妃跟著湊趣，氣氛又和悅熱鬧了起來。

第六十五章　舊事重提

宮女剛把盒子蓋好，銘親王妃就迎著李太貴妃、大長公主等人進來了。

大長公主和李太貴妃等人給陸太后行了禮，又受了逍遙老王妃等人的禮。李太貴妃笑意融融地落坐，故意賣關子說有件好事要告訴陸太后。

陸太后親自介紹了蔣氏和楊氏，又道：「周家的事你們也都聽說了吧？皇上說北越太上皇明天就到京城，哀家就想把她們宣進宮來見見。哀家第一次見琇瀅縣主，就覺得她面善，卻總想不起她像誰，沒想到是沐公主的後人。哀家和沐公主頗有交情，璘兒能娶琇瀅縣主為正妃也是緣分。」

「太后娘娘心慈，珍惜情意，自然記著沐公主。」李太貴妃皮笑肉不笑。「逍遙老王妃看到琇瀅縣主和周夫人就沒想起故人來嗎？妳和沐公主情分更深哪！」

李太貴妃也認識沐公主，當年沐公主和陸太后走得近，跟她就結了仇。她現在跟大長公主走得很近，大長公主可是恨逍遙老王妃和沐公主入骨的人。

逍遙老王妃笑了笑，說：「我眼拙，見她們時沒想起來，也是這幾天才知道。」

大長公主看向逍遙老王妃，擠出一張笑臉問：「表姊，淘寶居經營得還不錯吧？本宮聽說這些年淘寶居把津州和密州到港的精緻物件都壟斷了，各處的分店開了百餘家，賺得盆盈缽滿，就是北越的太上皇知道，也會感嘆表姊經營有道。」

周氏聽她們提到淘寶居，想開口，被海琇使眼色攔住了。

淘寶居是沐公主一手創辦的，逍遙老王妃占一半股，兩人合作經營。沐公主詐死之後，淘寶居就由逍遙王府獨自經營，利潤規模都成倍增長。摯友反目又痛又恨，沐公主在世時，也沒想過和逍遙老王妃要回淘寶居的生意。

李太貴妃和大長公主都是居心叵測之人，兩人知道了周氏的身分，一來就提淘寶居的事，任誰都知道是存心挑撥，也是在給陸太后難堪。

陸太后微微一笑。「御花園現在繁花似錦，現在時候尚早，我們去賞花吧！」

李太貴妃冷哼一聲。「我可沒心情賞花，不像太后娘娘這麼有閒情逸致。」

「妳又遇上什麼煩心事了？」陸太后明知李太貴妃要給她添堵，仍客客氣氣。

「皇上把琇瀅縣主指給璘兒做正妃，鑲親王府和周家算是親戚了。有些事我以前不知道也就罷了，現在知道了，就得說句公道話。他們年輕不知事，我就要為他們操心，免得他們讓人欺負，我也跟著丟臉，太后娘娘說是不是？」

逍遙老王妃知道李太貴妃是衝她來的，在場的人也都明白，但她仍不動聲色地喝茶，任由李太貴妃以義正辭嚴的口吻聲討她，也不在乎眾人的質疑。無利不起早，要說李太貴妃想為沐公主的後人討公道，不知別人怎麼想，反正海琇不相信。

「我們是不是該表態了？」海琇輕聲問周氏。

「先聽聽，妳就裝作沒聽出來。」周氏再恨逍遙老王妃，也不會把李太貴妃和大長公主當好人，聽她們因她的事掐架，她倒樂得看熱鬧。

「表姊，我們都年紀不小，貪多少也帶不到棺材裡，妳又何必呢？」大長公主與李太貴妃互看一眼，也擺出一副要說公道話的樣子。

逍遙老王妃放下茶盞，冷笑道：「眾所周知，沐公主產業眾多，她銷聲匿跡時，淘寶居剛開辦了幾年，有分鋪十餘家，每年盈利七、八千兩；現在淘寶居開辦四十多年了，已有分鋪百餘家，每年盈利幾萬兩不等。不管淘寶居做多大，都是我和沐公主兩個人的，這些年的盈利也要分她一半。」

聽逍遙老王妃這麼說，大長公主和李太貴妃都覺得不盡興。她們還沒充分表演呢，逍遙老王妃就認了，那還怎麼表現她們的正義和逍遙老王妃的貪婪？

「這幾天，我已親自把淘寶居的帳目梳理清楚了，帳本也送到了周家。這四十餘年，淘寶居共盈利一百二十萬兩，周家該得六十萬兩銀子。昨晚送帳本時，我也讓人送去了四十萬兩銀票，剩餘的二十萬兩我會盡快補上。除了淘寶居，我與沐公主其他有關聯的生意也都分清了。太貴妃娘娘和大長公主都有鋤強助弱之心，不如讓周大太太和周二太太把帳本拿給妳們，我送去的銀票妳們也幫著驗驗真偽。」

李太貴妃和大長公主沒想到逍遙老王妃會這麼大方，把那麼多銀子還給周家，她們低估了逍遙老王妃的坦蕩，默默地栽了跟斗，也丟了面子。李太貴妃冷哼一聲，沒再說什麼；大長公主聽說周家分到了那麼多銀子，眼紅不已。

陸太后笑了笑，說：「逍遙老王妃是公道之人，一向秉持君子愛財，取之有道。後輩不知她的心境，難免誤解，知道了，就該多學學她的為人處事。」

楊氏忙說：「是呀！昨晚我們一家正商量進宮的事，聽說逍遙王府的長史來訪，都很吃驚；看到帳本和銀票，又聽長史官說明因由，我們就更吃驚了。收了銀票，我們仍不敢置信，怕有變故，又忙著進宮，一家人還沒商量這件事呢。」

周氏最恨逍遙老王妃，周家收了銀子和帳本，不想再追究這件事，但她恨意未消。淘寶居以往的收支帳目算清楚了，銀子給了，以後怎麼經營卻沒說。楊氏模稜兩可的話也是在提這件事，以後的問題說不清，這梁子仍無法解開。

李太貴妃暗暗咬牙，沒落了逍遙老王妃的面子，也沒得到周家人一句感謝的話，真是太失利了。不過看陸太后臉色不大好，這倒讓她心裡舒服了一些。

「本以為周家是普通商戶，沒想到竟然是沐公主的後人。自我朝和親公主去世之後，北越的太上皇解除了囚禁，成了北疆霸主，這背景無人敢小覷。」李太貴妃笑意吟吟地掃視眾人，目光落到海琇身上，深深看了幾眼。

大長公主也以別有意味的目光盯著海琇看了片刻，又轉向陸太后。「本宮有個孫女，是二房庶出的，一直養在我身邊，也到了談婚論嫁的年紀。本宮想著就讓她給臨陽王殿下做側妃吧！連潔縣主到廟裡修行，臨陽王殿下差一位側妃，本宮和太貴妃娘娘、淑妃娘娘都說好了，特來稟報太后娘娘。」

陸太后淡淡一笑，說：「正好，璘兒確實該有四位側妃。」

眾人各色目光投向海琇，海琇面帶微笑，滿不在乎，好像給蕭梓璘定側妃與她無關一樣。她確實不在意，只要蕭梓璘的心在她身上，自會把事情處理妥當。

她相信蕭梓璘愛重她，也能將這些閒事處理好。

李太貴妃笑得生動。「大長公主放心，璘兒是有情有義之人，不會虧待妳的孫女。只要琇瀅縣主有正妃風範，大度能容人，妳孫女就不會受委屈。」

海琇聽到李太貴妃借機敲打她，仍是一副不慍不惱的模樣。大長公主這個孫女是葉玉柔的堂妹，養在狠毒刻薄的祖母身邊，肯定也不是好相與的人。她和葉家本就有仇，這人要是不懂規矩、不安分，直接送進鬼門關了事；就算是老實本分的，在她手下也不會有舒服日子過，誰讓這人姓葉呢？

陸太后看了看李太貴妃。「妳那會兒不是說有好事要告訴哀家嗎？」

李太貴妃剛要說話，就有太監來報，說裕王老王妃帶客人求見。

「剛才來傳話的人就說裕王老王妃求見，和妳們一起來的，怎麼這會子沒見她呀？哀家光顧聽妳們說話，倒把她給忽略了，快請她進來。」

裕王老王妃扶著丫頭的手慢騰騰走過來，她身後還跟著兩個衣飾光鮮的婦人。那兩個女人一個五十歲上下，一個二十歲左右，都低著頭，很拘謹的樣子。

「快過來，給太后娘娘和各位貴人見禮。」

別人看到裕王老王妃對那兩個婦人很是親切，都很奇怪。周氏看到那婦人，愣了愣，騰地一下站起來，咬牙切齒，臉上的狠笑浸了冰。

周氏的目光驚詫、責怪、猜疑、陰鷙，連陸太后都看向了她。

那兩個婦人跪在裕王老王妃身後，年紀大的女人難掩恐懼，身體輕輕顫抖。

海琇看到周氏失態，趕緊拉她坐下，握著她的手安慰。能讓周氏反應如此強烈的只有一個人，那就是周氏父親的表妹岳氏。就是因為岳氏和周氏的父親有了首尾，又想著給他做妾，才導致周氏的父親和沐公主夫妻反目。

周氏的父親帶著岳氏母子離開沐公主和兒女時，周氏年紀還不大，但岳氏其人已刻入她的腦海心田，那個女人故作柔弱的醜惡嘴臉令她終身難忘。

「這兩人是誰呀？」陸太后想起了一些事，問話的聲音有些淡漠。

裕王老王妃滿臉含笑，說：「回太后娘娘，年長的是妾身的兒媳，年少的是妾身的孫女。妾身這麼說，太后娘娘可能聽不明白。她們是原裕王世子蕭彤的妻子和女兒，妾身是蕭彤的繼母，她們也就認了妾身。」

「岳氏算哪門子的妻？連正經妾室都不算！」周氏忍耐不住，大嚷起來。

「皇上駕到——」

正在此時，皇上來慈寧宮了，眾人各色的目光才從周氏身上移開。

陪皇上同來的除了內侍、宮女和護衛，還有蕭梓璘、銘親王、鑲親王和謹親王，體虛病弱的裕王也來了。他身邊還跟著一個三十歲左右的男子，這男子就是岳氏和蕭彤的兒子，他從未進過宮，看上去有些唯唯諾諾。

眾人行禮、見禮之後，陸太后就讓嬤嬤帶周氏、楊氏和蔣氏去了水榭，迴避了聖駕；隨後，海貴妃帶海琇、清華郡主和連純郡主也進了水榭。明華郡主也跟來了，一臉跟人有仇的樣子，因為她的到來，本來和悅的氛圍有些緊張僵滯。

「水榭後面的白芙蓉開了，我們去賞花。」清華郡主向眾人發出邀請。

連純郡主點點頭，挽著清華郡主要去賞花。

海琇想留下勸慰周氏，不想去，可看到明華郡主盯著她，很是氣惱。自指婚聖旨頒下，明華郡主對海琇不像以前那麼蠻橫了，可她總像盯梢一樣，也讓人很難受。

「去賞花。」海琇大步走在前面，給飛花和落玉使了眼色。

到了水榭後面的花圃，海琇掐了幾朵白芙蓉，衝清華郡主點了點頭，就回了水榭。明華郡主要跟著海琇，被飛花和落玉攔住，一不小心把她推到了湖溏裡。

海貴妃正與楊氏和蔣氏說話，她和顏悅色，楊氏和蔣氏也對她很是親切。周氏沈著臉生悶氣，看到海琇進來，神態才微微和緩了一些。

「妳父親只是另有了女人，因她和妳母親反目了，正如妳所說，那岳氏連正經妾室都不算，妳又何必這麼為難自己，幾十年都無法釋懷呢？」海貴妃知道了周氏父母之間的恩怨，同蔣氏、楊氏一起勸慰她。

本來海貴妃和憫王對海誠一家一直很冷淡，先前連走動來往都沒有。世上最不缺兩眼望上的人，俗話還說人往高處走呢，自海琇被指婚給蕭梓璘做正妃，情況就大不相同了。現在海誠已過繼給長華縣主，雖與海貴妃隔了房，且海貴妃母子一直支持的海訓並沒過繼成，但海貴妃和憫王對他們一家反而更加熱情了。

前幾天聽說周氏與北越皇朝的關係，海貴妃母子都大吃一驚；今天又聽說周氏的父親是原裕王世子，海貴妃和憫王更加驚訝，也暗暗慶幸與他們一家及早親近了。周家兄妹是兩大皇族的血脈，即使他們的父親已被逐出皇族，他們的尊貴也非普通皇族之人可及。尤其現在，北越皇朝復立，和朝廷的關係正處於敏感期。

海貴妃又道：「我母親懷孕五個月時，葉氏就懷孕了，仗著有大長公主撐腰，上門鬧騰，我母親生下我一個月，就被她活活氣死了，誰也沒想過給我母親一個公道。想想國公府那些事，妳還有什麼不平衡的？」

周氏握緊海琇的手，冷聲說：「岳氏想把她的兒子過繼給裕王，將來承襲王爵，我不能讓她得逞。裕王這個爵位我們可以不要，但不能落到她手裡。」

「妳想怎麼做？」海貴妃沈思片刻，說：「本宮可以幫妳指條明路。」

「請貴妃娘娘提點。」

「裕王府和謹親王府是一脈，謹親王是裕王的親叔祖，請謹親王殿下出面就能阻止這件事。謹親王年邁，輩分又高，要想請動他，最好讓臨陽王殿下出面。」

周氏點點頭，向海貴妃道了謝，又看了看海琇，沒再說什麼。看她臉色堅毅凝重，就知道她已下定決心，不惜代價也要壓死岳氏，為沐公主出氣。

「皇上起駕回了御書房，太后娘娘請貴妃娘娘和周夫人等人到涼亭說話。」

「知道了。」海貴妃應聲起身，衝周氏幾人溫和一笑。

楊氏和蔣氏緊隨海貴妃的腳步走出水榭，海琇挽著周氏也出來了。看到飛花衝她招手，海琇知道蕭梓璘找她，同周氏低語幾句，就過去了。

蕭梓璘站在水榭的邊緣，臨波照影；燦爛的日光下，他銀藍色的長袍映襯波光，熠熠生輝。淡藍色的光輝灑在他俊朗英挺的臉龐，格外生動、淡漠且迷離。

「海大人和令兄及周家人都見過皇上了，兩位周老爺都見慣了世面，行事言談超乎我的想像。皇上很高興，賜了宴，由憫王和錢王作陪，妳放心好了。」

「什麼意思？我覺得你說話的語調怪怪的。」

蕭梓璘走近海琇，笑了笑，說：「我在稱讚他們。他們都是厲害人物，連皇上都誇讚他們不愧是兩大皇族的血脈，行事大氣，把岳父和舅兄比下去了。」

海琇輕哼一聲。「聽你說話雲裡霧裡的，我不明白什麼意思，也不想和你繞彎子。他們見駕順利我就放心了，這邊的事有點麻煩，我娘都氣壞了。」

「妳多勸勸岳母，別總是糾結於從前，那件事更不值得妳擔心了。」
「怎麼不擔心？老裕王妃竟然認岳氏為兒媳，這不是存心要打我外祖母的臉嗎？北越太上皇明天到達京城，老裕王妃帶岳氏母女、裕王帶岳氏的兒子這時候冠冕堂皇地亮相，明知會得罪我們家，他們不是傻透了，就是另有陰謀。」
蕭梓璘拍了拍海琇的臉，柔聲說：「妳很聰明，等著看好戲吧！」
「好吧，我很聰明。」海琇衝蕭梓璘含羞一笑。「但是還有問題沒想通。」
「無須妳多想，省著妳的心思想想以後我們的日子吧！」蕭梓璘趁海琇不注意，在她臉上親了一下，手又輕輕撫過她的胳膊，在她纖腰上捏了一下。本是尋常動作，戀人之間就成了愛撫，令海琇不由心旌搖曳。
「隔牆有耳，隔花有眼，你可……唉！不知檢點。」
「哈哈哈，我只怕沒人看，最好來一群人捉姦。」蕭梓璘捉住海琇的手臂，又想故技重施，被海琇一把推開了。
「我走了。」海琇衝蕭梓璘眨眨眼，轉身向涼亭走去。

第六十六章　賤人作死

哀怨的哭聲交織著斥責埋怨聲傳來，又有撞地聲和哀求聲此起彼伏，海琇擔心周氏一時衝動，中了岳氏等人的詭計，趕緊向涼亭跑去。

到了涼亭，只看到岳氏母女正跪在周氏腳下，一邊磕頭哀求，一邊嗚嗚咽咽哭泣。李太貴妃、大長公主等人都橫眉冷目地指責周氏，替岳氏抱打不平。

陸太后和銘親王妃則緊皺眉頭，不時勸慰幾聲。岳氏母女一味哭泣，弄得陸太后也沒辦法了。楊氏和蔣氏想讓岳氏母女起來，都恨不得跪下哀求她們。

周氏咬牙切齒、臉色發青，緊緊握住丫頭的手，身體搖晃，都要氣昏了。

海琇撲上來，用力扯周氏的手臂。「娘，您怎麼了？您可千萬別昏倒！」

「我……」周氏順勢倒地，半真半假昏過去了。

「海夫人，妳、妳怎麼了？快、快請太醫！」

宮中嬤嬤指揮宮女把周氏抬上涼榻，被海琇阻止了。

「天氣這麼熱，我娘被人逼迫吵鬧，氣怒攻心，肯定是傷了心脈；加之又被暑熱浸透，這才暈了。這時候要挪動她，若不慎導致她氣血逆行，她就醒不過來了。」

海琇不懂醫術，這些是她從書上看來的，正好派上用場。聽她這麼說，連李太貴妃都有些擔心了，若周氏真醒不過來，不只她們，連朝廷都有麻煩。相比強勢逼人，示弱逼人更讓人難受，還要承受眾多指責與非議。

周氏同沐公主一樣是自強正直的性子，受不了別人示弱哀求，又是好強心善的人，不屑於跟弱者較真，哪怕心裡再委屈，也獨自忍耐。對付岳氏這種人就要以彼之道，還施彼身。哭泣哀求沒意思，還費力，不如直接倒地省事，還可以休息一會兒。

岳氏母女見周氏昏倒，都很害怕，又跪趴在地上要死要活地大哭起來。

「妳們是想逼死我娘嗎？」海琇恨恨咬牙，一腳踹到岳氏的脖子上。

「啊——」岳氏一聲慘叫，又呵呵咧咧哭起來，邊哀求邊哭訴。「姑娘是高高在上的尊貴人，嗚嗚……姑娘打死我吧！我不想活了，我有罪，我對不起……」

「妳當年就是以這種哭哭啼啼方式、哀求示弱的手段逼我外祖母，今天又逼昏了我娘。妳知道她們不跟妳一般見識，妳就得寸進尺，真是欺人太甚了！妳豈止是有罪？我看還是死罪，妳活著也是丟人，不想活也好，我成全妳，動手！」

海琇咬牙切齒地斥責岳氏，罵得不解氣了，抬腳又踹她們母女，還呵令丫頭動手。荷風等人在陸太后面前沒那麼大的膽量，飛花和落玉可不管這一套。聽到海琇下令動手，飛花和落玉毫不客氣，直接上腳。她們武功都不錯，就是拿抓癢癢的力道收拾岳氏母女，也比海琇力氣大得多。

「住手，快住手！妳們好大的膽子，太后娘娘面前怎容妳們造次？」李太貴妃抓起茶盞重重摔在地上，又呵令太監阻止飛花和落玉。

大長公主咬牙呵道：「來人，趕緊把這兩丫頭抓起來！像她們這樣無法無天、擾亂宮闈的刁奴，就該交到慎刑司嚴刑拷打，請太后娘娘直接下令杖斃。」

「杖斃我們？對我們動刑？哼！我勸妳還是先去找皇上請旨。」飛花晃了晃手中的權杖。「我們不犯國法，誰敢給我們動刑？不妨到暗衛營的刑房試試。」

陸太后和李太貴妃都知道飛花和落玉是暗衛營的女暗衛，大長公主卻不知道。聽她們毫不客氣說出這番話，打了大長公主的臉，眾人都面面相覷。

得知飛花和落玉是暗衛營的人，大長公主暗暗咬牙，目光中多了審視。岳氏母女倒在地上，眼淚和著泥土，弄得渾身都是，人也昏過去了。

太醫來了，給周氏診了脈，說周氏是氣急攻心，給她開了藥。隨後，太醫也給岳氏母女診治，得知她們只受了皮外傷，並無大礙，眾人才鬆了一口氣。

海琇跪在陸太后腳下，低語了幾句，陸太后點點頭，見周氏醒了，就讓太監送她回府休養。海琇及楊氏和蔣氏給眾人行禮告退，同周氏一起出宮了。

長華縣主想同周氏母女一起回府，被陸太后攔住，要留她多說一會兒話。本來陸太后打算擺宴招待周氏母女及楊氏和蔣氏，這麼一鬧騰，宴席也黃了。

海琇同周氏坐一輛車，隨身伺候，楊氏和蔣氏也同她們一起去了海家。周氏確實被岳氏母女氣壞了，但她昏倒是裝的，到了家門口，就什麼事也沒有了。她把楊氏和蔣氏迎到正房，又讓海琇去傳飯，姑嫂幾人坐下來商量對策。

她們用過午飯，正閒坐喝茶，海誠父子和周家人一起回來了。看他們都喜氣洋洋，又帶回了諸多賞賜，就知道他們此次見駕很順利。

聽他們一說，海琇才知道周貯和周賦也給皇上送了厚禮，又拿出二十萬兩銀子救濟被水患侵擾的百姓。皇上見周家兄弟如此大方，自是龍顏大悅，都把他們當成寵信的臣子對待了。不能白收他們的厚禮、銀兩，皇上的回報也極有價值。

難怪蕭梓璘說周貯和周賦見過世面，很大器，原來是用厚禮重金敲開了皇上的心門。蕭梓璘也很高興，他岳母的兩個哥哥給他長了臉、增了光。

聽說岳氏帶兒女進宮，和裕王一家關係緊密，又和周氏母女起了衝突，周貯和周賦都氣得咬牙切齒，和海誠等人說起當年的事。

海誠沈思了一會兒，問：「兩位兄長有何打算？」

「他們若不公然挑釁，我們也不想理會，更不想和裕王府有什麼關聯。」

「當年，那人就因為岳氏棄妻兒而去，那般絕情真是不堪回首。」

海誠笑了笑。「現在他們又出現了，甚至公然挑釁了，你們想怎麼應對？」

周貯和周賦互看一眼，嘆了口氣，又一同看向周氏。

周氏冷哼道：「當時我們確實說過這輩子和那個人斬斷情分，不再有任何關聯。他現在已經死了，岳氏及其兒女卻還活著，而且野心很大，我們不能聽之任之。」

海誠點點頭，說：「我認為你們該爭一爭。」

「我們是普通人，家境殷實，自由自在慣了，裕王的爵位我們並不稀罕。」

「你們不稀罕，人家稀罕，若落到他們手裡，你們所恨之人就有了實力。」

周氏一巴掌拍到桌子，高聲說：「我們爭這個爵位，哪怕是爭過來丟掉，也不能便宜岳氏。他們母子一旦得勢，肯定會和我們叫板，不能給他們機會。」

「妹妹說得對。」周貯和周賦等人都贊同周氏的說法。

周氏看了看周貯和周賦。「老裕王妃那般德行，我可不想讓你們過繼。」

海誠喝了口茶，說：「你們不用考慮過繼，但要想辦法阻止裕王過繼岳氏的兒子。現任裕王無子女，先前又無過繼，他死後，爵位自會收回。現在皇上總想賞你們些什麼，等朝廷收了裕王爵，再賜給你們，這樣豈不是更好？」

周氏皺眉道：「這件事說起來簡單，做起來肯定有人拆臺。」

「你們聽我的，我保你們得到裕王爵。」海誠的話讓周家兄妹決定爭上一爭，讓海誠幫他們出謀劃策。

周家人同海誠商議到很晚，吃了晚飯才回府。

第二天午後，逍遙老王妃派人把二十萬兩銀子和帳目送到周家。逍遙老王妃沒提當年的事，周家見逍遙老王妃並未有貪昧之心，也不好再說什麼了。

周貯和周賦商量了一番，就讓周達把二十萬兩銀子給周氏送來了。淘寶居是沐公主創辦的產業，這些年盈利六十萬兩，他們三兄妹均分了。

「這二十萬兩就給我女兒做壓箱底的嫁妝銀子了。」周氏當著一家人，把銀票拍到海琇手上，隨後又嘆氣道：「還差一些，放心，成親前我一定給妳補齊。」

海琇聽出周氏話裡有話，又想到之前蕭梓璘說過的話，就猜到他們之間肯定有交易。她想問周氏，當著海誠又不好開口，就拉著周氏撒嬌道謝。

周氏推開她，說：「逍遙老王妃不想拆分了淘寶居，她把她的股份給了連純郡主，妳兩個舅舅就把我們家的股份給了妳，說是添箱。我看連純郡主是很不錯的人，以後妳們共同經營淘寶居，在錢財利益上大氣一些，別讓人笑話了。」

「娘放心，我也很喜歡連純郡主，處事會有分寸。」

北越太上皇的鑾駕第三天才到京城，比預計時間晚了一天。皇上下旨讓鑲親王和銘親王接待，他們奉北越太上皇為晚輩，倒也賓主和氣。

此行，北越太上皇帶來了使臣，同盛月朝廷談了許多國家大事。其中就有互派皇族貴女和親一項，這成了兩國主要商談的事項，但也不是很快就能談好的事項。

兩國的國事基本談完，已是七天之後。北越太上皇又休息了三天，才在驛站接待了周貯、周賦和周氏。他之所以拖了這麼多天，就是在多方查證沐公主詐死之後的事，確定沐公主確實留下了兩兒一女，都已成家立業，他才接見他們。

周家兄妹見到嫡親舅舅，說起沐公主當年往事，少不了一番感慨唏噓。

次日，北越太上皇又讓周家兄妹把家人子女帶去見他，見到晚輩，憶起前塵往事，又是感嘆不已，厚重封賞自然不少。

聽說周家兄妹想爭奪裕王爵，北越太上皇主張把爵位給周賦，他要把周貯一家帶回北越國。周貯是長子，能受北越皇朝高封重賞，裕王爵留給次子周賦。

這是對盛月皇族一種變相的貶低。

北越太上皇在京城待了半個月，留下使臣談兩國之事，便起駕回國了。周貯一家沒跟他走，周貯和周賦商量八月去北越國探親，順便開闢商路。

周家兄妹成了京城關注的焦點，但他們依舊如往常一樣經營、生活，過尋常日子。年少時父母反目，他們經歷了太多風浪，即使青雲直上，也沒影響到他們。

海琇接手了淘寶居，同連純郡主聯手經營，分工明確，合作愉快。受連潔縣主影響，她對逍遙王府的人無甚好感，能跟連純郡主成為好友，也是她莫大的收穫。

立秋當日，裕王辭世了。

臨終前，他想過繼岳氏的兒子，老裕王妃也很贊成，但謹親王不同意，皇族沒通過，他又把摺子呈給了皇上，摺子留中不發，他一氣之下，就死了。

朝廷要收回裕王爵，謹親王上書皇上，請求將爵位賜給周賦。皇上還是留中不發，有消息說得等裕王的喪事辦清才會下旨，讓他們耐心等待。岳氏及其子女想給裕王守孝，被拒之後，只得狼狽地返回老家了。

立秋之後，又發生了幾件事，與海琇都有些關聯，確實成了多事之秋。

清安寺鬧鬼的事幾天之後才傳來京城，很快就傳得沸沸揚揚。

小孟氏被抓咬得渾身腫脹，清安寺高僧說她中了屍毒，建議她回江東休養醫治。回去了一個多月，她的傷治好了，就又回到了京城。剛回京，她又一次受到了驚嚇，不過這次嚇她的不是鬼，而是人。

程文釧懷孕了。

這個消息成為京城議論的焦點，人們把各色目光投向鑲親王府和臨陽王府。

李太貴妃想把負面影響壓下去，提出給蕭梓璘辦婚事，迎娶海琪和洛川郡主過門。蕭梓璘也同意了，因臨陽王府正改建裝修，這兩位側妃就被迎進了鑲親王府。蕭梓璘還是鑲親王世子時居住的院子很大，正好給兩位側妃住。

兩位側妃進門了，海琇並不擔心，她只是把蕭梓璘請來，重重敲打了一番。

自清安寺那夜與人春風一度之後，程文釧滿腦子都是與蕭梓璘男歡女愛的情景，她的一顆心好像被溫熱的蜜水浸泡一樣，周身泛著暖洋洋的甜蜜。

小孟氏要到江東治療養傷，她但凡有一點招數可使，都不想跟去伺候。離開京城，不能跟蕭梓璘同看一城的日出日落，對這位才女來說是很殘忍的事。

回江東一個多月，程文釧相思成災，度日如年，好不容易盼到小孟氏傷好回京，她趕緊縫衣換衫，想以全新的面貌出現在蕭梓璘面前，一解相思之苦。

她在織衣坊選購面料時突然昏倒，下人情急之下就把她送到隔壁醫館。大夫知她雲英未嫁，反覆診脈一炷香的時間，才小心翼翼地確診她懷孕了。

程文釧的奶娘和丫頭當即就嚇抽了，她們驚慌失措，這件事便壓不住。程文釧不只是小有名氣的才女，還是臨陽王側妃，她未婚先孕消息自然傳得很快。

小孟氏聽說這個消息，驚厥昏倒，醒過來差點沒瘋了。

面對眾人的慌亂驚恐，程文釧不憂不急，反而很高興，當即寫信給蕭梓璘報喜。她是陸太后指定的側妃，不是丫頭、小妾，在正妃過門之前懷孕並不為過。

只是她還沒過門，就是蕭梓璘再愛她，未婚先孕說起來也不好聽。

要是她提前發現，在懷孕之事傳開之前嫁進臨陽王府就好了。想到這些，她滿心埋怨小孟氏，發現懷孕可是她從江東回到京城的第三天哪！

「妳還笑？妳真是不知死的！說，是誰的？」小孟氏滿口銀牙都咬碎了。

程琛臉色鐵青，看向程文釧的目光如寒冬尖刀一般，恨不得把她砍碎剁爛。

程家是兩朝大族，書香門第，程琛更是風雅文士，以教養子女有方著稱，可這幾年，他的美譽英名及光輝形象都被打破了。

先是大女兒程汶錦稀裡糊塗地死去，因死得不明不白鬧得滿城風雨；次年，他苦心教養的兒子程文鋼秋闈落榜。消停了沒兩年，次女程文釵又在親戚家滾下假山，摔沒了孩子，也摔成了殘廢；同年，他頗為得意的小女兒又未婚先孕了。
兒女是他的希望和延續，如今，他的期望碎了，還要承受眾人的非議指責。
「妳快說是誰的，不管那人什麼樣，哪怕有妻妾子女，妳也要嫁。妳是陸太后指婚的臨陽王側妃，如今名聲污了，婚事只能退掉。」
程文釧面帶甜蜜羞澀。「父親、母親，我的孩子就是臨陽王殿下的。」
「胡說！」程琛和小孟氏異口同聲地斥責她。
論容貌，程文釧不如海琪；論身分，她不如洛川郡主；論淵源，她不如蕭梓璘的正妃。她之所以會被指為蕭梓璘的側妃，是沾了她長姊程汶錦的光。
鑲親王府和臨陽王府貌美丫頭成群，京城傾心於蕭梓璘的名門閨秀扎堆，蕭梓璘就是飢不擇食，也不會找程文釧，畢竟程文釧是陸太后指婚。程琛和小孟氏都明白這些，可程文釧一口咬定是蕭梓璘的，他們不由起疑。
程文釧見他們不信，就講述了清安寺那晚發生的事。
小孟氏一聽，又昏倒了。精明如她，一聽便知道清安寺鬧鬼那晚，她們母女都被人算計了。她原以為程汶錦化作厲鬼來報復了，現在才明白是有人陷害。
程琛也知道有人設計了小孟氏母女，他氣得咬牙切齒，賞了程文釧一個大耳光。是誰幹的？
嚇唬她不要緊，她可以慢慢查，和敵人鬥到底，可程文釧的肚子不能等。

小孟氏醒過來，拉著程琛的手，第一句話就問：「老爺，怎麼辦？」

程琛也不知道怎麼辦，尤其現在程文釧懷孕的事早已傳開了。

程文釧聽父母說她肚子裡的孩子不是蕭梓璘的，她們母女在清安寺遭遇的一切都是被人算計，當即就嚇昏了，但她仍殘存一絲希望，哭鬧著要見蕭梓璘。

程琛無奈，讓人把她關了起來。這節骨眼上，不能再讓她惹出任何是非了。

第六十七章 陰謀之論

很快，程文釧懷孕的事就傳得滿城風雨。

蕭梓璘聽說程文釧懷孕及程家人的反應，只是淡淡一笑，不置可否。

秋高氣爽，早桂飄香。

海琇在後花園陪長華縣主說話，看丫頭們採摘桂花。海珂和秦姨娘來後花園散步，看到她們，趕緊興沖沖過來，同她們閒話。

長華縣主一手拉著海琇，一手拉著海珂，嘆氣道：「我尋思著還是應該把五姑娘接過來。妳們父親被分出來有些時日了，老讓她在那邊算怎麼回事？」

海珂忙說：「祖母說得是，五妹妹一個人在柱國公府確實不適合，大姊姊過些日子要出嫁，我明天去送添箱，跟五妹妹說祖母惦記她呢，四妹妹也一起去吧！」

海琇笑了笑，說：「我就不去了，五妹妹的事勞煩二姊姊了。」

海琪要嫁給蕭梓璘做側妃，比海琇提前過門，這倒也沒什麼，畢竟納側妃遠不如正妃過門隆重正式。可海珂要去給海琪添箱，這就讓人心裡不舒服了。

秦姨娘看著海琇，陪笑問：「太太這幾天總回娘家，是不是周家有大喜事呀？」

「有大喜事倒是沒聽說，我兩個舅舅要帶兩位表哥去北越國，太太去周家也能幫忙收拾。等他們回來，表哥和洛芯也該成親了，足夠他們忙的。」

聽說周達要成親，海珂的目光暗了暗，沒說什麼。秦姨娘嘔了一下，趕緊摀住了嘴，大概是怕吐血。秦姨娘看中了周達，海珂嫌周達不是風雅讀書人，說什麼也不願意，如今周家有了顯貴身分，海珂錯失了機會，秦姨娘又要折騰她了。

「祖母，起風了，我去給您取件衣服。」海琇淡淡一笑，起身回了內院。

海琇剛邁進內院的門檻，頭上的簪子就被人摘走了，知道是誰戲弄她，她找了藉口把丫頭、婆子打發走，只留荷風貼身伺候。

「在哪裡？」

布穀鳥的叫聲從內院一側的花房裡傳出來，海琇給荷風使眼色讓她留在外面把風，自己進了花房，只見沐飛倒掛在房梁上衝她擠眉弄眼，海琇恨恨冷哼。

北越太上皇回國並沒有帶走沐飛，而是讓他各處遊歷，增長見識。他是懶人一枚，留在京城又別有用意，哪兒也沒去，正好可以為海琇做事。

「你幹的好事。程文釧懷孕的事鬧得滿城風雨，這回你可是惹麻煩了。」

沐飛兩手指天，嘻笑道：「向天發誓，程文釧懷孕絕不是我幹的，是花月樓幹的。花月樓不是北越勇士，只是歸順於我，實際身分是盛月皇朝設在北越國的暗樁，歸蕭梓璘管轄，卻抓住機會給蕭梓璘戴綠帽子，這不是很有意思嗎？前幾天，他被人暗殺，死在景州的勾欄院，估計是蕭梓璘派人幹的。」

「死了？那豈不是說不清了？」

「有什麼說不清的？這種事妳少管為妙，蕭梓璘自會處理妥當。」

海琇嘆氣道：「就算處理妥當了，人們議論紛紛，也會影響名譽。」

她考慮的是蕭梓璘的名譽，至於程文釧，當然是越爛越好。

沐飛落在海琇身邊，乾笑道：「蕭梓璘自找的。他也太不仗義了，花月樓幫他種了孩子不是助人為樂嗎？他竟然狠下殺手，活該他麻煩纏身。」

海琇小臉飛紅，輕聲問：「那種事他可能不需要別人幫忙吧？」

「那誰知道？看他身材結實、武功不錯，沒準是個銀樣蠟槍頭呢。」

「少胡說。」海琇愣了片刻，又說：「這件事他肯定會查，你還是當心些。」

「他已經查過了，要不花月樓也不會死。妳放心，就算他知道這件事妳是主謀，他也不能說什麼。妻妾相爭，各使手段，他會當成是妳吃醋才出陰招。」

蕭梓璘要是這麼好糊弄倒好了，她不介意背上毒婦的罪名，反正蕭梓璘也不是善人，沒必要在他面前裝冰清玉潔、人畜無害。

「行了行了，我知道怎麼應對，沒事你回去吧！」

「誰說我沒事？我有大事找妳。」

海琇無奈嘆氣。「我跟你說過了，清華郡主的事我現在不便幫忙，你再多等一些日子，等時機成熟，我會試著遊說她，可她願意與否，我真不敢說。」

沐飛愣了一會兒，說：「我要跟妳說的不是這件事。」

「還有什麼事？」

「錦鄉侯世子死了，妳聽說了嗎？仵作說他意外墜馬而亡，其實根本不是。」

海琇聽沐飛這麼說，不由皺起眉頭，撫額深思。

錦鄉侯世子蘇宏保是蘇宏佑同父異母的兄長，蘇乘元配髮妻所出的嫡長子。他生前是北郊大營的護軍參領，武將出身，倒是頗有其曾祖的遺風。蘇宏保帶兵能力突出，前途不錯，為人也仗義，可最大的毛病就是好色。

這也是蘇家父子的通病。

昨天，蘇宏保的死訊就傳開了。他並不是昨天死的，可昨天才發現他的屍體，並運回錦鄉侯府。他的屍體已腐爛發臭，可見死的時日不短了。

蘇宏保死了，錦鄉侯世子之位無嫡長子承襲，這是關係到一個家族的大事。嫡長子亡故或身有殘疾，爵位會按順序由嫡次子承襲。這樣一來，爵位將會落到蘇宏佑身上。太便宜這個酒囊飯袋了。

突然，海琇想到另一種可能，陰陰的笑容在冰冷凝重的臉龐慢慢擴大。

「他是怎麼死的？」

「當然是被人害死的，他落馬的地方是一處山坳，野草茂盛。有人在他的馬上做了手腳，只要馬跑起來，他肯定會墜馬，還會傷得很重。若再餵他一些致人眩暈的藥物，就算沒中毒，在荒蕪山野待上幾天，他也必死無疑。」

海琇想了想，說：「若是給他下毒或直接刺殺他，還怕有人發現陰謀呢。他有副將隨從，一個人跑到草木濃密的山野做什麼？這就是最大的疑點。」

「我估計他是去獵豔，不對，應該說是偷歡，與人偷情。」

海琇沈思了一會兒，說：「沐飛，讓你的人給錦鄉侯世子夫人送封信。」

蘇宏保的妻子章氏出身武將之家，還和陸太后是拐了彎的親戚，她進門之後就被封為錦鄉侯世子夫人，有家族倚仗，她在錦鄉侯府也是不好惹的人物。程汶錦嫁到蘇家，因才高貌美被章氏嫉妒，沒少挨她的陷害欺負。

「妳果然聰明。」沐飛遞給她一塊炭墨，又給了她一塊白色絹帕。「快寫。」

海琇擦去手上的香氣，又聞了聞炭墨和絹帕並沒有特殊的味道，這才寫信。她的信寫得很簡單，很快就寫好，找了兩片樹葉包好，讓沐飛帶走了。

不管是不是葉氏和蘇宏佑為爭世子之位害死了蘇宏保，她都要讓章氏相信這件事是葉氏謀劃的。葉氏為自己親生的兒子打算，這種事再正常不過了。

誰是最終的獲利者，誰就是陰謀的主謀者。

蘇宏保一死，錦鄉侯世子之位落到蘇宏佑身上，誰是最終受益者，大家都明白。蘇家要走向死路，最好的辦法是從內部腐爛，只有這樣，才能死地新生。

讓葉家人還有蘇宏佑統統死掉，把這家族新生的機會留給蘇闊。海琇現在不是蘇闊的親娘，但她想為他的前路掃清障礙，這是第一步。

她到長華縣主房裡拿了一件披風，又去了後花園。長華縣主和秦姨娘母女已離開了，一問才知道是柱國公府派人來說話，周氏請她們去正房了。

對於柱國公府的人，不管主子奴才，海琇一向厭煩。她讓丫頭到正房打探消息，自己就回了臥房，沐飛給她帶來的消息重大，她也該好好琢磨一番。

她的院子裡很安靜，只有飛花和落玉守在房門口，這令她有點吃驚。看到她回來，飛花和落玉都不說話，卻以眼神催促她進屋，並攔住了她的丫頭。

海琇進到臥房裡，看到蕭梓璘正躺在她舒適柔軟的大床上，她輕哼一聲，沒說話。蕭梓璘正翻看一本琴譜，對她進來沒有任何反應。

「不在府裡張羅迎兩位側妃進門的事，到我這裡來幹什麼？」

「迎側妃進門有公雞就足夠了，不需要我出面，倒是妳不能讓公雞陪。」

「哼！公雞能替你入洞房嗎？」

蕭梓璘坐起來，拍了拍床讓海琇坐下，笑道：「若公雞願意，我不反對。」

海琇重重坐在床頭，冷哼道：「你明知道公雞不願意。」

「我還知道妳有辦法讓公雞願意。」蕭梓璘的手臂搭在海琇肩上，姿勢曖昧，又高深一笑，說：「像花月樓那樣的公雞不錯，要是能多找幾隻就好了。」

海琇輕輕一笑，面色沈靜，臉上並沒有陰謀被識破的慌亂。蕭梓璘的勢力遍佈天下，就她和沐飛那點小手段、小算計，根本不可能瞞得過蕭梓璘。她早想好了，若蕭梓璘問起來，她就裝傻充愣，蕭梓璘想怎麼處置她，她也悉聽尊便。想報仇就要付出代價，而她代價的籌碼就是蕭梓璘的信任。

「怎麼不說話？」蕭梓璘眯起眼睛，遮住眼底的情緒，靜靜看著她。

她知道蕭梓璘眯起眼睛看人是要發怒的先兆，她只能沈默等待，等了一盞茶的工夫，也沒見蕭梓璘發作，她輕輕抬起頭，以眼角的餘光偷看他。

看到他依舊神色冷漠，海琇以蚊鳴般的聲音說：「殿下，要不我們也成親吧！」

「好啊！」蕭梓璘答應得格外痛快，臉色也不像剛才那麼沈謹了。

海琇鬆了口氣。她說成親的事只是緩和氣氛，沒想到蕭梓璘毫不考慮就答應了。原本，至少今年，她還不想成親，可話說出去了，就由不得她反悔了。

「我讓欽天監重新給看了日子，他們說十月比冬月好，不冷不熱，最適合成親。現在是七月，還有三個月的時間，足夠妳準備了。」

「我……」

蕭梓璘握住海琇的手，細細撫摸。「不用妳開口，也不用妳費心，我會知會內務府，一應程序都由他們來做，如何安排也由他們告知岳父、岳母。」

海琇無話可說，她順勢靠在蕭梓璘懷裡，嘟起嘴，楚楚可憐地看著他。

「別怕，凡事有我，我不會讓妳受半點委屈。」蕭梓璘摟住她，輕輕拍了拍她的背。

「什麼事我都能替妳做，我只需要妳信任我，向我敞開妳的心。」

蕭梓璘已經把話說清楚了，她不想再說什麼，也不想多問。她緊緊依偎在他懷中，靜靜享受此刻的寧靜踏實。歲月靜好，一切盡在不言中。

院門外傳來周氏和丫頭的說話聲，聽語氣，就知道周氏不高興。蕭梓璘捧起海琇的臉，火熱的雙唇印在她的唇瓣上，又移到她臉上。聽到周氏等人走近院子，他才拍了拍海琇的臉，很麻利地從後窗走了。

海琇摸著溫熱的臉頰，揉了片刻，起身迎了出去。

周氏氣呼呼走在前面，身後跟著諸多丫頭婆子，秦姨娘和嚴姨娘小心翼翼跟在身後。進到廳裡，看到海琇面露倦色，睡眼矇矓，周氏長嘆一聲。

「娘，出什麼事了？」

「大姑娘嫁進臨陽王府做側妃的日子定在下旬初，還有十天時間。今天老虔婆派人把嫁妝單子送過去，三姑娘和五姑娘都成了大姑娘的陪嫁。剛才她又派人過來說程三姑娘未婚先孕，李太貴妃很生氣，要給臨陽王殿下再選一位側妃。二姑娘的親事一直沒定下來，不如也嫁到臨陽王府做側妃，姊妹幾人共侍一夫，能恩寵，也親近。她沒經我和妳父親同意就去跟李太貴妃說了，沒想到李太貴妃竟然還答應了，這不是存心讓我們難堪嗎？」

海琇掃了秦姨娘一眼，冷哼道：「我們是忠勇侯府海家，我們的祖母是長華縣主，她是什麼人？憑什麼作主二姊姊的親事？連五妹妹的親事都由不得她！」

周氏恨恨咬牙。「海家的姑娘沒人要了嗎?成群結隊往人家裡塞，也不怕被人笑話。她不知道臉面是什麼，我和妳父親、祖母還要臉面呢！」

秦姨娘覺得海老太太侮辱了海珂，絞著手帕低聲咒罵。他們這一房有了身分和地位，海珂不嫁給沈暢，也能嫁給家世好的人，她可不想讓女兒去做妾。

海琇知道李太貴妃早就恨上了她，同意海琳和海璃給海琪陪嫁，又答應讓海珂做側妃，就是想讓她難堪，只是這手段太過小氣，李太貴妃也就這麼點道行了。

「娘和父親只要管住二姊姊不被她們糟踐就行，我不想讓親姊姊嫁到臨陽王府，噁心。五姑娘自己糊塗，不親近父母，偏聽她們擺佈，那就讓她自求多福吧！」

秦姨娘掩面哽咽。「二姑娘要是有體面的親事就……」

海琇沈下臉，說：「有老爺、太太和老太太呢，姨娘就少操心些吧！」

「四姑娘是尊貴人，可別和那些糊塗行子生氣，她們不配！」

「柱國公府老太太是什麼品性，有什麼能耐，大家心知肚明，她那點本事只能對付柱國公。我嫁到臨陽王府做正妃，就有正妃的風範和氣度，不需要誰去固寵。若是誰生出不識大體、不顧臉面的齷齪心思，也別怪我不客氣。」

周氏攬住海琇，說：「妳不為她們那些骯髒算計氣惱，娘就放心了。」

十天之後，海琪和洛川郡主同一天進門做了蕭梓璘的側妃，可她們卻嫁進了鑲親王府。沒人迎親，也沒勞煩公雞，她們都是自家兄弟送進門的。

當天，鑲親王府大擺宴席款待賓客，熱鬧隆重，蕭梓璘卻去中南省辦案了。看到蕭梓璘的信，上面寫了一堆不入洞房的理由，海琇笑了。她正笑得開心，沐飛來了，還給她帶來了蘇家的消息，讓她頓時鬥志昂揚。

蕭梓璘八月才從中南省回來，他和海琇成親的日子定在十月下旬，內務府公佈了日子就開始忙碌起來。距離成親還有兩個多月，周氏為女兒備嫁，緊張而欣慰。

周氏把嫁女兒要置辦的東西、要處理的事物及已辦的事項都列出了清單，幾頁紙寫得密密麻麻、事無鉅細，仍怕有疏漏，看得海琇頭昏眼花。

「光讓妳看妳都頭疼了？等妳有了女兒，她要出嫁，妳也要這麼做。」

「嘿嘿，我生兒子，不生女兒，就省得麻煩了。」海琇話一出口，就見周氏等人以異樣的目光看她，她趕緊摀住臉，嘴角彎起甜蜜的笑容。

「姑娘這話說得太輕巧了，兒子就省得麻煩嗎？男婚女嫁，家裡進人口需要準備的東西、籌辦的事更多，比嫁女兒繁瑣多了。」

海琇聽到孫嬤嬤的話，咧了咧嘴，沒說什麼。她怕麻煩，言明不生女兒，可兒子娶妻更麻煩，她總不能什麼都不生吧？那她就有大麻煩了。

第六十八章 幾世情緣

在周氏嚴厲要求下，海琇仿照周氏列出清單，也把自己要做的事、要準備的東西列了一份清單。清單列好，她才發現自己有好多事要做，也難得輕鬆了。好在有文嬤嬤幫忙給丫頭分了工，這樣一來，就為她分擔了十之八、九。

清華郡主和連純郡主來看她，與她閒話了半日，她也踏實多了。

連純郡主這個月要出嫁，隔了兩日，她又約了清華郡主，一起給連純郡主送了一份豐厚的添妝。她和連純郡主是合作夥伴，相識時日雖不長，卻也很親密了。

過了兩天，海琇又去看了洛芯。洛芯冬月與周達成親，現在已進入備嫁後期。

洛芯的母親和錦鄉侯世子夫人章氏是拐彎親戚，平日走動也不少。

昨天，洛芯和她母親到蘇家探喪，帶回了許多與錦鄉侯世子亡故相關的內幕消息。今天海琇來找洛芯，除了給她送添妝，還想順便瞭解蘇家的情況。

沐飛跟她說現在蘇家亂成一團，靈棚裡連喪都沒人哭，一直在吵鬧。葉氏和章氏分成兩派，鬧得府裡雞飛狗跳，繼婆婆跟嫡長媳婦連娘都罵出來了。

海琇鬥志昂揚，算計著再搧陣風、窩把火，讓葉氏和章氏打得妳死我活才熱鬧。到時候，葉家和章家都跳出來爭鬥，京城可有大戲看了。

這只是前奏，高潮是葉氏一派慘敗，最後以葉玉柔和蘇宏佑慘死為結局。

「蘇瀅和蘇灩都還好吧？」

「我沒見到蘇灩，聽說又被她母親關起來了，也不知道因為什麼事？蘇瀅狀態不錯，說起他們府的事，她唉嘆不斷。說他們府裡有些人做壞事，要遭天譴報應，帶累大家麻煩。她還說若不是顧念蘇老太太和她姪子，她都想一走了之。」

「不就是她哥哥去世了嗎？英年早逝確實讓人萬分痛心，可不至於有多少麻煩吧？別人遭報應跟她有什麼關係？」海琇明知故問，引導洛芯打開話匣子。

蘇宏保的屍體找到，弄回府裡停靈快一個月，章氏及其娘家人一直攔著不讓發喪，他們一口咬定他是被人害死的，不找出謀害他的真凶，這靈就永遠停下去。

章家在順天府報了案，可屍體已腐爛，摔死蘇宏保的馬也跑了。仵作驗屍只發現摔傷，除此再無其他發現，想還原當時的情景談何容易。

誰是最終的受益者，誰就是陰謀的主謀者。

章氏因為海琇這句話，開始懷疑蘇宏保亡故之事並非意外。

葉氏是蘇宏保的繼母，為自己的兒子爭奪爵位家產，害死原配所出的嫡子太正常了。蘇宏保一死，錦鄉侯這爵位就是蘇宏佑的，蘇家的家財產業大部分也會歸蘇宏佑所有，葉氏和蘇宏佑得利最大，說他們母子不是主謀，誰信呢？

章家現在算是朝堂的新貴，出了這種事，不為章氏出面討公道，不讓人恥笑才怪。再說，章家以武立家，知道女婿被人害了，又怎麼能嚥下那口窩囊氣？

不管這件事是不是葉氏和蘇宏佑主謀，現在矛頭指向他們就是海琇想要的結果，她正在謀劃該怎麼製造一起這樣的事端，沒想到天助了她一把。

洛芯看著海琇，很為難地咂了咂舌，嘆氣道：「聽說蘇家三年前出了一件大事，程文釧的長姊產後血崩而死，死得不明不白；今年蘇家麻煩事不斷，蘇瀅說蘇家遭天譴報應估計就是跟這件事有關。她說冤有頭、債有主，她是不怕的，就是因為府裡鬧事不斷鬧心。」

海琇眸光一轉，沈思片刻，說：「沒準真是報應，誰做了虧心之事，天上自有神明看得清清楚楚。蘇瀅品性不錯，對蘇老太太孝順，對姪子也疼愛。蘇灩跟我和妳是幾年的好友，她的心性也很好，我們該想辦法幫幫她們才是。」

「我也想幫她們，可是不知道該替她們做些什麼？」

海琇拍了拍洛芯的手，說：「我來想辦法。」

「好，需要我做什麼就直說，我們家和蘇家沾親，我去他們家也方便。」

海琇不想因自己報仇而帶累洛芯，她只想讓洛芯給她傳遞消息。兩人又說起程文釧的事，海琇把清安寺鬧鬼掛在嘴邊上，由不得洛芯不信。

通過洛芯這種話不多的人往外傳，事情的可信度才更高。

從洛家出來，海琇去淘寶居在京城的總店視察生意，順便淘幾件精緻的擺件送給洛芯。

剛到淘寶居門口，就見金大帶著幾名侍衛押著兩輛囚車通過。

許多人跟在後面看熱鬧，民眾議論紛紛，連鋪子裡的掌櫃和夥計也往外張望。

「出什麼事了？」海琇看到金大押囚車，就想到囚犯與蕭梓璘有關。

「聽說臨陽王殿下從中南省辦案回京途中抓到了兩個採花大盜，花日樓和花月樓，他們倆是同胞兄弟。臨陽王殿下把他們帶到暗衛營一審，才知道這兩個髒胚禍害了不少人。現在要把他們押到順天府大牢，明天砍頭，還要讓受害人觀刑呢。」

海琇不由皺起眉頭。沐飛明明說花月樓因為背叛蕭梓璘被殺了，怎麼花月樓又活了？而且還多了一個叫花日樓的同胞兄弟，又被蕭梓璘抓住了。

沐飛不可能騙她，除非沐飛收到的花月樓已死的消息是假的。

在清安寺，花月樓被沐飛指使——確切地說是海琇主謀——假扮蕭梓璘迷姦了程文釧。程文釧也被花月樓禍害了，要是讓程家知道了真相，這打擊可就太大了。

海琇突然想到了另一種可能，不由瞪大眼睛，心跳也劇烈了。

花日樓和花月樓都是重犯，金大就帶幾個人押他們招搖過市，不怕他們跑了嗎？明天砍頭，今天在死牢裡關著，怎麼還要轉移到順天府大牢呢？

「飛花，我有事要見臨陽王殿下，妳傳消息，說我在香茗茶樓等他。」

「是，縣主。」

海琇到淘寶居向掌櫃詢問了經營情況，又看了新進來的貨品，挑了幾件，就去了香茗茶樓。她剛到門口，銀二就迎上來，把她領到了樓上的雅間。

「你像是早就知道我有事要找你一樣？」

「妳為什麼不認為這是心有靈犀呢？」蕭梓璘端了一杯茶遞給她。

海琇噘嘴一笑，反問：「什麼是心有靈犀？」

蕭梓璘坐到她身邊，親密地攬住她的香肩，低聲說：「就是妳想我了，恰巧我也在想妳；妳來了什麼地方，我也鬼使神差朝那地方走，還會碰上。比如說今天，我就在茶樓後巷辦事，妳就來淘寶居了，離得很近，妳又想見我，這不就是心有靈犀嗎？若不是心有靈犀，離得再近，也會擦肩而過。」

海琇笑眼迷離，神情微醺，聽蕭梓璘感慨，她從身到心暖暖的舒適。

「琇琇，妳說我和妳是不是幾生幾世的緣分？」

「怎麼講？」

蕭梓璘不敢確定，但也懷疑她和程汶錦淵源匪淺了。這幾生幾世的緣分還要從她的前世、蕭梓璘的夢境說起，繾綣糾纏，幾經生死，終究分不開一世情緣。

「我的前世裡，妳是我的妻；我是唐二蛋時，跟妳有婚約；我現在是臨陽王，妳又成了我的正妃。妳逃不開，我也逃不開，我們不是幾生幾世的緣分嗎？」

海琇輕哼一聲，說：「在你的前世，海琇是你的妻，你卻與你的大嫂勾搭成姦，到死才知道對不起她。你是唐二蛋時，跟海琇定下了婚約，你一清醒就不辭而別，你知道她難受了多久嗎？她現在是臨陽王正妃，看著你的側妃……」

蕭梓璘緊緊抱住海琇，又以溫熱的唇堵住了她的嘴，細細吮吸她未出口的話。

「妳還想聽那個夢的後續嗎？」

「你說吧！」

「我記不起因為什麼，好像在打仗，敵人包圍了我們住的地方。我單槍匹馬殺出一條血路，妳和她我只能帶走一個，危急時刻，我……」

「別說了，你丟下了你的妻子，帶走了你喜歡的女人。」海琇一把推開蕭梓璘，她想笑給他看，卻是淚如雨下，她這淚是為海琇流的，也為她自己。

蕭梓璘把海琇緊緊摟在懷裡，彈去她臉上的淚水，沈聲道：「不是我丟下她，是她自己放棄了，讓我帶程汶錦走。她從馬上跳下去，拚命往回跑，摟住了追殺我們的侍衛統領，她豁出了性命，才給我們爭取到了逃跑的時間。我不記得後來發生了什麼，我只記得程汶錦說『我欠她一條命，來世我會還給她』。不管誰欠了誰的，歷經幾生幾世，都會還回去，我欠妳的，我也用一世去還。」

海琇想說話，嘴再次被堵住，先是兩根手指，接著是兩片火熱的唇，堵得她都喘不過氣來。這樣的呼吸不暢是一種壓抑的享受，歡愉蔓延全身，她樂於迎合。

「我欠她一條命，來世我會還給她……」海琇反覆叨唸這句話，灑淚而笑。

蕭梓璘在她的雙唇上重重吮吸了一下，抬起頭，很快又把頭埋在她的胸口上。

她現在是程汶錦的靈魂、心智，海琇的身體、身分，這算什麼？或許是程汶錦一語成讖，才有了這一世她身兼兩人和蕭梓璘的情愛糾葛。

她是該好好活著，為了程汶錦，為了海琇，為了她自己。

蕭梓璘靜靜看著她，輕嘆一聲，一手摟緊她，一手揉進她的頭髮裡。在那個短暫而清晰的夢裡，有一個冗長而迷茫的故事，讓他心痛悔恨，他不想再去回憶。

有些事他也不想再多問，問得清楚反而心傷更重。這一世能與他喜歡的人長相廝守、榮華與共，還能彌補他的愧疚，就足夠了。

老天待他不薄。

「琇琇，還有兩個月妳就是我的妻了，高興嗎？」

「我現在就是你的妻，我一直都高興。」

蕭梓璘看她嬌憨的樣子，眼裡蕩漾著熾熱的笑意，充滿了寵溺的濃情。

「好，敢問王妃娘娘有何訓示？」

海琇纖細的玉指撫過他的額頭，挑起了幾根散髮，笑道：「你這麼聽話，我才捨不得訓示你，不過，有些話我是要問的，你要想好怎麼回答。」

蕭梓璘笑了笑，說：「真正的花月樓死於景州勾欄院，世間也沒花日樓這號人物。今天這兩個人都是殺人越貨的重犯，我借來一用，我讓他們是誰就是誰。」

沒等海琇提問，蕭梓璘就回答了，而且說的都是真話。

蕭梓璘明知清安寺之事是她主謀，沐飛執行，卻把罪名推給了花月樓。若不是程文釧恰巧倒楣，懷了身孕，光小孟氏受了重傷，蕭梓璘也不會插手。

清安寺鬧鬼，小孟氏及她的下人還有蘇家的主子下人都看到了，即使傳得滿城風雨，人們只會想到是小孟氏做了虧心事，遭了報應；可程文釧懷孕就沒法解釋了，總不能說她懷的是鬼胎吧？

再說，程琛和小孟氏都是聰明人，知道程文釧那夜與人春風一度，就會想到有人陰謀暗害，程家和孟家都是大族，不給他們一個交代，這件事無法收場。

弄出兩個採花大盜，這件事就合情合理了。花月樓和花日樓貪圖程文釧的美色，兄弟兩人將她迷姦，怕事情敗露，他們裝鬼嚇人，還給小孟氏下了毒，把她扛到了程汶錦墳上。這樣一來，不管站在誰的立場、從哪個角度想都無破綻可尋。

程文釧倒楣了，程琛和小孟氏能好嗎？

「你打算怎麼處置程文釧？她可是太后娘娘為你指的側妃。」

「不用我處置她，她自求多福吧！」

被採花大盜玷污，還懷了孕，程文釧境遇可期，這可真是小孟氏的「福報」呀！

又與蕭梓璘親暱了一番，天色不早，海琇才與他依依不捨分開，回家了。一路上，她琢磨謀劃，心裡充滿大仇將報的快慰。

回到家，她把沐飛找來，跟他說明情況。沐飛是耿直仗義之人，當即就把對蕭梓璘的憤恨拋到了九霄雲外，還一再言明是給她面子。

花日樓和花月樓在清安寺玷污程文釧、整蠱小孟氏的事傳開，小孟氏和程琛還能有好日子過嗎？於是，海琇決定再添一把柴，直接把小孟氏送上不歸路。

幾天之後，小孟氏的死訊就傳開了，程家對外說她死於屍毒復發。

小孟氏的大丫頭說小孟氏臨死前一天接到了一封信，不知道信上寫了什麼？信是海琇寫的，信上寫著小孟氏害死大孟氏和程汶錦的經過，卻是程汶錦的筆跡，小孟氏一眼就看出來了，她膽戰心驚，搞不清狀況，又一次昏倒了。

同樣的信程琛也收到了一封。

小孟氏死後第三天，程琛帶程文鋼和程文釧扶柩回江東了。程文釧的孩子打掉了，回到江東，程氏族裡就是留她一命，她也要終生長伴青燈古佛了。

第六十九章 臨陽王府

過完中秋節，海誠和周氏就挑了黃道吉日，一家上下搬回了祖宅。

原來的海家祖宅一分為二，他們這一房居左邊，宅子的大小和他們原來住的院落差不多。但這裡是祖宅，兒女婚嫁理應在祖宅舉行，意在告知祖宗、祈求保佑。

與柱國公府一牆之隔，就等於搬到了是非窩邊，要時刻提防麻煩登門。

周氏和長華縣主都是爽利嚴謹之人，下人調教有素，門戶守得很緊，不給任何人可乘之機，更不擔心與柱國公府相鄰而居，他們會弄出么蛾子。

成親的日子一天一天臨近，重新修葺裝飾的忠勇侯府一派簇新，喜氣洋洋。

沈暢家裡終於來人了，來的人不少，還是舉家搬來的。因提前有準備，短短幾日就把海珂的親事定下了，三媒定下，六禮也一併過了。

沈家有點家底，可到了京城才知道日子難過，若無海家幫襯，他們家連套像樣的宅子都買不起。宅子買下來，說是一大家子要住在一起，海珂就苦了臉。秦姨娘在周氏和海琇面前挺老實，私下裡卻埋怨海珂，不知呵呵咧咧哭了多少場。

洛芯和周達的婚期也定下了，她知道海琇和周達是嫡親表兄妹，卻不避諱。備嫁忙完了，就到處去找人玩，海琇和蘇瀅靠她傳遞消息，也知道了許多蘇家的事。

蘇家兩兄弟分家了，蘇泰一房現在只能算是錦鄉侯府的旁支。因蘇老太太還在世，他們分家不分府，但誰都知道庶子被分出去，日子肯定不好過。就算日子不寬裕，蘇泰一房還是願意分家，因為錦鄉侯府的麻煩實在太多了。

因錦鄉侯世子死得不明不白，章氏和葉氏都鬥成了烏眼雞，連章家和葉家都參戰了。章家強勢，據理力爭，最終占到了上風，才結束了這場爭鬥。

章氏及章家一口咬定葉氏等人謀害錦鄉侯世子是為了替蘇宏佑爭世子之位，所以，章氏要把這世子之位牢牢握在手裡，才算是穩操勝券。

蘇宏保死了，錦鄉侯府就沒了世子，子承父位，立蘇宏保的兒子為世孫。蘇宏佑想兄終弟及，成為錦鄉侯世子承襲爵位，沒門。

條件是章氏提出來的，因沒有先例，蘇氏一族不答應，事態僵持不下。最後，蘇老太太點頭了，蘇乘又給章氏寫了保證書，這場爭端才結束。

錦鄉侯世子的棺槨在府裡停靈七七四十九天，終於入土為安，比喜喪的老人停靈時間都不短，這本身就是很不吉利的事，還鬧騰得闔府上下雞飛狗跳。經歷了這件事，蘇家的主子、奴才都像是脫了一層皮，不只累身，還累心。

眼下又有事接上了。

程汶錦去世三年了，因她生了嫡長子，三年出孝，蘇家要舉行出孝大祭。三年前，蘇家為平息風波，讓蘇宏佑給程汶錦守孝三年，馬上就期滿了。

不能便宜了蘇宏佑，出了孝才好收拾他。小孟氏帶著滿腹的怨恨、不甘、遺憾死去，蘇宏佑肯定要步她的後塵，而且他的死法要比小孟氏慘痛得多。

「哎，問妳一句話。」沐飛圍著海琇轉了一圈，忍不住開口了。

「問吧！」

「蘇家到底跟妳有什麼仇？妳費盡心思懲治他們，還不願意讓蕭梓璘知道。」

蕭梓璘已想到海琇就是程汶錦，他認為是程汶錦履行前世的承諾，來還海琇命了。這是一個淒美的故事，再淒慘也有美好的一面，海琇願意讓故事永遠留在蕭梓璘記憶裡。他當時沒能把兩個女人都救出來是命運安排，她不想讓他太自責。

所以，她不願意讓蕭梓璘知道她在蘇家諸多的麻煩事上扮演了什麼角色。即使蕭梓璘事無鉅細全知道了，卻從不多問，默默地以最穩妥的方式替她善後。

海琇掃了他一眼，沒回答，反問：「烏蘭察什麼時候回來？是不是因我要成親他才回了烏什寨？不辭而別，連句話都沒讓人帶給我，他這算什麼？」

「妳放心，他沒看上妳，回烏什寨確實有事。」看到海琇黑了臉，沐飛乾笑說：「聽妳這話，好像烏蘭察對妳有意，怕難受才走的。我只是實話實說。」

海琇皺著眉頭，很無奈地向天空伸了伸手──怎麼就不打雷呢？劈我一下，讓我清醒一番，免得再說出讓沐飛誤解到三十三重離恨天上的話。

「我猜對妳的心思了吧？」

海琇衝沐飛揮了揮拳頭，吼道：「你猜對個大頭鬼呀！烏蘭察答應送我一座金山，我才關心他什麼時候回來。他是不是不想送我禮物才躲回烏什寨去了？」

「哈哈，妳說實話了吧？我要是不欲擒故縱，妳能說出妳關心烏蘭察的去向其實是想要金山嗎？妳肯定會說——哎呀！怎麼好意思讓你破費呢？謝謝你了。」

海琇咧了咧嘴。「好吧好吧！我承認我虛偽貪婪，咱們言歸正傳。」

沐飛點點頭。「說說妳為什麼恨蘇家？」

「好，我告訴你，但你必須答應我不許再告訴任何人。」海琇早已編好了為沐飛量身定作的謊言。認識時間不長，她也摸透了沐飛的秉性。

「妳放心，我絕不告訴一個人。」沐飛答應得很鄭重，心裡卻竊笑不已。

海琇想了想，一臉神秘說：「我曾經落水、得河神點化才變得聰明這件事你大概聽說了。河神點化我是有條件的，祂說祂受一個羽化成仙的女子託付，要收拾蘇家某些人，讓我幫祂。若我不幫祂完成這件事，三年之後，我會變成傻子。」

沐飛把海琇的話回味了一遍，才瞪大眼睛。「真的？這麼神奇？」

緊接著，沐飛又給了海琇一個非常欠打的笑臉，大概是想她變成傻子什麼樣。

「所以，你必須幫我，要不我傻到六親不認，你第一個倒楣。」

「妳傻了還知道我在妳六親之內嗎？」

「我或許記不起別人，但會永遠記住你，榮幸吧？」

「榮幸之至。」沐飛壓抑不住內心的激動，慌忙如廁去了。

他從窗戶跳出去，先興致勃勃跟他幾個隨從說了海琇的「秘密」。看到飛花和落玉，他當然不放過，又嘮叨了一遍。伺候海琇的老實丫頭根本不理他，他也不想理那些婆子，實在無人可說了，他才意猶未盡回來了。

海琇知道他借如廁之名過口舌之癮去了，見他回來，也不說話，只冷冷看他。

「嘿嘿，為什麼這麼看我？」

他保證絕不告訴一個人，一炷香的工夫不到，他就告訴了六個人，不違規。

「我想到一個好辦法，保證把蘇家折騰得雞飛狗跳。」沐飛跟海琇低語了幾句，又說：「這一計肯定讓蘇宏佑求生不得、求死不能，他都會後悔自己出孝了。」

海琇很滿意，跟沐飛客氣了一番，又說：「那件事你別急，我會幫你的。」

「不急，我有三年的時間，看緣分吧！若她真不願意，我也不勉強。」沐飛來京城這段時間，像是變了一個人，不像以前那麼強硬霸道。

兩人商量了一些細節，沐飛就走了。

海琇思慮片刻，讓飛花替她約蕭梓璘。

過了半個時辰，蕭梓璘才讓人傳來消息，請她到臨陽王府敘話。臨陽王府已修葺改建完畢，正裝飾室內，還要添置家具擺設。

海琇也想去看看，正巧今天蕭梓璘在府裡，她也有一些事需要他幫忙。

她跟周氏說去鋪子對帳，就帶飛花和落玉出門了。馬車停在淘寶居門外，她們進到淘寶居，又從後門出來，換了馬車，去了臨陽王府。

馬車直接進了大門，到二門外停下來，而蕭梓璘早就等在二門外了。看到車簾掀開，露出海琇的臉，他親自上前，小心翼翼扶著她下了車。

「先看宅子還是先說話？」

海琇微微一笑。「若能一邊看宅子一邊說話豈不是更好？」

蕭梓璘點點頭，衝海琇伸出手，沒說話，眉宇間蕩漾著濃濃的笑意。相識幾年，儘管變換了身分，他們仍舊很熟悉。有男女之間的情愛，卻沒有男女之別的限制。他們見面是愛人的約會，更像是老友相見，自然親密。

蕭梓璘牽著她的手，在王府內轉了一圈，幾座獨立的院子也都進去看了。海琇對臨陽王府整體的構造和佈局很滿意，細微之處還需她嫁進來再佈置。

她跟蕭梓璘說了蘇家那爛攤子，拜託他幫一下蘇瀅和蘇灩。蘇家二房已分家單過，現在處境最困窘、最麻煩的就是蘇瀅，想到她，海琇不由皺眉嘆息。

蘇瀅在外面的產業，能離開蘇家過輕鬆的日子，但她是有情有義之人，不會一個人一走了之，她還要照顧蘇闊，還要看顧蘇老太太的身體。

另外，沐飛喜歡清華郡主，而清華郡主卻要跟逍遙王的嫡次子定親了。清華郡主厭煩沐飛，她不敢盲目遊說，這件事該怎麼做，還需蕭梓璘拿主意。

蕭梓璘攬住海琇的肩膀，說：「還有一個多月妳就是這臨陽王府的女主人了，妳的言行舉止不只代表妳一個人，還代表我和以臨陽王府為首的許多人。清華的親事妳不要管，沐飛想怎麼取悅她，妳也無須插手。妳跟沐飛說，他想求娶清華只能走正規途徑，兩國聯姻是朝廷大事，需要兩國以國書形式商洽。」

海琇點點頭，說：「我明白。」

自得知她和沐公主的關係，沐飛就把她當成了一家人，幫她做事從未提過條件，她不想欠沐飛的情，想替他做點什麼或完成心願，以此報答。

可盛月皇朝和北越皇朝是兩個國家，不是兩戶人家。兒女姻親，找個媒人就行，國與國之間的聯姻可不能馬虎，以免留下隱患。

清華郡主是她的閨中好友，一想到清華郡主的婚事，她就為難不已。清華郡主和逍遙王嫡次子雖不是情投意合，但是門當戶對，清華郡主還能留在京中。

「這幾座院子都已粉刷完畢，也已灑掃乾淨，岳母該請人來量屋子了。妳看過之後，家具做什麼樣式、怎麼做，心裡也該有譜了。」

「家具我們府裡早有準備，我心裡自然有譜。」海琇瞥了他一眼，笑道：「眼下我有一件沒譜的事，還需臨陽王殿下指點迷津。」

「說。」蕭梓璘一看海琇那陰陽怪氣的架式，就知道她沒好事。

「臨陽王府怎麼沒有側妃的院子？四位側妃每位都需要一座獨院吧？」

蕭梓璘輕哼一聲，反問道：「臨陽王府沒有側妃，何來側妃的院子？」

「怎麼可能？」海琇笑了笑，又說：「現在已確定名分的就有三位側妃，各方勢力或你自己肯定還要給添一位；不說葉家那位，鑲親王府都有兩位已經進門了。」

「臨陽王府和鑲親王府雖說同出一脈，只有一牆之隔，卻也是各走各門。側妃娶進鑲親王府，不是我迎娶的，也不是我要娶的，與我臨陽王府何干？」

海琪和洛川郡主都想早一日進門，早一日承寵，早一時得到蕭梓璘的心。當時，臨陽王府正在修葺改建，她們就由家人送進了鑲陽王府。

蕭梓璘沒去迎親，可她們是蕭梓璘的側妃，天下皆知。不管皇上的指婚口諭說得多麼含糊，也不知皇族的玉牒上是不是早記下了她們的名字，海琪和洛川郡主都是臨陽王的側妃，無從更改，蕭梓璘不接納她們並不是最好的辦法。

「這一招確實能將人拒之門外，也能打某些人的臉，卻是下策。」

蕭梓璘躬身行禮。「請王妃娘娘指教上策，小人必有重謝。」

海琇吐了吐舌頭。「我還沒想好，等我想好了再告訴你。」

「小人願隨時聆聽教誨。」蕭梓璘又要行禮。

「行了。」海琇一把拉住他。「你這麼恭敬，讓人看見，還以為你做虧心事呢。」

「錯，在這府裡，看到我給妳行禮，所有人都會認為是妳太過凶橫。」

「你陰我？」海琇握緊拳頭在他身上捶了幾下。

「是我陰妳，還是我淫妳？妳一定要咬字清楚，別讓人聽錯了，沒的污了我的清名。」

蕭梓璘握住海琇掄圓的拳頭。「別打了，怪癢的，累著了多不划算。」

「討厭。」海琇靠在蕭梓璘手臂上，低聲道：「臨陽王下一位側妃由誰定，咱倆不妨賭一把，你要輸了你處置，我要輸了，我替你處置。」

「好，妳猜是誰？」

「李太貴妃，你的親祖母。」

蕭梓璘輕哼一聲，問：「要是皇上呢？」

「若皇上給你指一位側妃，那麼不管你輸你贏，都由你來處置，明白了嗎？」

「明白，請王妃娘娘放心，小人一定處理得很好。」

海琇剛要說話，就見一個管事婆子急匆匆走來，請蕭梓璘去後花園看看。

「出什麼事了？」海琇見婆子臉色不好，趕緊詢問。

「去了就知道了。」

到了後花園，海琇才知道一牆之隔的鑲親王府和臨陽王府之間有道門，說是一道門，其實根本沒門沒檻，只是一面牆斷開了一丈寬。

那裡圍了許多人，人群都與牆壁斷口保持了一定的距離，正低聲議論。得知蕭梓璘和海琇來了，人群趕緊讓出一條路行禮，又有管事上前稟報情況。

海琇往牆壁的斷口一看，嚇得驚叫一聲，慌亂之中撲到了蕭梓璘懷裡。

就在牆壁的斷口處，盤著一條兩丈長、水桶粗的青色蟒蛇。蟒蛇比人頭還大的眼睛裡藏滿憤怒，它的嘴半張半閉，嘴裡有兩隻人腳露在外面。

那是一雙少女的腳，一隻腳光著，一隻腳下穿著鮮豔的繡花鞋。少女的腳從蛇嘴裡露出去，她的身體、腦袋已經進了蟒蛇的肚子。

蕭梓璘一手摟住海琇，一手捂住她的眼睛，沈聲問：「吞的是誰？」

「是海側妃的陪嫁，海五姑娘。」

聽說被蟒蛇吞掉的是海璃，海琇又一聲驚叫，推開他的手，去看那雙露在蟒蛇嘴外的兩隻腳。她朝蟒蛇走了幾步，又停住腳步，被蕭梓璘拉回懷中。

就在剛剛那一念之間，海琇想過要救海璃，可轉念一想，又退卻了。她冒冒失失過去，就算不被蟒蛇吞掉，也會把自己嚇個半死；蕭梓璘肯定會拚盡全力保護她，萬一失手，誰知會不會給他們帶來意想不到的傷害？

再說，海璃也不值得她去救。且不說海璃和葉姨娘怎麼欺負她，謀害了她多少次，就說分家時，多少人勸海璃不要聽信海老太太等人的話，勸她跟著生父嫡母，不會吃虧，可良言難勸該死的鬼，她就是葬身蟒蛇之腹也是自找的。

蕭梓璘知道海琇心善，輕嘆一聲，問：「孤蛟呢？趕緊叫他回來。」

「回殿下，孤蛟今天不當值，出去閒逛了。剛出事，陸通就發緊急信號叫他回府了，若他接到消息，定會馬上回來，殿下放心就是。」

蕭梓璘冷哼道：「本王有什麼不放心的？小龍在這裡守衛一年，第一次有人敢靠近它，也是第一次發生這樣的事，別說那些侍衛，就你們都沒它有威懾力。」

「殿下教訓得是。」

「這條蟒蛇叫小龍？是你們養的？我還以為是突然飛來吃人的呢。」海琇趕緊躲開蕭梓璘，驚恐怪異地注視他們，後背不由冒出冷汗。

蟒蛇在這裡守衛一年，鑲親王府的人都不敢靠近這裡，也沒出過蟒蛇傷人的事；海璃剛陪嫁過來時間不長，怎麼敢以身犯險？真是到哪兒都不消停的人。

「妳把小龍當什麼了？」蕭梓璘又攬住海琇，大庭廣眾之下秀恩愛。

第七十章　側妃挑釁

「殿下，孤蛟回來了。」

眾人循聲望去，只見陸通扯著一個中等個子、身形偏瘦的年輕男子過來。看到蕭梓璘，兩人趕緊上前行禮，又有人跟孤蛟講述了海璃被吞的情況。

「肯定是打扮得花枝招展、穿得花俏鮮豔，到距離小龍一丈之內的範圍裡作死了。」孤蛟輕蔑冷哼，哼著小曲不緊不慢朝蟒蛇走去。

蕭梓璘推開海琇慢慢靠近蟒蛇，金大、銀二趕緊帶人跟上去。

孤蛟在蟒蛇身上踹了兩腳，高聲問：「你是怎麼搞的？你餓嗎？飢不擇食了嗎？前天不是剛餵了你兩頭豬、三隻羊嗎？你怎麼還什麼髒的、臭的都往肚子裡吞。你不是最討厭香粉的味道嗎？我跟你說過多少次？人心、人腦最髒。」

蟒蛇像是聽懂了孤蛟的話，尾巴掃了幾圈，後花園裡颳起一陣勁風。

「趕緊吐了，不噁心嗎？」

蟒蛇呲呲幾聲，前半身立起來，嘔的一聲，嘴裡就吐出了一個人。這人的衣服確實很鮮豔，沾了蟒蛇腹裡許多穢物，顏色就更花哨了。

海璃落到了鑲親王府的長廊上，抽搐了幾下，不動了。

孤蛟拍了拍蟒蛇。「把那些金的、銀的、玉的都吐出來，漱口去，髒死了。」

蟒蛇一躍而起，調轉身體，朝後花園的湖塘去了。

海琇扯了扯蕭梓璘的手臂，輕聲說：「你讓人過去問問到底怎麼回事。」

「遵命。」蕭梓璘走了兩步，又轉頭說：「不管什麼側妃，都不可能從正門進到臨陽王府，這道門有小龍在，以後會守得更加嚴實，妳儘管放心。」

「要是從後門進呢？」

蕭梓璘衝海琇挑了挑眼角。「以賊論處。」

海琇勉強笑了笑，沒說什麼，心裡暗嘆。諸如海琪、海璃和程文釧等多才漂亮的女子為取悅男人不惜以身犯險、自甘下賤，又何必呢？她們都以為憑自己的優點和本事能掌握男人，結果呢？

一會兒，蕭梓璘回來了，告訴她海璃沒死，只是昏了過去。

「她為什麼會被蟒蛇吞掉？沒人告訴她這裡有蟒蛇嗎？」

蕭梓璘搖搖頭，說：「鑲親王府面積很大，這裡屬後花園，雜草叢生，最為荒涼，府裡粗使的下人都很少到這裡來，誰知道那位五姑娘怎麼卻來了？」

海璃打扮得這麼漂亮，一定是想從這道門溜進臨陽王府，取悅蕭梓璘。或許她不知道有蟒蛇守衛，為爭寵穿過雜草叢生的荒蕪之地，她膽子也夠大的。

蕭梓璘讓人把海璃送回去，又著人嚴加管教。看到孤蛟領著蟒蛇回來，海琇不禁渾身發冷，趕緊拉著蕭梓璘離開了。

「別害怕，孤蛟已把妳介紹給小龍了，以後它都不會傷害妳，還會保護妳。小龍通人性，像它這樣的異獸比有的人更有人性。」

從臨陽王府回來，海琇一直心存餘悸，暗自也為海璃捏了一把汗。她不敢把今天的事告訴海誠和周氏，周氏還好些，若讓海誠知道，肯定會為海璃擔心。海誠不是冷漠之人，海璃再不聽話、不懂事，他還是會顧及海璃的安危。

過了七、八天，沐飛來找她，告訴她那件事辦成了，讓她等著看好戲。

「我給我祖父和父皇寫信了，讓他們派使臣正式向盛月朝廷求親。我雖是皇長子，因我母族只是遊牧部落出身，我將來不一定能承襲皇位，就求一位王府郡主為妻。我沒寫明喜歡誰，我祖父是精明人，他一定知道清華郡主與我匹配。」

「盛月皇朝有五位加封郡主的貴女，除了明華、清華，其他不是老、就是小。正因為你祖父是精明人，我覺得他最有可能替你求娶明華郡主。」

「怎麼可能？」沐飛騰地一下跳起來。

「因為明華郡主是臨陽王殿下的親妹，身分更高；還有，她驕縱野蠻，與你極配。」海琇見沐飛失落至極，趕緊安慰說：「你放心，就是可能，我也讓這件事變為不可能。不能讓明華郡主禍害你，讓她禍害我們的仇人更妥當。」

沐飛拍了拍海琇的肩膀。「夠意氣，妳成親我送妳一座金山。」

「你不用送我金山，你幫了我這麼多忙，我回報你的仗義也理所當然。你把我們謀劃的事情做好，我就算豁出臨陽王正妃的臉面，也保你心願得成。」

海琇終於慷慨了一次，心裡很是舒暢。

蕭梓璘讓沐飛走正規途徑求娶清華郡主，可再正規途徑也是人劃出來的。

三天之後，海琇就聽到了令她振奮的消息。

蘇宏佑出了妻孝的第二天，帶一幫狐朋狗友到青樓散心，沒想到卻鬼使神差救了兩位北越公主。在北越攝政王沒奪得皇權之前，她們是金尊玉貴的真公主；現在她們父兄被殺、家人被囚禁，她們僥倖逃脫，成了亡國之奴。她們祖母是本朝派到北越國的和親公主，她們歷盡艱險逃到盛月皇朝領地，只想尋求庇護。

蘇宏佑不知道她們是什麼身分，見長得漂亮，就想調戲。本來蘇宏佑沒安好心，卻為兩位亡國公主擋了同樣沒安好心的人，算是救了她們。

此事傳開，尤其是兩位公主的身分公開，朝廷不得不拿出一個態度。朝廷不想與北越皇朝為敵，但給兩位公主一個容身之地，還是能做到的。

安定之後，被蘇宏佑救下的名叫沐藍凰的公主為了報答他的救命之恩，決定以身相許。蘇家本來不看好這件事，聽說朝廷接納了這兩位公主，又給了封賞，才沒說什麼。蘇宏佑聽說這個消息，又驚又喜，暗嘆自己守孝三年守來了好運。對於這幾個月丟人現眼、備受非議的錦鄉侯府來說，也算是一個意外之喜。

沐飛早知道那兩位公主逃脫了，本來想玩老鷹捉小雞的遊戲，沒想在這裡派上用場，禍害了蘇宏佑，還她們兩姊妹自由身，這也是個不錯的交易。

蘇宏佑本就是個精蟲入腦的色胚，他不管沐藍凰的身分多麼尷尬敏感，只知沐藍凰長得漂亮，他一見就骨酥肉麻、飄飄然了。

蘇乘和葉氏接到陸太后口諭，讓錦鄉侯府安排迎娶沐藍凰之事，兩人都懵了。錦鄉侯世子剛過世，蘇宏佑這當弟弟的至少要守九個月的孝，蘇家要是在這時候辦喜事，不被世人詬病才怪，現在的錦鄉侯府已禁不起半點風浪。陸太后明知道蘇宏佑有兄孝在身，還下這樣的懿旨，用意就耐人尋味了。

最後蘇老太太決定先把沐藍凰以繼妻之禮娶進府，九個月後再讓蘇宏佑和她圓房，這樣合情合理，陸太后也挑不出錯，人們也沒有可非議的。

蘇宏佑夥同小孟氏害死程汶錦，不就是想讓程汶錦給葉玉柔騰地嗎？地方騰出來了，三年妻孝也守完了，沒想到卻憑空殺出一位亡國公主，把葉玉柔苦等三年的位置據為己有，這不等於賞了葉家和大長公主一個驚天動地的大耳光嗎？

葉氏想回娘家問問大長公主的意思，卻被蘇老太太攔了，又被蘇乘罵了個狗血噴頭。大長公主的手伸得太長，已超出蘇老太太忍耐的範圍，該栽跟斗了。

葉氏垂淚飲泣。「那女人死了，整整折磨了佑兒三年，被關在那座院子裡連大門都沒出過，他的日子多難過呀！嫡親兄長死了，讓他背了一個想奪世子之位的污名，他有苦難言。

好不容易消停了幾天，又弄出個亡國公主，您說……」

「按太后娘娘懿旨行事，不得多言。」蘇老太太心力不足，語氣卻很堅定。

看到蘇宏佑滿心歡喜，葉氏很高興，想到葉玉柔還等著扶正，她又為難不已。怎麼說服葉玉柔、怎麼和葉家交代，她必須有一個妥善的說法。蘇乘和蘇老太太不管這些，在他們看來，葉玉柔就是個妾，沒必要放在心上。

不知葉氏怎麼說的，葉玉柔沒阻撓蘇宏佑娶沐藍凰，葉家也沒說什麼，只是葉玉柔帶她的兒子回了葉家，說是等蘇宏佑成親之後再回來。

蘇宏佑有了新歡，恨不得馬上把佳人娶過門，行男女歡好之事。至於葉玉柔這個舊愛去哪裡，他根本不放在心上，只要不阻撓他的美事，他才懶怠多管。

海琇聽沐飛講述蘇家的事，得知蘇宏佑現在被沐藍凰迷得神魂顛倒，早把葉玉柔拋到了腦後，她幸災樂禍，又咬牙冷哼。蘇宏佑貪淫好色，更是無情無義、心黑手辣之人，葉玉柔也領教了蘇宏佑的作派，遲早會步程汶錦後塵，真是活該。

「你是怎麼說服沐藍凰嫁給蘇宏佑的？」海琇認真地問。

「說服？哼！我才懶怠跟她廢話，我都用逼迫，用刀逼，錯了，沐藍凰是用毒逼的。毀去容顏、泯滅本性的劇毒，她不聽我的，會死得很慘。」

「她嫁到錦鄉侯府，你就給她解藥？那你還能控制她嗎？」

「給她解藥？嘿嘿，她想得美，世上沒那樣的毒，哪來的解藥？」沐飛陰陰一笑，又說：「妳不就是想把錦鄉侯府攪得天昏地暗，把蘇宏佑還有他那個姨娘送上不歸路嗎？妳等著看好戲吧！我保證他們會死得很慘。」

海琇咬牙點頭。「那正是我想要的結果。」

「放心吧！沐藍依還在我手裡，她不敢不聽話。」沐飛又跟海琇說起另一位公主沐藍依。聽說沐藍依更聰明，比沐藍凰難對付，海琇就上了心。

海琇輕鬆一笑，說：「你有足夠的把握就好，我等著看好戲，對沐藍依也要及早提防。對於聰明人，使什麼手段都要適可而止，別被她反攻才好。」

「放心好了。」沐飛衝海琇眨眼一笑。

海琇剛想問北越皇朝遞國書向朝廷求親之事，就有丫頭急匆匆跑進來。

「姑娘，您快去太太那裡一趟，淘寶居出事了。」

「出什麼事了？」沐飛騰地站起來，瞪眼詢問，比海琇還著急。

海琇很冷靜，忙道：「淘寶居出什麼事了？先去看太太，妳邊走邊跟我說。」

「淘寶居被人砸了，來傳話的夥計先見了太太，太太讓姑娘過去。」

「我先到淘寶居看看。」沐飛揚刀上肩，沈著臉往外走。

淘寶居是沐公主留下的產業，有人對淘寶居動手，就是不給北越皇朝臉面。

「你先去看看也行，別輕舉妄動。」海琇囑咐了沐飛一番，才去見周氏。

來報信的夥計回去了，海琇沒見到人，心裡忐忑。周氏瞭解了淘寶居被砸的經過，面露冷笑尋思，並不著急。海琇見周氏依舊沈得住氣，心裡也有了底。

「娘，是誰砸了淘寶居？」

「不只淘寶居被砸了，店鋪裡的夥計、帳房和掌櫃還被打傷了。一群人衝進淘寶居就亂砸亂打，還沒看清是誰，那群人就跑得沒影了。人家有備而來，而且他們在暗，我們在明，怎麼會讓妳知道是誰？我讓夥計去報官，管事跟去處理了，妳別著急，很快就有消息，是誰幹的也不難查。」

海琇點點頭，問：「母親以為是誰主使的？」

「妳說呢？」周氏笑意吟吟反問。

「我不知道是誰，但我知道幕後主使是衝咱們來的。外祖母詐死之後，逍遙王府經營鋪子四十餘年，逍遙王府還遠在北疆，都沒出過這種事。現在淘寶居由我們和逍遙王府聯手經營，連純郡主成親後又隨方大人回鄉祭祖，這時候出這種事，不就是想打我的臉、想讓咱們家難堪嗎？」

周氏輕哼一聲，說：「寶貝女兒，妳很聰明，知道那些人的目的，再猜是誰就簡單了。妳想想，這京城上下有幾個人敢挑釁我們家和臨陽王府？」

文嬤嬤憤憤冷哼。「肯定是柱國公府那邊派人幹的。知道姑娘還有一個多月就要出嫁，他們就是想給姑娘添堵，才使出這種下作手段。」

海琇冷笑道：「這手段不算下作，只是魯莽而已，不是柱國公府所為。」

周氏攬住海琇的肩膀，問：「妳認為是誰？」

「還不敢說，我想去鋪子看看，官府查辦此事也要見鋪子的東家。」

「妳去吧！希望妳去這一趟回來，能告訴我幕後真凶是何許人。」

海琇沒應聲，只笑了笑就出去了。不想讓周氏失望，她還需多費心思。

她們趕到淘寶居時，官差已經來了，正查問目擊者。負責京城治安的順天府錢同知親自帶人來，他受海誠之託，又看臨陽王府的情面，自是盡心盡力。

海琇聽錢同知說明了案子查辦的進度，又商量一番，才去醫館看被打傷的夥計、帳房和掌櫃，並跟他們詢問事發時的情況。

聽說葉家幾天前曾買走了白玉鑲金的擺件，昨天又退回來了，海琇心裡咯噔一下。她與葉家冤家路窄，她在算計他們，沒準人家也在算計她。葉家二房庶女葉玉嬌可是蕭梓璘的另一位側妃，不鬧騰怎麼找存在感？

「到底怎麼回事？」

掌櫃想了想，說：「葉家來買這批貨品的是府裡的管事，來退貨的卻是一位主子小姐。那位小姐說淘寶居的貨品土氣，耽誤了葉家採買，讓我們賠銀子。小人拒絕了，小人說凡做生意的都沒這規矩，這批擺件被葉家擺了幾日、耽誤了售賣，看情面就不跟他們家要銀子了。小人的話說得合情合理，沒想到那位主子小姐竟然對我們破口大罵，小人怕影響生意，說盡好話才把她勸走了。」

「知道了。」海琇安撫了受傷的人一番，就去找錢同知。

碰巧錢同知派人來找她，說帶頭砸鋪子的主犯抓住了，他們要把人帶回衙門審問。錢同知還讓傳話的人囑咐她稍安勿躁，明天就有消息了。

沐飛過來，聽說抓住了主犯，就要動手宰人，被海琇攔住了。

「你不用急，這樣的案子最簡單不過，只要抓住主犯，想問出主使之人只是一句話的事。錢同知已知道主使者是誰，他要回去稟報府尹，還有商量應對之策。」

「看樣子妳也知道是誰了，告訴我。」沐飛急著要砍人。

「令祖父讓你歷練，囑咐你少動手、多動腦，有這樣的機會，你還不趕緊歷練自己？其實調查這種事很有意思，你一次推理正確，以後會更有興趣。」

沐飛誇張地大笑幾聲。「我現在興趣高漲，我先走了。」

海琇見沐飛突然反常，多看了她身後幾眼，她也趕緊回頭。看到蕭梓璘就站在她身後，她也嚇了一跳，再轉頭看沐飛已經消失了。

蕭梓璘笑看海琇，問：「知道幕後主使是誰了？」

海琇淡淡一笑，說：「上不得高檯面的小角色，根本不值一提。人家都說紅顏禍水，可偏有偉岸男子成為禍水，又禍及於我，真不知道這世道是怎麼了？」

「榮幸之至。」

「哼！鑲親王府那兩個怎麼不安分，我都眼不見為淨，這個居然找人砸到我門上了，你還覺得榮幸？我告訴你，今天你不給我一個交代，這件事沒完。」

蕭梓璘沒說話，轉身就走，去了淘寶居對面的茶樓，直上雅間。海琇好不容易找到了罪魁禍首，當然不會讓他就這麼跑了，趕緊追上去。海琇推開雅間的門進去，一下子撞進了一個溫暖的懷抱，纖腰也被摟住了。

「別給我使美男計，我不吃這一套。說，怎麼替你那位未過門的側妃賠償？」

蕭梓璘溫熱的雙唇從海琇的額頭向下滑動，在她的眼角、鼻翼兩處稍作停留之後，又滑向她的唇瓣。在她的雙唇上吮吸了一番，再次向上滑到她的耳輪。

「妳說讓我怎麼賠，我都照做不誤。」

低沈而充滿誘惑的聲音在她耳邊響起，濕熱的氣息吹動她散落的頭髮，癢癢的。酥麻的感覺令她如癡如醉，陶醉在這精心策劃的美男計中，不想自拔。

「殺了她。」海琇的語氣充滿霸道和任性，就像一個被寵壞的小女孩。

「好。」蕭梓璘沒有半點猶豫，答應得很乾脆。

海琇離開蕭梓璘的懷抱，坐下來，賭氣道：「殺了她只能洩一時之憤，太便宜她了。葉家必須加倍賠償我的損失，除了傷者的醫藥費，葉家還要道歉！」

蕭梓璘點點頭，高聲問：「金大，你都聽到了嗎？」

「殿下，屬下都聽到了，什麼也沒看到。」

「你敢偷聽？膽子也太大了，是不是以後該偷看了？」蕭梓璘順手抄起一只茶盞朝門外砸去，沒傳來茶盞落地的聲音，輕碎的腳步聲瞬間就遠了。
「葉玉嬌，你這位側妃可真猖狂，不愧是養在大長公主身邊的人。」
「那又怎麼樣？」蕭梓璘端起一杯茶，餵了海琇一口，又自己慢慢喝起來。
「金大不會真去殺了她吧？」
蕭梓璘搖搖頭。「這種事還輪不到他幹。」
「他不幹，誰幹？」
「當然是我。」蕭梓璘在海琇鼻子刮了一下，笑道：「替王妃娘娘殺人這麼榮幸的事不可能落到他們身上，王妃娘娘不放心別人，還不放心本王嗎？」
海琇滿意點頭，依偎在蕭梓璘懷裡。「看我不順眼、想挑釁我、和我爭，又不敢直面於我，找人砸我和連純郡主的鋪子洩恨。她以為這麼做就人不知、鬼不覺嗎？官府很快就要查出來了，我倒要看看她怎麼交代？真不知道她怎麼想的！」
「愚蠢魯莽之輩，做事不會深思熟慮，不值一提。」
「再不值得一提，她現在也占了你側妃的名分，將來也是臨陽王府的人。」
「這點小事無須妳擔心。」蕭梓璘捧起海琇的臉。「我們說正事。」
「成親的日子早就定下來了，還有什麼正事？」
「是別人成親的日子。」蕭梓璘挑嘴輕哼道：「蘇宏佑九月下旬迎娶沐藍凰過門，皇上把這件事交給鑲親王辦，看來是想打他的臉了。」

「鑲親王是你的父王，皇上打他的臉，你怎麼還很高興啊？」

「不自量力、不動腦子的後果，自取其辱，活該。」

海琇慧黠一笑，問：「我是不是該助鑲親王，不對，是助打他的人一臂之力？」

「本王的王妃真是聰明，這件事我不方便出面，妳也適可而止。」

「明白了，你替我做那件事，我替你做這件事。」

想讓鑲親王栽跟斗的人不是皇上，而是蕭梓璘，當然皇上也有分。蕭梓璘和鑲親王、鑲親王府上下關係非一般緊張，海琪和洛川郡主嫁進鑲親王府，處境何止尷尬？想到她們的日子必定難過，海琇暗暗高興。

兩人在茶樓你儂我儂了許久，甜言蜜語都快把茶樓淹沒了。隨後，蕭梓璘請海琇到醉仙樓用膳，直到日影西移，他才親自送海琇回府。

海琇到家時，海誠已經回來了，同來的還有錢同知，正和周氏說話。

打砸淘寶居的主犯是金大抓住的，送給了錢同知。錢同知又按主犯提供的線索，把一同動手打砸的人都抓住了，一併帶回府衙審問。順天府府尹和海誠都參加了審問，沒等衙役動刑，這群犯事者就都交代了。

伺候大長公主的嬤嬤拿銀子讓他們去淘寶居鬧事、打人、砸東西，目的就是干擾淘寶居的生意。這嬤嬤還說周氏母女得罪了大長公主，要給她們一個教訓。

順天府府尹言明公事公辦，當即就讓衙役去葉家拿人來公堂對質。婆子沒拿來，葉磊親自去了府衙，賠了一千兩銀子，還向海誠道了歉。淘寶居損失不足五百兩，葉家迫於壓力，加倍賠償。海誠看情面接受了葉磊道歉，又勸慰周氏和海琇不再提此事。周氏嚥不下這口氣，跟海誠吵了一架，還是海琇把周氏勸住了。

海琇答應不再追究淘寶居被砸之事，這件事蕭梓璘會給她一個交代。她不計較此事，但沒有答應放過葉家的人，換種方式為自己報仇出氣也是一樣的。

第七十一章　一刀根斷

很快就到了蘇宏佑迎娶沐藍凰的日子，成親的儀式很簡單，大門口連紅燈籠也沒掛。葉玉柔母子回了錦鄉侯府。蘇宏佑要娶正妻，她還要給當家主母敬茶呢！

先不圓房，洞房之夜自然平靜。天濛濛泛亮時，一聲慘叫突然響起，整個錦鄉侯府都為之一顫，慘叫聲是從新房發出來的，人們都嚇了一跳。

葉氏、葉玉柔及蘇宏佑的妾室姨娘都聚在新房門口，門一打開，就見沐藍凰拿著皮鞭惡狠狠衝出來，抽打葉玉柔等人，連葉氏也殃及了。

臥房裡，蘇宏佑渾身是血倒在地上，人已昏迷，兩腿間仍血流不止。

丫頭們扶起他，才知道他的男根已被一刀切斷。

「說好先不圓房的，是誰給我下藥的？是他迷姦我，不是我不守禮數。」沐藍凰好像發了瘋一樣，張牙舞爪從新房衝出來，掄起皮鞭朝眾人身上抽打。她的眼睛佈滿血絲，幾要咬碎銀牙，惡狠狠地抽出一片鬼哭狼嚎。

「快、快把她抓住，把這瘋女人關到柴房去！」葉氏身上也挨了幾鞭，隔著秋裝都滲出血來了，疼得她齜牙咧嘴，高聲喊叫。

蘇宏佑迷姦了她，是誰給她下藥的就不言而喻了。蘇家確實對外說過要九個月後才圓房，即便蘇宏佑急不可耐，以下藥的手段行了夫妻之事確實有失禮數，可這並不是大事，遮掩一下就過去了，沐藍凰又何必鬧騰，還對蘇家人大打出手呢？

被逼嫁給蘇宏佑這樣的人渣實屬無奈，說好把蘇家折騰一頓就乾乾淨淨地離開；可現在身子被玷污了、清白沒了，還能離開蘇家嗎？看到蘇宏佑那一副令她作嘔的嘴臉，沐藍凰忍無可忍，這幾年積聚的怨氣和仇恨就一併爆發了。

幾十個婆子、丫頭一起上，終於把沐藍凰制伏，又把她丟進柴房關了起來。

葉氏緩了口氣，看到蘇宏佑渾身是血、昏迷不醒，趕緊撲上去抱住他。聽說蘇宏佑的男根斷了，還被踩得稀碎，葉氏一聲慘叫，昏死過去。

蘇乘過來，聽下人說明情況，趕緊讓人請大夫，又親自去跟蘇老太太說。蘇老太太平靜得好像什麼事都沒發生一樣，聽到蘇乘痛罵，她反而笑了。

「該敗了，錦鄉侯府該敗了！當時我不讓你娶葉家女為繼室，你不聽，那時候我就想到有今天。什麼也別說了，等著吧！等到無常來索命就踏實了。」

蘇乘聽蘇老太太這麼說，當即嚎啕大哭，連喘氣都困難。短短半年，嫡長子死了，嫡次子斷了根，嫡女在英王府生不如死，難道蘇家真的該敗了？

大夫來了，太醫來了，閹割太監的操刀手也來了，總算給蘇宏佑止住了血。

新房從裡到外都是血，也沒把蘇宏佑流死，多人合力搶救，總算保住了他一條小命。男根斷了，斷得俐落整齊，蘇宏佑廢了，或者，該稱呼他為蘇公公了。

新婚之夜，新郎被新娘一刀割掉命根子，這是京城的大事，也是新鮮事，事情因由很快傳開。聽說蘇宏佑的劣行，原來為他唏噓的人也變成了不齒痛罵。

沐藍凰雖說是逃到盛月皇朝尋求庇護的亡國公主，卻也有陸太后指婚；蘇宏佑不尊重她，引發了如此嚴重的後果，人們也只能為她感慨了。蘇宏佑斷了根成了廢人，人們並不同情他，但他身分特殊，這件事引發了朝野極大關注。

皇上把沐藍凰姊妹交給鑲親王，沐藍凰嫁入錦鄉侯府，也是鑲親王府的長史官協同操辦的，新婚第一夜就出這種事，鑲親王府的臉面也墊鞋底了。

葉氏甦醒時已是午後，聽說蘇宏佑的命保住了，她鬆了一口氣。蘇漣現在被關在英王府的小佛堂裡守孝，暗無天日的日子會過到老死，蘇宏佑要是再丟了命，葉氏也就別活了，好在她還能保住半條命。

「報應，都是報應。」蘇乘抱著頭在房裡來來回回走動，邊走邊嘮叨。

「為什麼報應會找上我們家？嗚嗚……」葉氏掩面大哭。

「妳問我報應為什麼會找上我們家？妳裝什麼傻？佑兒原配媳婦死了三年多，當時闊兒也差點沒命，人怎麼死的、為什麼會有報應，妳不清楚嗎？」

葉氏雙手捂住臉，呵呵咧咧哭起來。「小孟氏母女還有我們家的人在清安寺遇到了鬼，我就知道報應來了。小孟氏死了，程二姑娘、程三姑娘又落了那樣的下場，緊接著保兒不明不白也死了，還鬧騰了這麼久；本想讓佑兒成親沖喜，誰知道卻成了這樣；漣兒的日子更是生不如死，這不是造孽是什麼？」

葉氏大罵蘇瀅。「那個賤人養的不是還好好的？為什麼單單她沒事？」

「妳還盼她有事嗎？她孝順老太太，老太太的福澤庇護她，她才沒事。不像妳，不像你們葉家人，做下傷天害理的事帶累我們蘇家！」

「你……」葉氏一口氣沒上來，又昏過去了。

蘇乘長嘆一聲，沈思許久，才說：「備車，去鑲親王府。」

沐藍凰鬧出這麼大的事，把她丈夫的命根子都割了，蘇家想要休了她，可她沒有娘家，有關於她的事就要找鑲親王，鑲親王府也就相當於她半個娘家了。

蘇乘進到鑲親王府的客廳，等了許久，才見鑲親王沈著臉進來。沒等蘇乘行禮請安，鑲親王就拍著桌子，指著蘇乘大罵。

「蘇乘，你說，你跟本王說你養了個什麼兒子？他還要禍害多少人？娶了才高貌美的名門閨秀，他不知足，妾室弄了一屋子，還有未進門就懷孕的。他元配媳婦是怎麼死的？你要說你不清楚就是昧著良心說瞎話。程氏死得不明不白，程家怕揭了自家的底，壓著不追究，要不你兒子幾條命夠賠嗎？你們蘇家人倒是聰明，讓他守了三年妻孝，就把這件事遮掩過去。本王想著他出孝之後會把臭毛病改了，才沒阻攔沐藍凰下嫁於他，結果怎麼樣？」

結果怎麼樣還用說嗎？現在都鬧到無人不知、無人不曉了。

「九個月後圓房，這是你們蘇家說出來的吧？你那兒子幹了什麼？他等不及，沐藍凰守規矩不答應，他就下了迷藥把人給……你兒子幹的是人事嗎？他用齷齪手段壞了規矩，你們錦鄉侯府丟人現眼不說，連皇家也一併蔑視了。沐藍凰只是斷了他的命根子便宜他了，就是把他殺了、把錦鄉侯府一把火燒了，也怨不得人家。皇上和太后娘娘不過問也就罷了，真問起來你們一家都難逃干係。」

鑲親王罵得口乾舌燥，捧給蘇乘一杯茶，就送客了。鑲親王也發了話，若沐藍凰不想離開蘇家，蘇家敢虧待於她，就是跟整個皇族過不去。

蘇乘還想著休掉沐藍凰，也算給蘇家找回幾分臉面、替蘇宏佑出口氣，這回別想了。蘇乘憋了一肚子氣，回到府裡，不由分說，就把葉氏往死裡打了一頓。

怕被人指責，打完葉氏，蘇乘就讓人把關在柴房的沐藍凰放出來了。看到沐藍凰餘怒未消，也神智不清，他又挑了精壯的婆子看著她，就怕再惹出事端。

第三天，蘇宏佑才醒過來，得知自己斷了根，又昏死過去。

海琇聽沐飛及飛花、落玉說起蘇家的事，啜了一口茶，嘴角噙起冷酷陰鷙的笑容。這是她正式向蘇家發難、親自謀劃的第一場仗，打得順利，勝得乾脆。

像蘇宏佑這樣貪淫好色的紈袴之輩，有什麼比斷掉他的根、讓他再也不能恣意求歡更痛苦萬分的事呢？還有他那些妾室，就守一輩子活寡吧！

恨一個人不是一刀殺了他，更沒必要等他死了再把他挫骨揚灰，那都太便宜他了。真正的報復是讓所恨之人飽受痛苦，如鈍刀割磨一般慢慢死去。

把他想要的、珍惜的、沒得到的，或是已經得到的都毀滅了，讓他的希望變成刻骨的絕望，再留下他一條命，讓他很清醒地享受這致命的絕望。

這才是報復一個人的至高境界。

蘇宏佑變成這樣，葉氏心疼兒子，也就半死不活了，這母子二人估計也活不了幾年。接下來該葉玉柔了，還有葉家那些人，他們的結局只能更慘。

「蘇宏佑給沐藍凰下的藥是你給的？」

沐飛撇了撇嘴。「我這麼沒水準嗎？我只授意一個小廝跟蘇宏佑說下藥能達到目的。妳不是跟我說過嗎？要讓一個人去做壞事，引導比逼迫效果更好。」

「難為你記得清楚，又運用自如。」海琇輕哼一笑，說：「飛花，給殿下傳消息，說改天我請他喝茶。落玉，到太太房裡拿我新做的點心過來給沐飛吃。」

沐飛搖了搖頭，似乎對吃點心興趣不高，嘆氣道：「我朝使臣已把求親的國書呈上了，朝廷怎麼就沒反應？還要等多長時間呢？」

「北越使臣昨天才到京城，今日早朝才呈上國書，剛幾個時辰就有反應也太快了。兩國聯姻是大事，朝堂上不商議幾日，怎麼可能輕易定下來？」

「我心裡可慌呢。」沐飛一臉憨相，捂著胸口揉來揉去。

「慌是正常的，證明你用了心，不慌有什麼意思？」

「也對。」沐飛投給海琇一個大大的笑臉。「接下來妳想做什麼?我幫妳。」

海琇沈思片刻，說:「幫我查查錦鄉侯世子到底是怎麼死的?」

沐飛搖了搖頭，又說:「蕭梓璘肯定清楚。京城勛貴之家出了事，死的還是軍中將領，又是承襲爵位的人，他能不調查嗎?妳去問他。」

「我不想問他，該告訴我的他自然會告訴我，不該說的我問也沒用。他統率暗衛營，查辦的都是震驚朝堂的大案，和我們小打小鬧算計人不一樣。」

「蘇宏佑昏迷不醒，他娘也半死不活了，我們還算是小打小鬧嗎?」

「怎麼說呢?這只是我一個人的事，無關朝堂、皇族，自然不算大事。令祖父讓你各處歷練，我倒覺得你該到暗衛營謀一份差事，別老想著自己是北越人。」

沐飛點點頭，衝海琇努了努鼻子，說:「我去找蕭梓璘。」

送走沐飛，海琇靠在軟榻上，閉目沈思，謀劃接下來的事該如何著手。

飛花進來，說:「姑娘，消息傳出去了，殿下問改天是哪天?」

「他這麼快就回話了?真是稀奇。」

「有什麼稀奇?他就在書房和老爺說話，可能一會兒就讓改天變為今天了。」

海琇順從地點了點頭，輕輕敲了敲案几。「我有些事需要妳們做。」

「姑娘請講，只要不忤逆皇上、不違背殿下的意思，我們都會效命。」

「我有心做忤逆皇上、違背殿下的事，還會找妳們嗎?還是蘇家的事。我想再澆一桶油、添一把柴，妳們懂的。錦鄉侯世子死得不明不白，順天府把他的死定為意外，我不知道殿下是不是已查得真相，我只是想讓朝野上下的人都知道，他是葉氏夥同大長公主謀劃害死的，我要把葉家人推出來擔這個真凶。」

「姑娘真聰明。」飛花話一出口，就知道自己失言了。

「怎麼？難道我隨口一說竟猜對了？」

飛花笑了笑，說：「這個消息能不能往外散播，奴婢還要問一問殿下。」

海琇確信錦鄉侯世子的死葉氏難逃干係，她要對葉玉柔開刀，才想把葉家捲進來，沒想到竟然歪打正著，還猜對了。這樣也好，一勺燴了，省得麻煩。她隨口一說就是真相，又牽扯到蕭梓璘要查的案子，就不敢輕易往外散播了。

海琇想了想，問：「能不能先讓章家人知道？章氏是苦主，有權知情。」

受海琇點撥，章氏和章家早就懷疑葉氏母子了，只是苦於沒有證據。聽飛花的意思，蕭梓璘正在查一件與此相關的案子，她只有先等等再製造輿論了。

「我還有件小事吩咐妳們，也是往外散播消息。」海琇見飛花和落玉聽得認真，說：「蘇宏佑的姨娘葉氏未婚先孕的兒子不是蘇宏佑的，而是廢太子的；不說是誰的也行，讓京城的人都知道那孩子不是蘇家血脈就好。」

「奴婢去找殿下。」落玉和飛花眨眼就不見了人影。

「難道我又矇對了？」海琇拍了拍額頭，無奈地說：「我真是天才呀！」

等了半個時辰，也沒見飛花和落玉回來，海琇就知道她的謀劃被蕭梓璘否決了。為了蕭梓璘要查辦的朝廷大案，她這些都是小事，她理應夫唱婦隨，以他為重。想到自己這麼通情達理，海琇按捺不住，都想去找蕭梓璘邀功請賞了。

婚期臨近，她只好先把這兩件事放下，但還是密切注意蘇家的動靜。

還有十幾天就到了她出嫁的日子，來添妝的人不少，她的應酬也多了起來。

「姑娘，太太請您去正房。」

海琇正在繡蓋頭上簡單的花邊，聽說周氏叫她，忙問：「又有貴客來了？」

「兩位舅老爺、舅太太還有表少爺們都來了，正商量給姑娘送嫁的儀式呢！」

「他們都回來了？真是太好了，我去看他們，拿上我先前備下的禮物。」海琇簡單梳妝收拾了一番，披上披風，帶丫頭喜孜孜朝正房走去。

剛拐上通往正房的長廊，就見周達急匆匆朝她走來，海琇趕緊停住腳步。周達朝她點頭一笑，往一側的花房走去，海琇知道周達跟她有話說，就跟上了。

「表妹聽說錦鄉侯蘇家的事了嗎？」

海琇微微一怔，尋思片刻，問：「表哥想知道什麼？」

周達長長一嘆，面色飛紅，幾次想開口說話，欲言又止。海琇一看他這副模樣，就猜到他想說什麼。海琇也跟著嘆了口氣，沒追問他，兩人相對沈默了。

「表哥放心，我會盡力而為的，有些事我辦不成，還有殿下呢。」海琇吸了口氣，走出花房，又說：「她是聰明人，蘇家現在亂成這樣，她不會蹚這池渾水的。她有情有義，不會丟下她的祖母和姪子，一個人去尋清靜，確實需要有人幫她一把。表哥也快成親了，就不要為這些事煩心，免得傳出閒話。」

周達認識蘇瀅還是她引薦的，蘇瀅只想有生意上的來往，周達卻動了心。他知道蘇瀅心有所屬，才答應和洛芯的親事，卻一直放不下蘇瀅。蘇瀅和洛芯都是她的好友，她不想讓她們任何一個受到傷害，所以，她必須對不起周達。

「我明白了。」周達被海琇戳到了痛處，不由面頰泛紅，低下了頭。

這幾個月，周家開出了一條直通北越國的商路，要在北越國建一個貨品集散地。周貯和周賦想讓周達長駐北越國，周達聽說了蘇家的事，就想讓蘇瀅同去。

海琇猜到周達的心思，直接點破，沒給他留半點餘地。

蘇瀅確實想過要到處走走，但蘇家現在一團糟，她不會在這時候離開。再說周達成了親，再帶蘇瀅去北越，又是有心之人，難免會做出什麼事。

海琇微笑點頭，示意周達先回去，她又吩咐了丫頭幾句，這才去了正房。

第七十二章 上門找死

今天海誠也在府裡，現已秋收完畢，海誠這負責農林水利的同知官不像以往那麼忙碌了。海琇要出嫁，他衙門裡事少，正好能留在府裡應酬。

周貯和周賦兩家，連周貯出嫁的女兒都帶夫君和孩子來了。這兩家子人也實在，光帶來的禮物就堆了滿滿一院子，還不算帶到屋裡的精細之物。

周氏、海誠和長華縣主一起陪客，海岩下學了，海琇也來了。

正房偌大的客廳都坐滿，幾家子人熱熱鬧鬧說話，歡聲笑語不斷。

說了一會兒話，海誠父子就帶周貯、周賦及他們的兒子去了書房，要討論朝廷和家族的大事。女眷們在屋子裡閒話，主要商量海琇出嫁需要準備的事宜。

成親的日子一天天臨近，海琇心裡越發沒底，但她還是很期待那一天到來。

聽周氏等人商量她出嫁當日的事，海琇滿心關切，卻又異常緊張。

前世，她在嫁給蘇宏佑之前，家裡、族裡也是這麼熱鬧，可她一顆少女芳心卻如冰涼的止水一般，激不起半點漣漪，即便萌生了一點期待，隨之而來的卻是心痛。

哀莫大於心死。那時她身如走肉、心如死灰，出嫁後的日子怎麼會幸福美滿呢？而此時，她粉面飛紅，笑臉如花，心中暖流蕩漾，充滿令她雀躍的悸動。

「妳們看看，琇丫頭害羞了。」

海琇的頭埋在迎枕裡，正發呆呢，聽到楊氏的話，她抬起頭，怔怔看向眾人。

蔣氏忙說：「有些話本不該當著她說，我們說得高興，都忘記她在屋裡了。」

周氏輕哼道：「她臉皮厚得很，當著她面說什麼都沒事。」

「我走，妳們繼續。」海琇衝周氏吐了吐舌頭，說：「有其母必有其女。」

說完，她裝出萬分羞怯的樣子跑出去了，留下一片嗔怪及說笑聲。她心裡暖暖的，身和心都如泡在溫熱甘甜的泉水裡一樣，有一種難以言喻的舒適。

來到垂花門外，海琇看到幾個丫頭正逗周貯的兩個小外孫玩耍，她也加入了。

一個小丫頭跑過來，塞給她一張紙條，海琇找了處僻靜所在，打開紙條一看就惱了。紙條上說李太貴妃和大長公主已商量好，三日後把葉玉嬌送進臨陽王府。

葉玉嬌未經皇上和陸太后指婚，是李太貴妃應大長公主之請要塞進臨陽王府的側妃。即便如此，她的身分也不容小覷，何況她比正妃先入臨陽王府。

海琪和洛川郡主都迎進了鑲親王府，即使同為側妃，她們的威儀也比葉玉嬌差了一截。葉家真會鑽空子，居然想在正妃過門之前，把人悄無聲息送進去。

轉念一想，海琇覺得奇怪，葉玉嬌要進臨陽王府，蕭梓璘為什麼不告訴她？

飛花和落玉與臨陽王府通過特殊管道，消息往來不少，她們對葉家和大長公主本人都很厭煩，若知道這個消息，應該會暗示或透露給她。可海琇從未聽她們提起，要麼就是她們壓根兒不知道，要麼就是她們有意隱瞞。

海琇尋思了一會兒，把送紙條的小丫頭叫過來，仔細詢問了一番。小丫頭說這個紙條是往府裡送面料的繡娘給她的，讓她交給海琇，並等著討賞。海琇不禁冷笑，不管紙條是誰讓她送來了的，那人都沒安好心。

她決定把這件事告訴蕭梓璘，表示自己的信任，並提點一下。她叫來飛花和落玉，先盤問了一番，確定她們並不知道此事，才讓飛花給蕭梓璘傳消息。讓小丫頭給她塞紙條的繡娘不知是敵是友，她必須萬分慎重。

過了半個時辰，飛花才收到蕭梓璘讓人傳回的消息，他讓她去臨陽王府，短短五個字看在海琇眼裡，心中湧起莫名的凝重。

坐上馬車，頂著深秋燦爛的陽光，行經喧囂熱鬧的街道，海琇心裡泛起濃濃的蒼涼。因她自己，也因蕭梓璘，彷彿在瞬間這溫暖、這繁華都與他們無關了。

前世的她活得糊塗，死得慘痛，還好老天開眼，讓她換體重生；這一世經過她幾番努力，現在父慈母愛，一家和氣，她活得舒心暢快。

幾年謀劃，她捲土回京，有沐飛等人相助，報仇雪恥都格外順利。待她大仇得報，並嫁入臨陽王府做正妃，她心事已了，終身有靠，也該享受歲月靜好了。

可是不管現有的日子多麼和樂安康，將來如何榮光萬丈，她永遠都會記住那個慘痛的前世。每每想起，在她滿目繁華的盡頭，都是一片蒼白荒涼。

有時候，想起蕭梓璘，她會為他心酸落淚，備感沈重。

蕭梓璘幼年喪母，在表面尊貴榮華、暗地心機算計的鑲親王府依靠幾個忠僕護衛長大。鑲親王無情涼薄，李太貴妃冷落並壓制，更有一個繼王妃、幾個側妃對他的世子之位虎視眈眈，若沒有皇上和陸太后照應，他能活到多大都是未知數。

在這繁華冰冷的王府，幾經生死劫，終於在血與火的衝擊下站穩了腳。鑲親王世子之位只能他不要，他可以棄之如敝屣，但永遠沒人能從他手裡搶走。

就算他做了臨陽王，分例可以與鑲親王比肩了，鑲親王世子之位仍控制在他手裡。他想讓誰當，誰才能當，他厭棄的人，爭掉腦袋也當不成。

在朝堂，他手握實權、舉足輕重，滿朝文武、皇室宗親都懼他威嚴；他屢破大案，殺伐決斷，震懾朝野上下，心懷鬼胎、暗室虧心者畏他如閻羅。

可即便是成為人上之人，蕭梓璘也沒有一日輕鬆自在，沒能為自己而活。

前朝叔終姪繼的先例廣為流傳，臨陽王的封號也讓他飽受猜忌。他的一言一行、一舉一動都會成為朝野的焦點，吸引太多的關注，甚至引起轟動。

他不能恣意而為，因為他現在的賭局太大，他輸不起。一旦輸了，他幾年謀劃將付於東流，很可能要賠上身家性命，對手也不會留給他東山再起的機會。

他與鑲親王父子情淺，關鍵時刻，誰都可能置誰的死活於不顧，但在表面上，他必須是一個孝順的兒子，縱有千萬怨氣，也只能暗中算計。鑲親王為人聰明，或許是吃虧太多，他絕不會在人前與蕭梓璘鬧得不愉快。

他恨李太貴妃不精明、不開眼，倚仗自己輩分高、年紀大，直到現在還想壓制他。李太貴妃也在蕭梓璘手下多次吃虧，可她卻是撞了南牆都不回頭的人。

就因為蕭梓璘沒娶李太貴妃的姪孫女李冰兒做正妃，李太貴妃就變本加厲地折騰他，她沒有給蕭梓璘指婚的權力，但她要最大限度地發揮親祖母的特權。

蕭梓璘的幾個側妃都是李太貴妃挑中了的，但這遠遠沒達到她的目的。要想讓李太貴妃消停，要麼讓李冰兒嫁給蕭梓璘，要麼嫁給比蕭梓璘更尊貴的人。

只是現在朝堂之上，除了皇上和幾位年邁的親王，沒人比蕭梓璘更尊貴了。蕭梓璘已有聖旨指婚的正妃，這位置輪不到李冰兒。

所以，李太貴妃不會安分，還會抓住機會折騰。

想到李太貴妃，海琇就暗暗咬牙，恨得心疼，知道與她還有一場惡仗要打。

沒有啃不動的骨頭，只有不用心的狗。

無論這句話貶低了誰、埋汰了誰，道理卻顯然易見。

骨頭啃不動，就沒必要磨損牙齒、浪費力氣了，直接碾成骨頭渣子不是更好？

「姑娘，您快看。」

海琇正在沈思，想到與敵鬥得暢快時，不由磨牙搓手，聽到飛花喊她，才回過神來，探出腦袋往車外看。這一看，她著實嚇了一跳。

臨陽王府到了，她們的馬車卻不能進去，只能停在王府大門的對面。

一頂四人抬的大紅色喜轎停在臨陽王府門口，後面幾輛敞篷馬車上拉著十幾個箱籠，丫頭婆子、隨從小廝個個一身簇新，一臉焦急地等在門口。

臨陽王府的大門緊閉，四個精壯的黑衣男子守在門口一動不動。這條街道臨近皇城，過往行人不多，但還是聚了一些路人，正指指點點議論。

「怎麼回事？看這些人像是來送嫁的，怎麼停在這裡了？」

「不用去問了，我知道是怎麼回事。」海琇冷笑幾聲，放下車簾。「紙條上說葉家三天之後要把葉玉嬌送到臨陽王府做側妃，其實葉家送她過門的日子不是三天後，是今天。那頂花轎裡坐的就是葉玉嬌，只是臨陽王府不開門，把人拒之門外，就能拒得了側妃進門嗎？妳們殿下想得未免太簡單了。」

飛花冷笑道：「這葉家人真不知羞恥，我去府裡打聽一番，問問是怎麼回事。」

「妳去吧！見到臨陽王殿下，告訴他趕緊出來迎親，大門緊閉沒用，躲得了初一，躲不了十五。人送上門了，再抬回去，丟人的不只是葉家，臨陽王府也一樣受人指責，再拖延下去，鬧到不可收場，臨陽王殿下不被人非議才怪。」

「這樣把人送上門，豈不是讓殿下作難？」飛花恨恨跺腳，朝人群走去。

紙條上說李太貴妃和大長公主已商量好把葉玉嬌送進臨陽王府，估計李太貴妃沒跟蕭梓璘提，要不喜轎也不會被擋在門外，一直僵持。

這就是李太貴妃想要的結果。

不管蕭梓璘是否答應，人抬過來了，就不容他拒絕，擋在門外或送回去，蕭梓璘都會被人指責。被迫接受，正中李太貴妃和大長公主下懷。

蕭梓璘沒有第三條路可走，這就是李太貴妃以祖母的身分給他設的局，光明正大的局比私下的陰謀更難破。面對李太貴妃不惜撕破臉的強勢，蕭梓璘只能躲避，海琇更無計可施，不得不佩服葉玉嬌的臉皮。閨閣女子有幾個能如此沈著？

落玉想了想，說：「姑娘剛剛說殿下以這種方式拒絕葉玉嬌進門，是把事情想得太簡單了，奴婢不這麼認為。奴婢以為殿下沈默是已有破解之策。」

海琇含笑點頭。「說說吧！」

「殿下表面溫和，心性剛硬，不可能被這些人揉捏，姑娘應該信任殿下。」

「誰說我不相信他？只是……」

「姑娘，大門開了。」

海琇馬上掀開車簾，看向臨陽王府的大門，又扶著落玉下了車。

蕭梓璘大步走出來，朝海琇乘坐的馬車看了一眼，背著手站在臺階上。他一身黑衣映照正午的陽光，在他俊朗英挺的面龐灑下冷峻暗沈的光芒。

葉家人看他出來，趕緊圍上去，吵著要把花轎抬進府，連喜轎裡的葉玉嬌都按捺不住了。暗衛阻攔他們，他們仍吵嚷不休，看來底氣十足。

「到鑲親王府。」蕭梓璘笑意吟吟衝葉家人打了手勢。

一個婆子上前施禮。「回臨陽王殿下，老奴等人來時，大長公主格外交代說臨陽王府已改建修葺完畢，讓老奴等人把我們姑娘平平安安送入臨陽王府。洛側妃和海側妃過門時，臨陽王府還沒打理好，人抬進鑲親王府不為過，現在若再把人抬進鑲親王府，就好說不好聽了。殿下是明白人，該想想才是。」

「本王已想得很明白，也沒打算把人再抬到鑲親王府，太貴妃娘娘就在鑲親王府的門房裡等著呢，本王只是要帶你們去見見她，說上幾句話，再做定論。」

「是，殿下。」婆子聽蕭梓璘語氣溫和，就讓人抬著轎子去了鑲親王府。

人群朝鑲親王府擁去，落玉護著海琇，也隨人群向鑲親王府移動。

蕭梓璘進到鑲親王府，一會兒工夫就把李太貴妃、鑲親王妃及幾位側妃請出來了。這些尊貴人想看蕭梓璘怎麼解除危局，不在乎門口人多眼雜，都跟了出來。

葉家婆子見李太貴妃等人出來，趕緊讓葉玉嬌下轎，給她們請安。葉玉嬌掀起蓋頭，恭恭敬敬給李太貴妃等人行了禮，水汪汪的大眼睛又瞟向蕭梓璘。

李太貴妃暗暗得意。「人哀家已經見過了，趕緊抬進臨陽王府吧！」

「孫兒還有十幾天就要成親，就別往臨陽王府抬了，免得污了門檻。」

蕭梓璘話音一落，抽出佩劍，一張笑臉面對李太貴妃，清寒的劍光朝葉玉嬌的脖子而去，血噴流而出，腦袋很不甘心地掉下來，臉上還掛著笑容。

在場的人全部嚇傻，牙齒打顫聲、瑟瑟發抖聲此起彼伏。

「葉玉嬌私通江洋大盜，有書信為證，本王已將她就地正法。把葉家僕從全部拿下，關入暗衛營死牢，包圍忠順伯府，等皇上下旨之後，再抄家拿人。」

「是，殿下。」

數百名暗衛從四面八方過來，又自動分成兩撥，多數人去了忠順伯府，少數人把葉家送嫁之人包圍，一盞茶的工夫就把人全部拿下。

不作死就不會死，真的應了這句話。

蕭梓璘就算恨李太貴妃恨得摧心裂肺，也不會把自己的祖母一劍殺了。不是他不敢對某些長輩開殺戒，更不是他和李太貴妃之間還有什麼情分可言，而是他要考慮後果，他背負不起鋪天蓋地的非議。

再說，搞權謀的人更善於借刀殺人，更清楚殺雞駭猴的威懾力。

蕭梓璘亦是如此。

現在殺了葉玉嬌這隻「雞」可能會打草驚蛇，影響他正查的大案；可他被逼無奈，不想個一勞永逸的方法，他已無法應對李太貴妃別有用心給他塞人了。

蕭梓璘看到人群中的海琇，無奈一笑，衝她們揮了揮手。飛花進入人群，同落玉一起護衛她擠出人群，坐上馬車就匆忙回府了。

這樣的事蕭梓璘不想讓她面對，保護她的辦法就是讓她遠離。

第七十三章　葉家獲罪

李太貴妃緩過神來，看到葉玉嬌的屍首分離，禁不住渾身哆嗦。剛才她明明看到蕭梓璘一張笑臉，儘管有些勉強，也沒拒絕葉玉嬌進門為側妃的意思，怎麼剎那間就血濺當場了？李太貴妃想不明白，她甚至覺得自己在作夢。

不是夢！她用指甲掐手心，感覺到了鑽心的疼痛。

「你、你……」

蕭梓璘微微一笑，說：「孫兒本不想在成親之前開殺戒，可祖母一而再、再而三挑釁孫兒的底限，我已忍無可忍。祖母得寸進尺，步步緊逼，非逼孫兒殺人。葉玉嬌死了，暗衛營已打草驚蛇，就不能再給敵人喘息的機會，必須立即端掉忠順伯府。說葉玉嬌私通江洋大盜並不是冤枉她，她只是被利用而已。」

葉玉嬌私通江洋大盜，這罪名不算大，但足以讓她死得理所當然了。

「孫兒聽說祖母和大長公主相交幾十年，很是要好，在查那宗案子時，孫兒一直擔心因祖母剛愎自用、識人不清，鑲親王府會被葉家連累，現在看來，孫兒的擔心是多餘的。恰恰相反，祖母恨透了大長公主，這才設下計謀，借孫兒的手除掉了葉家，祖母放心，孫兒會向聖上為您請功。」

李太貴妃渾身亂顫，哆哆嗦嗦指向蕭梓璘，嗚咽兩聲，轟然倒地。

「還愣著幹什麼？」蕭梓璘高聲呵斥鑲親王妃等人。

「太貴妃娘娘矇騙大長公主實屬無奈，夥同本王設計也是為朝廷安危著想，今日大功將成，她老人家心情激動，昏倒了，你們還不趕緊扶她入府？」

鑲親王妃等人都嚇昏了頭，聽到蕭梓璘呵斥，才趕緊帶人把李太貴妃扶上轎子，抬進鑲親王府。門人僕從都垂頭彎腰躲進門內，連大氣都不敢出。

看熱鬧的人群被侍衛驅趕，都四散離開，每個人都儘量不發出聲響。

葉玉嬌的腦袋與屍體離了一丈遠，孤零零地躺在午後燦爛的陽光下。鮮血仍在流淌，把她紅色的嫁衣染得更為紅豔，陽光下，紅得妖冶刺眼。

「進宮。」蕭梓璘飛身上馬，健馬奔馳而去，直入皇城。

在皇城門口，碰到了聞信匆匆出來的鑲親王和銘親王，蕭梓璘視而不見。

今天殺葉玉嬌在計畫之外，打草驚蛇，肯定會帶來許多不必要的麻煩，但他不後悔自己的所作所為。被李太貴妃逼得太狠，再為案子和大局忍耐就懦弱了。

蕭梓璘已掌握了葉家和大長公主與廢太子勾結、參與謀亂的證據，他本想成親之後再辦葉家的案子，自己心無顧慮，也讓某些人多活一些日子。可他們偏往刀刃上湊，自己不想活了，也帶累他不得不改變計畫。

再說，他還要考慮葉淑妃和七皇子。他們是否參與謀亂，現在還沒找到證據，但斬草不除根，必會受其亂，時機不算成熟時該怎麼打這場硬仗，這是他當務之急必須考慮的問題。

蕭梓璘午後進宮，在御書房裡和皇上閉門密談，出來時已是早朝時分了。他跟皇上說了什麼，沒有人知道，但任誰都知道這場談話很是艱難。

殺了葉玉嬌、圍了忠順伯府，連忠順伯和大長公主都被控制。這是朝堂的大事，若沒有充分的證據，等待蕭梓璘的就不只是身敗名裂了。

次日早朝之後，皇上下旨查抄忠順伯府，把葉磊和大長公主及葉家眾人都打入了天牢。葉淑妃和七皇子受了牽連，都被軟禁了，但並未削免他們的封號。

無疑，此番冒險之舉以蕭梓璘的勝利畫上了句號。

葉家上下都交由刑部和大理寺審問，蕭梓璘需要提供不少證據，並不輕鬆。

李太貴妃受了驚嚇，在鑲親王府睡睡醒醒，惡夢連連。鑲親王一府上下給她唸了三天經，到了第四天，她總算清醒了，也有了精神。

不用問，她也知道自己被朝野上下噴了口水，戳了脊梁骨。她越想越恨，嚥不下這口氣，就讓明華郡主執筆，代她寫奏摺，告蕭梓璘忤逆不孝。

蕭梓璘正為忠順伯府的案子夜以繼日忙碌，聽說李太貴妃告了他，他只冷冷一笑，毫不在乎。皇上若因此事處置他，只有一種可能，那就是皇上早恨上他了。

據說皇上看到李太貴妃的摺子，拿起來就丟到了鑲親王臉上，他只說了「為老不尊」四個字，就給這件事定了論，也表明了自己的立場。

說來說去，李太貴妃也太自以為是了，倚老賣老，拎不清。不管蕭梓璘是不是真的忤逆不孝，皇上這麼做就是維護了蕭梓璘，打了她的臉。

她丟了臉面，更是氣得不輕，躺在床上呵呵咧咧的叫罵哭泣。陸太后親自來看她，倒是給她長了臉，可接下來就峰迴路轉了。

「看妹妹哭得傷心，哀家也難受，轉眼我們都已年過花甲，何必自己想不開呢？我這些天每晚都夢到先皇，每次夢裡與他見面，不在寺院，就在佛堂。哀家覺得先皇託夢應有所指，就找高僧法師解夢，他們都說這是先皇在點化我們求福澤，多挑經、多拜佛，哀家就想該去西山寺誦經禮佛了。」

「那妳就去吧！」李太貴妃知道陸太后來者不善，說話也沒好氣。

「我去不行，妹妹去才好。」陸太后笑得溫和燦爛。「那葉家姑娘活生生一個人就這麼死在妹妹眼前，要不是妹妹非讓她在正妃之前過門，會有這事嗎？她肯定怨上妹妹了。她年輕，怨氣重，又是橫死，若真纏上妹妹可了不得。先皇提示我們誦經禮佛就是因這件事，妹妹還是聽先皇的吧！別到時候後悔了，不好收場。」

「先皇給妳託夢，又沒給我託，憑什麼讓我去西山寺禮佛？」李太貴妃很清楚若被送去西山寺，就等同與錦衣玉食的日子告別了。

陸太后站起來，沈下臉說：「來人，遵先皇冥旨，送李太貴妃到西山寺禮佛。」

「是，太后娘娘。」

「哀家不去，誰敢讓我去？我死也不去！」李太貴妃瘋狂嚎哭叫罵。

那就去死吧！這是陸太后的心裡話，這些年她都忍著，沒說出口。皇上說李太貴妃為老不尊，就等於扒掉了她在皇族的體面和榮耀，讓她以後都難以抬頭。陸太后若不落井下石，讓她嘗盡苦頭，就太便宜她了。

陸太后對鑲親王妃說：「告訴鑲親王，先皇讓李太貴妃到西山寺禮佛關係到皇族福澤，讓他以大局為重，別阻攔李太貴妃求福澤，更不能違抗先皇的旨意。」

說完，不顧李太貴妃吵鬧，不用宮女攙扶，穩健地走出了李太貴妃的臥房。望著空中的太陽，她長舒一口氣，臉上充滿勝利者的自信與得意。

鑲親王妃追出來，跪下哽咽。「太后娘娘，璘兒過幾天就要成親了，他……」

「恐怕這世間璘兒最不想見的人就是李太貴妃了，他成親是大喜事，皇上都想讓他高興，我們也不能給他添堵，妳說是不是？」

鑲親王妃唯唯諾諾地答應，心裡卻焦急難安。她是扶正的繼王妃，她兒子為嫡為長，卻比蕭梓璘這原配嫡子低一頭。如今，蕭梓璘好不容易把世子之位騰出來，若李太貴妃走了，世子之位能不能落到她兒子身上，他們母子心裡都沒譜。

「妳本來就不笨，還要學著做更聰明的人，明白嗎？」陸太后知道鑲親王妃是沈悶的性子，不像李太貴妃那麼掐尖好強，卻也懶怠訓導她。

直到第三天，李太貴妃才千般不捨、萬般不願地離開京城，去了西山寺。

在繁華富貴地享樂了一輩子，老了再離開，就更讓人依依不捨了。就像一個人，不想死，但死亡永遠是生命的終點，誰也逃不過去。

葉家被查抄的當天，蕭梓璘就派人監控錦鄉侯府，密切注意葉玉柔母子的舉動。即使這樣，當晚，葉玉柔母子還是逃了——確切地說是被人救走的。

京城戒嚴，城門關閉，挨家挨戶搜查，折騰整整三天，也沒查到他們母子的行蹤。又過了三天，景州暗衛傳來消息，說是在郊外的莊子裡查到了他們的蹤跡。

蕭梓璘親自帶兵直奔八百里之外的景州，要把他們母子及同黨緝拿歸案。

聽說蕭梓璘去了景州，海琇的心一下子懸了起來。

還有七天就是他們成親的日子，她擔心蕭梓璘趕不回來，耽誤了婚禮。若蕭梓璘萬一有個閃失，她怎麼辦？儘管這樣的想法不吉利，她還是要想。

「姑娘，臨陽王府的衛長史來了，正和老爺、夫人說話呢，您要見他嗎？」

海琇搖了搖頭，沈默片刻，說：「妳去打聽一下衛長史為什麼事登門？」

「還有七天就是大喜的日子，他當然為迎娶的儀式而來。」

「若真是商量迎娶的儀式，落實婚禮當天的瑣事，該是內務府的官員來。」

荷風出去了，過了一炷香的工夫就匆匆回來。

「姑娘，衛長史來跟老爺和夫人商量推遲婚期的事，他擔心王爺那天趕不回來，提前商量好，有備無患。夫人說要問姑娘的意思，下午再給衛長史回話。這衛長史也真是，日子還沒到，就來商量推遲婚期的事，讓人心裡多不舒服。」

今天蕭梓璘一大早就走了，此去凶險，衛長史考慮到這一點，有所準備也好。

「衛長史走了嗎？」

「剛剛老爺送他走了，夫人去找老太太商量了。」

海琇沈思半晌，握住荷風的手說：「妳去跟夫人說婚期不推遲，我相信殿下會平安無事回來；就算他真的回不來，那天照常成親，臨陽王府按規矩迎親即可。」

荷風有點為難。「姑娘，這麼大的事奴婢不敢傳話，要不您去跟夫人說？」

「有什麼不敢？妳只是傳話的，把我的意思表達清楚就好。衛長史提前來商量，是怕那天殿下萬一回不來，到時候再準備會亂了陣腳。」

海誠和周氏都是心有城府之人，他們理解衛長史的無奈，但兩人心裡都不會舒服。海琇不親自去找他們表達自己的意思，就是不想讓他們難過。

這是她的事，是她父母、親人的事，也是這闔府上下的事。即便是這樣，她也想自己擔當，關鍵時候，她不想看到為她操心的人憂鬱煩惱。

荷風咬著嘴唇點點頭，低聲說：「姑娘別擔心，奴婢這就去跟夫人說。」

海琇點頭一笑。「妳叫飛花和落玉進來，我有話吩咐她們。」

飛花和落玉也很沈默。她們都知道救走葉玉柔母子的人很厲害，否則蕭梓璘也不會親自出馬，暗衛營景州一戰損傷慘重，她們也都捏了一把汗。

「姑娘不必擔心，沐飛聽說殿下帶人去了景州，當即就召集了百餘名北越勇士追隨而去。」飛花見海琇表情凝重，趕緊擠出笑容，跟她說沐飛帶人增援之事。

「知道了，妳們跟沐飛有互通消息的管道嗎？」

飛花搖了搖頭。「沐飛說，有什麼事他都會第一時間給我們送消息。」

落玉見海琇笑得勉強，趕緊說：「銘親王世子帶大內高手護衛京城，剛才還派人來傳話，說在我們府四周增派了巡邏人手，讓姑娘安心待嫁。」

海琇笑了笑。「我有什麼不安心的？我叫妳們來不全是為自己的事。」

飛花看了看落玉，說：「姑娘先說自己的事，想做什麼儘管吩咐奴婢二人。」

「我確實有事，不過這件事別讓府裡的人知道，連荷風幾人也能瞞則瞞。」

「奴婢遵命，姑娘請講。」

「去找一隻公雞，要今年的新雞，羽毛最鮮豔、最漂亮的那一種，還要結實矯健、趾高氣揚。三天之內必須找到，抱到我的院子，我有用。」

「姑娘找公雞做什麼？」飛花和落玉異口同聲詢問。

「先別多問，等把公雞找回來，我自會告訴妳們。」

以雞代夫，抱雞出嫁，只是玩笑話，她提前準備，也是有備無患。不管蕭梓璘那天能不能趕回來迎親，她都要按期按時嫁入臨陽王府。她甚至想過就算蕭梓璘有閃失，或者不能回來了，她也是他的妻，她會守候、等候他一輩子。

「公雞好找，派人去跟唐伯說一聲，保證第二天就能送來。」

飛花面露不安，仔細注視海琇，問：「姑娘還有什麼事吩咐？」

海琇尋思了一會兒，問：「我上次說的那件事可以公開了嗎？」

「哪件事？」

「葉玉柔的兒子不是蘇宏佑的，是廢太子的，把這一隱秘公開，讓朝野上下都知道。還有，把這一隱秘消息從鑲親王府傳出來，源頭妳們自己選。」

「殿下先前說不能，不知道現在能不能？奴婢怕影響殿下緝拿逃犯。」

海琇想了想，說：「那就先讓人把這個消息傳到蘇家去，幾日之後再讓外人知道也不遲。葉玉柔都帶兒子逃跑了，那些瞎眼瞎心的糊塗人也該知道真相了。」

「讓蘇家人知道還行，估計他們也猜出來了。」

「那就立刻去辦這兩件事，不得耽誤。」

兩人點頭應聲，隨後飛花又問：「姑娘為什麼落井下石打擊蘇家人？」

「妳想知道？」海琇挑起眼角，賞了她一個白眼。

「奴婢不想知道。」飛花見海琇要發威，趕緊和落玉出去辦事。

第三天，公雞找到了，落玉從後門偷偷抱到了海琇的院子。這隻公雞很漂亮，走路的姿勢很大器，叫起來也渾厚有力，海琇很滿意。

這兩天京城沒收到蕭梓璘的消息，連沐飛也沒消息傳回來，海誠、周氏和長華縣主都暗自嘆息，憂心焦急。

海琇已跟他們言明，不管蕭梓璘是否能回來，甚至永遠回不來了，她都會嫁到臨陽王府。海誠和衛長史說了海琇的決定，讓內務府和臨陽王府一切照常。

即便是海琇給海誠和周氏及長華縣主都吃了定心丸，她照常出嫁，喜事照樣辦，府裡張燈結綵，但氣氛終究很是壓抑。

第七十四章 大婚之前

就在這時候，陸太后按皇上的意思頒下一道懿旨，把另一位亡國公主沐藍依指婚給蕭梓璘做側妃，隨這道懿旨下來的還有給海琇的賞賜，自是異常厚重。

懿旨頒下，京城譁然。

這道賜婚懿旨和皇上的口諭，與李太貴妃變著法給蕭梓璘塞女人不一樣，懿旨言明指婚，還蓋了陸太后的鳳印，極其正式。

沐藍凰洞房之夜就斷了蘇宏佑的根，這件事也影響了她妹妹沐藍依的名聲。原想沐藍依要在京城嫁人怕是很難了，沒想到陸太后把她賜給蕭梓璘做了側妃。

「這叫什麼事？皇上和太后娘娘到底是什麼意思？」周氏又急又氣。她正為女兒大婚之日蕭梓璘回不來憂心呢，陸太后偏偏添亂，在這時候賜下一位側妃。

周氏嘆了幾口氣，對長華縣主道：「要不母親進宮打探一番，問問太后娘娘到底是什麼意思？若他們嫌棄正妃，不妨直說，下旨退婚我們也不在乎。」

「不許胡說。」長華縣主斥責了周氏，又說：「臨陽王殿下享親王爵的尊榮分例，親王都是四位側妃，再給他賜兩位都正常。」

「現在都什麼時候了，他們還有閒心管這些事？」

「妳還是聽聽琇兒怎麼說。」長華縣主拉著海琇坐到軟榻上。

海琇毫不在意，笑道：「我認為這是好事，親王本該有四位側妃，臨陽王殿下不能例外。世上又多了一個死心踏地盼臨陽王殿下平安回來的人，這是好事。」

「妳這丫頭，心有多大呀！真拿妳沒辦法。」周氏斥責海琇，卻感到很無力。

若不是蕭梓璘殺了葉玉嬌，在皇上沒下旨之前就派人包圍了葉家，京城的局面不會如此波動。葉玉柔母子又在防守這麼嚴密的情況下逃走了，皇上能高興嗎？蕭梓璘到景州追凶，就算得勝歸來，損失也比原計畫慘重得多。

懿旨上說把沐藍依賜給蕭梓璘做側妃是獎賞，說的比唱的好聽。聰明人都明白這是皇上惱了蕭梓璘，又不便譴責或處罰他，才賜給了他一位心機深沈、凶悍精明的側妃，讓他內宅不安、後院起火，這就是變相的懲罰。

長華縣主握住海琇的手。「琇兒，妳跟祖母說說妳怎麼想的？」

海琇微微一笑，說：「我已說了，我是要按期按時嫁過去的，不管臨陽王殿下會不會回來、能不能回來。我嫁過去之後一個月，就把沐藍依迎過門，若臨陽王殿下還不回來，我就自己作主，把海琪和洛川郡主也接到臨陽王府。」

「妳莫不是瘋了？」周氏緊緊皺眉嘆氣。

長華縣主拍了拍海琇的手，笑道：「她沒瘋，她考慮的問題比妳長遠得多。多一個人多一份力量。

女子在內宅或後宮爭鬥，爭的是男人的寵愛和子女的前途，若男人萬一有什麼閃失，這群女人的力量不容小覷，緊急關頭，她們的戰鬥力比男人更強大。當然，男人要是在，事情就另當別論了。

蕭梓璘若平安回來，要不要迎沐藍依過門、接不接海琪和洛川郡主回臨陽王府，都由他作主。她只需表明自己不喜歡她們，讓蕭梓璘按她的意思處理就好。

長華縣主把海琇摟在懷裡，輕聲說：「好孩子，做人不光要聰明，還要凡事沈得住氣。妳是個聰明的姑娘，處理事情很穩妥，心也放得開，比妳母親都強。」

海琇看了看周氏，點頭一笑。「多謝祖母教導。」

周氏長嘆一聲，沒說什麼，她凝望窗外，心裡越發難受。她知道女兒心裡不舒服，只是怕家人憂心，才強顏歡笑，表現得滿不在乎。

海琇越是這樣，她這做親娘的越是難受，可偏偏不敢表現出來。周貯夫婦和周賦夫婦來作客，海琇給他們行了禮，沒陪客，就出來了。

「姑娘，沐飛有消息傳回來了。」

海琇趕緊抓住飛花的手，急問：「他怎麼說？」

「他說他們在距離景州五十里的山林遭遇了伏擊，傷亡不少兄弟。擊退敵人之後，他們兵分兩路，在景州城內外尋找，卻沒找到暗衛營的人。奴婢剛剛去府裡問過了，殿下自離京到現在都幾天，一直沒消息傳來，他們都很擔心。」

海琇沈默了一會兒，笑了笑，說：「沒有消息就是最好的消息。」

沐飛率領的北越勇士在景州城外五十里的山林裡遭遇伏擊，伏擊他們的人目標是不是蕭梓璘？無形之中，沐飛帶去的人倒成了蕭梓璘的探路先鋒。若蕭梓璘和敵人在景州城內外激烈打鬥過，能一點痕跡也沒留下嗎？

「姑娘能這麼想最好了，衛長史也這麼說。」

「衛長史還說什麼？」

「他說還有三天就是大喜之日，府裡已準備妥當，不會有疏漏，請姑娘放心出嫁。他讓我們保護好姑娘，又派來四名姊妹配合我們，以備不時之需。」

海琇淡淡一笑，說：「代我謝謝他。」

有衛長史在，臨陽王府滴水不漏，海琇也放下了心。

「還有什麼事？」

飛花低聲說：「奴婢的姊妹傳來了蘇家的消息，奴婢怕掃了姑娘的興，不……」

「妳儘管說，沒什麼事能掃我的興。」

「蘇家上下這幾天都在議論葉玉柔帶著兒子逃離了蘇家、臨陽王殿下去追他們的事。葉玉柔的兒子不是蘇家血脈的消息傳開，蘇侯爺和蘇老太太就同葉氏鬧起來了。蘇老太太一口咬定葉氏早知這件事，讓人把她關了起來。葉氏聽說這件事就昏過去了，醒來之後，高燒不退，蘇侯爺都不讓人給她請大夫。蘇宏佑得知葉玉柔的兒子不是他的，大喊大叫了一夜，傷口化膿了。蘇家請了太醫和京城裡最好的大夫給他看，都說他就是這幾天的事了。蘇老太太帶四姑娘管家，都開始準備後事，葉氏和蘇宏佑的一起準備。」

「確實該準備了。」

經歷了這麼多事，葉氏和蘇宏佑能活幾天，哪個大夫也不敢說了。

葉玉柔母子跑了，別看天下很大，她能容身的地方卻小之又小。能讓蕭梓璘親自去追，沐飛也帶北越勇士出去了，她面子不小，但最終恐怕仍是死路一條。

此時，京城譁然，著急的人太多，都輪不到海琇了。

成親前一天，海家就把黃花梨木的拔步床、酸枝木的桌椅等沈重且貴重的家具抬進了臨陽王府；又在禮部官員指導下，請喜娘按規矩安了床、鋪了被褥。

蕭梓璘還沒回來，確切地說，自他帶人離開京城，連隻字片語的消息都沒傳回來。本來臨陽王娶親就是一件大事，明日就要娶親了，新郎不在，新娘卻照嫁不誤，關注這門親事的人就更多了。

光送個家具——當然，海家的家具也極其高檔——就引來了滿街的人圍觀。

忠勇侯府內張燈結綵、喜氣漫天，歡聲笑語不斷。府第所在的街道都灑水淋街，街道兩邊他掛起火紅的燈籠，一夜不熄，滿街燈火通明。

海琇嫁到臨陽王府是莫大的喜事，沒想到遭遇了這場變故，影響了兩家人。

周氏、海誠和長華縣主都很著急、很難受，但他們要考慮海琇的處境，不能表現出來。

不僅如此，他們還要笑，只有他們笑出來，才能帶動一府上下的情緒。

他們要鼓舞士氣，讓這闔府上下都高興，這樣府裡的氣氛才輕鬆歡愉。

大婚前三天，海誠牽頭，給府裡的小廝、隨從、門人等男僕放賞。人分三、六、九等，銀子一、二、三兩，對應發放，還賞了幾桌豐盛的酒席。

次日，周氏給丫頭、婆子放賞，不分級別，每人加發三個月的月錢，一人賞一套新衣、一包點心；又賞了秦姨娘和嚴姨娘一人一對金鐲，價值幾十兩銀子。

長華縣主發話，只要把海琇風光地嫁出去，等回門那天，她也放賞。標準是不分男女，每人加發五個月的月錢，兩套新衣的面料。

另外，長華縣主還要賞海誠和周氏、兩位姨娘及海岩、海珂和海琮。不用主子多說，更無須強迫，這一府的下人都笑開了花，做事也更加俐落。

忠勇侯府這三位主子重賞不是讓做危險繁重之事，而是讓人笑起來，這就太簡單了。主子們又是賞賜，又是許諾，下人們都樂翻了天，做事自然盡心盡力。

府裡一團和氣，喜氣瀰漫，外面的人也就少了質疑。不管是真心為海琇、為他們一家高興的，還是羡慕嫉妒恨的，也都換上一張笑臉，說著不痛不癢的祝福。

傍晚時分，臨陽王府衛長史親自到海家，說蕭梓璘還沒回來，也沒有任何消息。他再次詢問了海琇和海誠夫婦的意思，得到的答覆仍是明天吉時照常迎親。

「元配正妃，新郎不來迎娶，自己嫁過去，這算什麼事？」周氏關起門來就唉聲嘆氣。

「要是臨陽王殿下回不來了，我們的女兒可怎麼是好？」

「閉上妳的嘴，不許胡說。」海誠低聲呵斥，也忍不住低聲嘆氣。

「回老爺、夫人，姑娘來了。」

海誠指了指周氏，說：「明天就是琇兒大喜的日子，妳不去陪她，總說一些沒用的。現在女兒來看我們了，妳還不趕緊收起妳那張苦臉，免得讓她看了不舒服。」

周氏斜了海誠一眼，對著鏡子擠出幾絲笑容，迎了出去。看到海琇神色沈靜坦然，周氏鬆了一口氣，又見落玉抱著一隻公雞，她就納悶了。

「寶貝女兒，明天是妳的大日子，妳不早點休息，還過來幹什麼？」周氏笑了幾聲，攬著海琇進屋，看到落玉要抱著公雞進去，她皺起眉頭。

海琇笑了笑，拉過落玉，說：「明天若殿下不能趕回來，我就抱牠出嫁。」

「怎麼……」

「江東有這個風俗，殿下也知道，娘沒聽說過嗎？」

之前，她和蕭梓璘曾探討過這個話題，還被他將了一軍。他們大婚，蕭梓璘若不能回來，她以雞代夫，其實也是向蕭梓璘承認她就是程汶錦。

以雞代夫有求吉利平安的意思，這是程汶錦故鄉江東的風俗。周氏想說些什麼，看到海琇一臉淡定的堅持，只長嘆一聲，就岔開了話題。

進到房裡，海琇又跟海誠說要以雞代夫，海誠沒反對，只是關切地囑咐了一番。父女兩人都清楚狀況，強顏歡笑未免生疏，就彼此沈默了。

「時候不早，妳送琇兒回房休息，我去看看前面是不是準備妥當了。」海誠攬住海琇纖瘦的肩膀，衝她重重點了點頭，眼底充滿父親對女兒的疼愛和期許。

「父親不必擔心，女兒凡事都有分寸。」

「為父對妳最放心。」海誠眼圈放紅，不想失態，轉身快步離開。

周氏摟住海琇，哽咽道：「乖，娘送妳回房，也有話跟妳說。」

海琇點點頭，讓落玉抱著公雞開路，她挽著周氏，輕輕依偎，一路沈默。

回房之後，周氏讓人給海琇去煎安神藥，怕她晚上胡思亂想睡不好。又吩咐了丫頭、婆子幾件事，把下人都打發出去，她才拿出壓箱底的寶貝。

「這是五十萬兩銀票，妳收著，跟誰也別說，留著以後花用。」周氏把銀票裝進一個小錦盒，又塞入她裝貼身衣物的包袱裡，囑咐她自己保存。

像杜國公府這樣有四房兒孫、二老俱在、主子僕人幾百名的大戶人家，一年的全部花費有一萬兩也就夠了，省儉些、算計周到些，還能花得更省。

臨陽王府人口少，加上那幾個側妃，一府上下分文不進，這五十萬兩銀子也夠花幾十年了，何況她還有其他嫁妝、產業，每年也有出息、紅利等收入。

周氏這筆嫁妝給得厚重大器，海琇心裡有一股難以言喻的感動。

想起前世出嫁時小孟氏塞給她的二百兩銀子，讓她做壓箱底用，她的心陣陣隱痛。聽說大孟氏嫁妝不少，最後給她的銀兩錢物加一起也不過才五千兩。

大孟氏作為庶女，為什麼會有大筆的嫁妝，她不得而知。程汶錦死了，連她自己那點嫁妝都便宜了蘇家，大孟氏的嫁妝她更無從追起了。

「謝謝娘。」海琇要給周氏跪下，被周氏一把拉住，攬到懷裡。

「還有一件事，娘不知道該怎麼跟妳說。」周氏變戲法一樣拿出一本畫冊塞到海琇手裡，難為情地說：「妳打開看看，娘一會兒再跟妳說。」

前世，成親前夜，奶娘也曾拿出一本畫冊，教導她男女行房之事，她曾經歷過，知道這畫冊上畫了什麼，也明白這本畫冊的作用。

此時，周氏讓她打開畫冊看看，她仍羞怯尷尬。

其實女孩出嫁前，娘家人給講這些有點多餘。她不知道蕭梓璘對男女之事瞭解多少，但像蘇宏佑那種人渣年紀不大就閱女無數，根本不需要女孩懂這些。

就算不是蘇宏佑那種貪淫好色之輩，大家公子成親之前，誰房裡沒幾個丫頭呢？不管是親娘、繼母抑或是嫡母，對這種事都很熱衷，只是出發點不一樣。

海誠和周氏對海岩管教極嚴，可海岩打算年後搬回府住，周氏也早早給他物色好人選了。幾個丫頭都溫柔、漂亮、懂事、忠心，不就是通房丫頭的人選嗎？

海琇拿著畫冊，衝周氏吐舌一笑，在周氏充滿鼓勵與期待的注視下，打開了畫冊。她一邊看畫冊，一邊瞅周氏，不知不覺間，母女兩人都面染紅暈。

周氏清了清嗓子。「妳看懂了嗎？男女第一次行房，就、就是這樣的。」

「我……沒看懂，不知道這是什麼，娘還需仔細給我講講。」海琇惡作劇一笑，指了指畫冊上的圖案，問：「這一男一女一絲不掛在幹什麼？看著好費勁。」

今晚閒著也是閒著，讓周氏給她講講，不管什麼東西，多學一些藝不壓身。

蕭梓璘懂多少她不得而知，她懂，還要懂得多一些，這樣才能占上風。要是蕭梓璘比她懂得多，她會下定決心再接再厲，爭取超越他。

夫妻之間，理應和美愉悅，行周公之禮、慕敦倫之樂是夫妻必行之事。

「他不在……」周氏看了看海琇，長嘆一聲，愣了片刻，竟然哽咽出聲。「給妳講這些有什麼用？殿下若不回來，或許他……唉！妳這一輩子可怎麼過？」

「我明白了，他若不回來，這本畫冊就沒用了。」

周氏緊緊抱住海琇，忍不住失聲痛哭，她臂力很大，壓得海琇都快窒息了。

「夫人，您這是幹什麼？」孫嬤嬤進來，拉開周氏。「老爺怎麼說的？老太太怎麼囑咐的？不是都說好了，要讓姑娘歡歡喜喜走出家門，別給她添堵。」

「他們說得都輕巧，女兒不是他們生的，他們怎麼可能體會我的心痛。」

「夫人，咱們回房吧！您想哭，回房哭去。時候不早，給姑娘的安神藥早就煎好了，讓姑娘服了藥早些休息吧，明天還得早起呢。」

「娘，您別哭了，跟孫嬤嬤回房吧！明天您也要早起。」海琇扶起周氏，交給孫嬤嬤，輕聲細氣安慰她，把她們送到院門口，才鬆了一口氣。

周氏擔心蕭梓璘萬一有閃失，回不來了，她跟海琇講的夫妻之事就會成為扎入海琇心中的軟刀，再也拔不出來，還會時時硌得她心裡難受。

海琇卻沒有周氏那麼悲觀，她有預感蕭梓璘一定能平安回來。就算明天不能迎娶她過門，也會跟她做一世的夫妻，直到終老，抑或是來世。喝下安神藥，海琇心裡想著蕭梓璘的音容笑貌，很快就進入了香甜的夢鄉。

第七十五章　新婚之喜

被丫頭叫醒時，海琇正在優美的夢境裡暢遊，極不情願地睜開眼。聽說給她梳頭的全福人都到了，正由長華縣主陪著說話呢，她才精神了，趕緊起床。

早已準備好了，一切按部就班，沒有一點疏漏差池。

臨陽王府府內和大門口的燈籠整整亮了一夜，天濛濛亮，燭火才熄了。

鑲親王府的四公子蕭梓恩本來要陪蕭梓璘迎親，蕭梓璘沒回來，就讓他代替了。他早早就站在臨陽王府門口，面帶憂慮，看到有人來了，才換上了一張笑臉。

蕭梓融來了，看到蕭梓恩笑得勉強，他長嘆一聲，擠出了幾絲笑容。他與海琇相識得早，兩人交情不錯，也因此比別人更為擔憂。

錢王從轎子裡鑽出來，衝蕭梓恩抬了抬下巴。「你行嗎？不行換我。」

蕭梓恩輕哼一聲，說：「你想什麼別以為大家不知道，換你等於引狼入室。」

「引狼入室？嘿嘿，你怎麼知道我想替他入洞房？是不是你也想著呢？」

蕭梓融看不慣錢王沒正經的模樣，斜了他一眼，說：「你比璘兒大，說話注意些。你貪財就好，別讓人家以為你有好色之心，沒的讓人看輕了。」

「你們知道什麼？新婚三天無大小，連輩分都不論，圖的就是喜慶。別看我比璘兒大，去鬧洞房，跟新娘討喜錢，他都不能把我拒之門外。」

蕭梓恩和蕭梓融互看一眼，一前一後進了臨陽王府，把錢王曬在門口了。

正好，錢王站在門口迎客，很快就等到幾位皇子、世子，一起說笑著進去。

「吉時到——」

去迎親的吉時到了，陪著去迎親的人都聚到大門口，準備出發。正在這時，一陣急促的馬蹄聲由遠而近，直奔臨陽王府而來。

「殿下回來了！殿下回來了！」

歡喜暢快的喊聲一聲聲相接，響徹了整條街道，驚醒了睡夢中的人們。

紅日從地平線上冉冉升起，桔輝縷縷，朝霞漫天，浸染了人們臉上的笑容。

時間還早，街道上行人稀少，幾匹快馬飛奔而來，沒有阻絆，很快就到了臨陽王府門口。蕭梓璘和他的四名手下都一身黑衣，映襯得他們的臉色更加疲憊。

蕭梓璘抖落一身風霜，從馬上下來，身體一晃，趕緊抓住轠繩。幾個隨從趕緊上前扶住他，又把陸通等人扶下馬，待他們站穩之後，才前呼後擁進府。

「等我一下，我去換衣服。」看到滿門喜慶，蕭梓璘的精神頓時好了許多。

「殿下，您還要親自去迎親嗎？」

「當然，不然我連夜跑回來幹什麼？」

「從昨天傍晚到現在，我們跑了七、八百里，屬下擔心您的身體吃不消。」

錢王搖著扇子過來，嘻笑道：「陸通，你錯了，人家趴在病床上起不來，娶媳婦都想自己去。他只是累了，只要想想自己娶了一個身價不菲的媳婦，心裡痛快，疲憊就煙消雲散了。就算今晚再累上一夜，看到銀子和美人，也是小菜一碟。」

蕭梓璘斜了錢王一眼，實在不想浪費精力和他廢話，就快步進了府。

過了一炷香的工夫，蕭梓璘梳洗完畢，換上新郎的吉服，出來了。衛長史讓人準備了一頂小轎，讓蕭梓璘坐，與去迎親的棗紅大馬並排而行。

很快，迎親的隊伍就到了忠勇侯府門口。

海家以為蕭梓璘不能趕回來迎親，把從大門到海琇臥房的阻礙撤掉了一大半，只保留了諸如射彩、對題等幾項比較簡單的。

射開大門，看到蕭梓璘，又得知是他親自射的箭，海家上下歡呼驚喜一片。

海岩又趕緊讓人加了一些阻礙，算是給妹夫的見面禮，也是對他小小的懲罰。

海琇已穿戴完畢，坐在床上等待來迎親的人，公雞就靜靜趴在她腳下。她表情淡定，可心裡卻如懸空一般，不敢想蕭梓璘，也不敢想嫁過去之後的日子。

飛花氣喘吁吁進來，二話不說，抱起那隻公雞，隔窗就扔了出去。那隻公雞意識到自己不能發揮作用，忿忿地大叫幾聲，連蹦帶飛地走了。

「姑娘，殿下回來了、回來了！正在前院跟大少爺對詩呢，公雞用不著了！」

「真的?殿下真的回來了？」幾個丫頭滿臉驚喜，圍住飛花，問長問短。

海琇淡淡一笑，沒說什麼。她神情依舊淡定，只是懸在心裡的那塊石頭落下來了。公雞用不著了，那本畫冊該派上用場了。

一會兒工夫，迎親的人和轎子就到了海琇的院子門口。聽到喊聲，喜娘趕緊給她整理好衣服，又給她蓋好蓋頭，等海岩進來揹她上轎。

趴在海岩背上，蓋頭遮了臉，什麼也看不清，但她能清楚感覺到蕭梓璘所在的位置。他的氣息、他的疲憊，連同他臉上發自內心的笑容她都能清晰地感知。

他趕回來了，沒有失信於她，趕回來娶她過門，與她執手一次，便是一生。

花轎是八抬的，但海琇坐著並不穩當。路上有不少湊熱鬧的人攔轎討賞，轎子一落一起很頻繁，轎夫為了熱鬧，有時候還故意晃她，弄得她都暈頭轉向了。

到了臨陽王府門口，轎子停穩，她按喜娘的指引下轎。跨水盆、過門檻、進喜堂，又拜天地、拜高堂，之後，又接過柔軟的喜帶，由蕭梓璘牽著入了洞房。

被喜娘扶著進了新房，坐到床邊，海琇長長舒了一口氣。外面的儀式在她萬分緊張又欣慰的狀態下終於完成了，她已是這臨陽王府的女主人。

「殿下，新娘子就交給我們照看，您出去待客吧！」

蕭梓璘輕咳一聲，問：「蓋頭呢？不掀開嗎？」

「咱們京城的習俗是等您入洞房、喝合巹酒時再掀開。」

「江東的風俗呢？」

聽到蕭梓璘問出這句話，海琇心裡暖暖一顫，已體會了他的用心良苦。

「那邊可能是先掀蓋頭吧！」喜娘也不確定。

蕭梓璘微微一笑，拿起秤桿挑下海琇的蓋頭，頓時引來陣陣歡呼聲。

海琇眼前一亮，她微微抬頭，看到蕭梓璘的臉，眼睛不由濕潤了。她深吸一口氣，拋開羞澀，抬頭衝他微微一笑，千言萬語，盡在不言中。

喜娘又催促了一遍，蕭梓璘才衝海琇深深一笑，出去了。

來了幾幫看新娘子的人，跟海琇隨便嘮叨了幾句，得了些賞錢，就被打發出去。心裡的石頭落了地，海琇感覺到疲倦，就靠在床頭，有點昏昏欲睡。

聽到輕輕的開門聲，海琇以為丫頭進來了，只問了一句「什麼時辰了」，並沒睜開眼睛。直到有人把她摟在懷裡，有她額頭上印下熱吻，她才睜開眼。

海琇摟住他的胳膊，問：「你怎麼回來了？沒待客嗎？」

「我太累了，想歇一會兒，待客的事有人安排。」蕭梓璘坐到海琇身邊，輕聲說：「我要是不歇一會兒，可能連入洞房的力氣都沒有了。」

「明晚。」

「不行，我等不及了。」蕭梓璘靠在她身上，很累了，但仍有力氣上下其手。

「那就去睡一會兒吧！」海琇扶起蕭梓璘，把他拉到拔步床後面的軟榻上。

蕭梓璘緊緊抱了海琇一下，倒在軟榻上，片刻工夫就響起了輕鼾聲。海琇拿了一條絨毯蓋在他身上，又坐在軟榻一角，拿起他的手，放在自己臉上。

或許是蕭梓璘提前交代好了，新房這邊靜悄悄的，自蕭梓璘回來，沒人再來看新娘子，連丫頭、喜娘都鮮少走動。前院人聲鼎沸，熱鬧喧天，隱約有歡聲笑語傳來，好像與新房是兩個世界。

海琇回到床邊坐下，閒得無聊，不知不覺就入夢了。聽到丫頭說話，她才醒來，再看軟榻上，絨毯疊得整整齊齊，卻沒了蕭梓璘的人影。

「新娘子呢？我們來看看。」清華郡主的聲音傳來。

來的是銘親王府的幾位姑娘，剛坐下，就又來了幾位貴婦、貴女。皇族宗室人多，蕭梓璘人氣也高，來看新娘子的人絡繹不絕，討喜、湊趣和歡笑聲、祝福聲此起彼伏。新房內外擠滿了人，海琇忙著應付，頭都大了一圈。

天色黑透，聽說新郎要回房，人們這才歡歡喜喜告辭。

過了一炷香的工夫，就聽到院門口傳來男子的說話聲，好像是有人要鬧洞房、看新娘子，被喜娘婉拒了，正跟蕭梓璘爭取呢。

蕭梓璘三言兩語就把人打發走了，不用喜娘帶路，直往新房而來。

聽到蕭梓璘開關門聲音，海琇的心一下子提到了上嗓，心一陣狂跳，粉臉浸染朱紅，愈漸濃郁。洞房花燭，人生大喜，可她手腳輕顫，覺得自己還沒準備好。

紅燭躍動，喜字馨香，洞房裡瀰漫著清甜、柔和的光芒。

蕭梓璘繞過屏風，往床邊走了幾步，又退回去，輕輕靠在屏風上，深呼吸了幾次。他俊臉飛紅，酡顏微醺，鳳眼含笑看著海琇，顯然是喝多了。

「娘子，為夫飲酒過量，今夜不能洞房，太委屈妳了。」

「不委屈、不委屈，不能洞房也好，你睡榻上，我給你鋪被褥。」

海琇對和蕭梓璘洞房歡愛充滿期待，交織著緊張與悸動。蕭梓璘忙碌了這麼多天，又連夜趕回來迎親，肯定累壞了。兩人不行周公之禮也好，讓他好好補補覺。兩人是夫妻了，朝夕相伴，年輕力壯，還怕沒有盡享敦倫之樂的機會嗎？

「我說不能洞房了，妳怎麼這麼高興呀？」蕭梓璘晃晃悠悠朝海琇走來，坐到她身邊，又靠在她身上。「娘子，不能洞房了，妳該失望才是。」

「失望是什麼感覺？有餓肚子難受嗎？」海琇看著冷卻的酒席，扁了扁嘴。

「哎呀！我的娘子餓肚子了。」蕭梓璘一下子跳起來，又捧著海琇的臉笑起來。「還好我沒忘，一會兒就有人送熱飯菜進來，為夫先伺候妳洗漱更衣。」

蕭梓璘拉著海琇站起來，剛要抱她去洗浴室，一本畫冊從他身上掉下來。

「什麼東西掉了？」海琇彎腰撿起畫冊，看到是一本春宮圖，和周氏給她的那本一樣，頓時羞紅了臉，輕斥道：「這是什麼污穢東西？竟然帶在身上！」

「娘子，為夫錯了！」蕭梓璘拿過春宮圖，扔到床上。

「你何錯之有？是我說話……」

蕭梓璘攬住海琇的肩膀，鄭重地說：「為夫不該從妳的包袱裡拿出這污穢東西，不該因為好奇就帶在身上。在給賓客敬酒時，這污穢東西掉出來，恰巧被人撿到。為夫怕被罰酒，說是娘子壓箱底的，臊得岳父和舅兄頭都抬不起來了。」

「你……」海琇氣得直齜牙。

原來這本春宮圖是周氏昨晚給她的那一本，就放在床頭的包袱裡，蕭梓璘什麼時候拿走的，她根本不知道，沒想到這人怕被罰酒，就老實交代了。

哪家姑娘出嫁，娘家都會送一本春宮圖壓箱底，寓意就不言而喻了。可新郎帶在身上，被人發現，就老實交代是妻子壓箱底的東西，這要是傳出去，不讓人笑掉大牙才怪，難怪海誠和海岩都替他害臊了。

蕭梓璘見海琇要發威，趕緊朝洗浴室跑去。「娘子，我備水伺候妳洗漱。」

海琇要去追，正巧有喜娘帶丫頭進來，給她行禮請安，殘酒撤了，丫頭擺上了幾碟清香精緻的小菜，又端上來兩碗熱氣騰騰的麵條。

「娘娘請用膳。」

「嗯，下去吧！」海琇給荷風使眼色，讓她賞紅包。

丫頭伺候海琇脫掉嫁衣，換個家常衣服，又卸掉了釵環頭飾。海琇一身輕鬆，朝洗浴室斜了一眼，輕哼一聲，坐下來吃飯。

「姑娘，不，王妃娘娘，殿下給您調好了水溫，等您去洗漱呢。」

海琇嬌嗔一笑，說：「讓他在洗浴室候著，我一會兒再去，水涼了定不饒他。」

吃完飯，海琇去洗漱，看到蕭梓璘正聽話地守在洗浴室，而且自己早洗漱完畢了。海琇拒絕了他殷切的伺候，又罰他去吃飯了，要把飯菜吃得一點不剩。

海琇洗漱完畢出來，看到桌子上的飯菜已收拾乾淨，蕭梓璘穿著中衣趴在床上。看到海琇進來，他雙手摀著臉，笑得渾身亂顫。

「你笑什麼？」海琇在他腿上輕輕踢了一下。

「妳坐下，我跟妳說。」

海琇知道他沒好話，坐到床邊，警惕地盯著他。「你想跟我說什麼？」

蕭梓璘盤腿坐在床上，把春宮圖拍在海琇手上。「娘子，為夫覺得這本畫冊畫得一點都不好，不夠細緻入微，畫功也差。在西南省時，妳連錯綜複雜的河道都畫得精密，若是畫一本這樣的圖冊，肯定要比這本畫得好。」

海琇挑了挑眉頭，問：「然後呢？」

「妳畫好了，為夫細心保管，除了我和妳觀看、演練，不讓任何人看到。妳還要多畫幾本，等我們的兒女婚嫁時用得到，別在外面買那麼粗糙的。」

「你考慮得真周到，還有什麼要說？」

蕭梓璘想了想，說：「畫好之後的事說完了，為夫還想說說畫之前。」

海琇斜了他一眼，翻開春宮圖，輕哼問：「之前要怎麼樣？」

「為夫以為不管做什麼事情都要有充分準備，這樣才能得心應手。就比如妳要畫這樣一本畫冊，我們不把人家畫的演習一遍，要不怎麼知道他畫得……」

蕭梓璘的嘴被捣住了，他閉住氣息，順勢一倒，海琇就趴到了他身上。海琇鬆開手，要起來時，早已身不由己，被蕭梓璘控制，身體緊緊固定在他身上。

一個標準女上男下的姿勢。

「放開我，呵呵，放開……」海琇被他搔弄得渾身發癢，忍不住笑出聲。

「這樣不好，還是換個姿勢，咱們就從第一種開始練。」

蕭梓璘抱緊海琇，身體一翻，就把她罩到身下，在她髮間、臉上、脖頸上印下了深深的熱吻。在與她口舌相交的同時，手又伸進她的衣服，輕輕撫摸她如玉的肌膚。儘管他的手有些生硬，但飽含熱度與溫情，傳遞著最熱烈的挑逗。

紅燭晃動，袒誠相見，熾熱的情慾灼燒初冬的夜色，點亮了一方光明。

蕭梓璘平躺在床上，深吸一口氣，喃喃道：「這次的姿勢不好，以後都不要再用了，妳也不要畫這一式。還是第二次的姿勢好，比第一次……呵呵，也好。」

「不說自己笨，還怨……哼！我為什麼不畫？沒準人家喜歡呢。」

「不許說人家，不許畫。」蕭梓璘火熱的雙唇含住海琇的唇瓣，細細吮吸。

海琇推開他，嬌喘幾聲，說：「不畫不行，二十四式就不全了。」

「那我們自創一式。」蕭梓璘拿起畫冊，仔細研究起來。

「呵呵，我看你還有什麼新鮮的。」海琇躺在他胸前，輕輕撫摸他的胸膛。

「我想到一式，練一練。」

「哈哈哈哈，不要……停手……」

「我沒打算停，看把妳美的。」

一場酣戰結束，海琇已累得筋疲力盡，連喘氣都嫌費力氣了。蕭梓璘身披絨毯，盤膝坐在床上，運功調息。聽他說一會兒還要再試一次，海琇直接昏了。

蕭梓璘把海琇緊緊抱在懷裡，輕聲道：「難怪古人把周公之禮、敦倫之樂奉為人性之本，要是知道男歡女愛、靈肉結合這麼美妙，我早在認識……」

「你早在被大宮女調教的時候就欲罷不能了，是不是？」

「我沒被大宮女拿下，我跑掉了，是六皇子被兩個大宮女抓回房了。事後，他哭了，問他什麼，他也不說，我就害怕了。哎，妳不是睡了嗎？怎麼又醒了？」

「我沒睡。」看到蕭梓璘又一次躍躍欲試，海琇趕緊鑽進被子，一動不動了。

蕭梓璘把海琇連被子一起摟在懷裡，長舒一口氣。「我也累了，睡吧！明晚演習第四式、第五式和第六式，二十四式，八天輪完，要是一晚四次，六天輪完。」

海琇輕微的鼾聲傳來，蕭梓璘也喃喃著進入夢鄉，夜，安靜了。

第七十六章 敬茶受辱

從天濛濛泛亮開始，文嬤嬤就在院子裡轉悠，到現在都一個時辰了，屋裡那兩位還沒動靜。她幾次鼓起勇氣想去叫門，到了門口，手舉起來，又放下了。

臨陽王府原本沒有丫頭，除了女暗衛，最年輕的女僕也三十朝外了，而且不在正院伺候。算上飛花和落玉，海琇帶來了大大小小十四名丫頭、六個婆子，這院子裡都是她的下人，正因為如此，才沒敢叫他們起床，也沒人嫌他們不起床。

直到現在，紅日東升，天光大亮，文嬤嬤都溜出一身熱汗了。

「飛花，來來來。」文嬤嬤看到飛花走出屋子，就如同盼到了救星。

「什麼事？」

「不管妳是暗衛還是丫頭，總之是臨陽王府的人，妳去叫殿下和王妃起床。」

飛花皺眉道：「府裡又沒長輩等著請安敬茶，這麼早起來做什麼？」

「臨陽王府沒長輩，鑲親王府有吧？還要進宮請安吧？」

「也對。」飛花幾步邁到門口，剛要敲門，門就打開了。

蕭梓璘朝院子裡看了看，招手說：「進來伺候吧！」

文嬤嬤喜孜孜地帶頭進到臥房，嗅到情迷的味道，她臉上堆起欣慰的竊笑。

海琇也起來了，穿著中衣、披著披風，站在窗前呼吸新鮮空氣。看到文嬤嬤整理她的床鋪，她頓時臉染紅雲，轉頭看到蕭梓璘調笑的眼神，她更害羞了。

內務府兩名太監來收元帕，驗過之後，裝進錦盒，道了喜，收了紅包，走了。

「趕緊伺候殿下和娘娘梳洗。」文嬤嬤又指揮丫頭換被褥鋪蓋。

洗漱更衣完畢，用過早膳，蕭梓璘先帶海琇去鑲親王府請安敬茶。

蕭梓璘扶海琇坐上轎子，說：「走角門吧，還近一些。」

海琇知道要走與鑲親王府隔的那道牆上開出的門，問：「小龍呢？」

「孤蛟把它送回山裡了，這次緝捕葉氏母子及其同黨，小龍立了大功。」蕭梓璘還想再說些什麼，猶豫了一下，沒多說，跟海琇坐進一頂轎子。

海琇知道他有事沒說，又問了一遍，蕭梓璘才告訴她。原來，那日小龍把海璃吞進肚子，雖說又吐了出來，可海璃當天晚上就死了。

後來查明，是海琪和洛川郡主鬥法，讓海璃做了犧牲品。鑲親王府怕影響名聲，對外一直沒說，直到現在，海家上下都不知道海璃已經死去多日。

海琇搖頭輕嘆，沒說什麼。

海璃小小年紀，被葉姨娘和海老太太帶得心術不正，不聰明卻狠毒，落到這般下場也是她咎由自取。葉姨娘已死，估計連海誠都不可能為她落幾滴傷心淚。

轎子停在鑲親王府正房的院門外，蕭梓璘扶著海琇下轎。蕭梓恩帶幾個年幼的弟弟在門房裡等候，看到他們，趕緊出來迎接，行禮請安。
文嬤嬤送上荷包，他們又一次行禮道謝。
蕭梓璘牽著海琇的手，說：「進去吧！」
蕭梓恩在前面帶路，登上臺階，回頭衝蕭梓璘擰了擰眉頭。蕭梓璘明白他的意思，輕哼一聲，給飛花和落玉使了眼色，握著海琇的手緊了緊。
「給殿下請安，殿下萬福。」
他們剛走近垂花門，花枝招展的海琪和洛川郡主就急切地迎了出來，跪在門口，擋住他們的去路。在海琪和洛川郡主身後，還有海琳及幾個一頭珠翠的女子面帶嬌羞偷眼看著蕭梓璘。想必她們就是海琪和洛川郡主給蕭梓璘開臉的侍妾吧！
「跪哪裡了？不知道擋了殿下和王妃娘娘的路嗎？一點眼力也沒有。」
飛花和落玉走上前左搡右擋，海琪和洛川郡主各自靠邊，讓出了一條路。幾個侍妾趕緊挪到了各自主子的身後，海琇這才看清她們屬於誰。
海琇微微一笑，說：「文嬤嬤，賞。」
「賞？她們沒有給王妃娘娘請安，該罰才是。」
蕭梓璘看了看海琇，給文嬤嬤使了眼色。「王妃寬厚，讓妳賞，聽話就是。」
文嬤嬤很不情願地拿出荷包賞了海琪和洛川郡主等人，她們也很不高興地接受了。兩人約好給海琇難堪，不給她行禮，今天倒是很統一。

明華郡主出來，看到他們，連招呼都沒打，摔簾子又進去了。丫頭、婆子迎了出來，請安道喜，接了賞錢後，又打起簾子請他們進去。

正房的大廳內聚滿了人，看到蕭梓璘帶海琇進來，臉色都很精彩。鑲親王沈著臉坐在正中的軟椅上，鑲親王妃與他面對而坐，正哭天抹淚。

四位側妃、數名侍妾站在他們身後，都小心翼翼伺候。鑲親王長子蕭梓璉及其妻杜氏、三子蕭梓騰及其妻祈氏分列兩邊，端茶倒水，倒是殷勤孝順。

鑲親王長子蕭梓璉正是現任鑲親王妃所出，他居長為嫡，卻不是元配嫡妻所出，身分有點尷尬。因他在蕭梓璘的夢裡娶了程汶錦，海琇不由多看了他幾眼。

蕭梓璉與鑲親王長得有幾分像，只是他神態陰沈，令海琇極其排斥。

三子蕭梓騰夫婦倒是熱情，看到海琇和蕭梓璘，趕緊行禮問安，還湊趣討要荷包。蕭梓璉見蕭梓騰行了禮，也帶著杜氏勉強地行禮問安。

諸多側妃和侍妾也來問安，說了一堆吉利話，唯獨明華郡主對他們充滿敵意。

「這是怎麼了？王爺一臉陰沈，王妃娘娘哭哭啼啼，遇到什麼煩心事了？還是嫌我們新婚喜慶給你們添堵了？」蕭梓璘板起臉，語氣裡充滿挑釁。

鑲親王很怵蕭梓璘，見他變了臉，忙嘆氣道：「你祖母自被送到西山寺就病了，今天一早派人來說，沒看到你成親，死了也不甘心。還說要是能喝孫媳一杯茶，就是在西山寺終老，她也放心了。璘兒，要不你去跟皇上和太后娘娘說說？」

蕭梓璘點點頭。「這好說，等四日回門之後，我跟皇上和太后娘娘請旨到西山寺皇莊住幾天。我和我的王妃到西山寺看她、給她敬杯茶不是很簡單嗎？」

「我的意思是要你跟皇上和太后娘娘說說情，把你祖母接回來。」鑲親王妃哭道：「若母妃喝不上孫媳敬的茶，殿下夫婦也別敬我茶了。」

「這樣最好。」蕭梓璘笑了笑，轉向鑲親王。「要不王爺的茶也免了吧！我直接開祠堂敬我嫡親母妃，在府裡敬完茶，還要進宮，時間很緊。」

蕭梓璘對鑲親王夫婦向來不客氣，對李太貴妃更是嫌惡至極。論規矩，鑲親王妃是扶正繼妃，也是正妃，海琇剛過門，理應給她敬茶請安，只是鑲親王妃向來不聰明，明知蕭梓璘不買她的帳，還想借李太貴妃要脅，結果被蕭梓璘將了一軍，自己下不來台，連帶鑲親王也沒面子。

「你先去祭拜你母妃吧！死者為上。」鑲親王沈著臉發了話。

「我母妃本來就居上，無論是死還是活。」蕭梓璘拉起海琇就朝外走。

海琪和洛川郡主等人也想跟著到祠堂祭拜，被幾名女暗衛橫眉冷目攔住了。

海琇和蕭梓璘換上素淡的衣服，到祠堂祭拜蕭梓璘的生母。禮畢，兩人在祠堂裡聽老嬤嬤講他生母當年之事，鑲親王就派人來請他們去正房。

蕭梓璘本不想再理他們，海琇勸他維持表面和氣，他這才帶海琇去了正房。

海琇和蕭梓璘一進去，就有人鋪上厚厚的墊子，又有丫頭端來了兩杯茶。這一次，鑲親王夫婦都精了，海琇跪下遞茶，他們就接過去喝了，還賞了她。

鑲親王放下茶盞，說：「你們進宮吧！晚上府裡有家宴，早點過來。」

「知道了。」蕭梓璘拉著海琇給鑲親王夫婦行了禮，轉身就走。

「等一下。」鑲親王妃站起來，上前拉住海琇的手，說：「妳還沒喝海側妃和洛側妃的茶呢，還有那四位侍妾，也都開了臉，妳也訓誨她們幾句。她們過門的時候，臨陽王府正在修葺，這才娶到了這邊，現在改建完畢，也要把她們接過去了。」

蕭梓璘衝海琇微微一笑，眼底充滿包容和寵溺，意在告訴海琇，不管她怎麼說、怎麼做，他都支持。他知道海琇不是綿軟之人，不會委曲求全，苦了自己。

海琇笑了笑，從容淡定地說：「母妃有所不知。剛才在門口，兩位側妃及幾位侍妾連給我行禮都免了，我想她們或許不想認我，這樣的話，我就沒資格喝她們的茶了。至於怎麼安置她們，還請母妃容我和殿下商量之後再作決定。」

文嬷嬷樂了。難怪海琪和洛川郡主不給海琇行禮，海琇還讓賞她們，原來在這兒等著呢。這兩人自恃年紀大，連尊卑規矩都忘了，一輩子待在鑲親王府也活該。

鑲親王指了指蕭梓璘。「你們現在商量。按理說怎麼辦，該由你直接作主。」

「內宅之事由我的王妃全權打理，我不能插手，以免亂了內外規矩。這麼多人進府不是小事，是要從長計議，等我和王妃商量之後再做定論吧！」

海琇很滿意蕭梓璘的答覆，衝他眨了眨眼，示意他趕緊離開這裡進宮去。

海琪和洛川郡主住的那座院子是三年前蓋的，雖在鑲親王府內，卻是蕭梓璘出的銀子，她們在這座院子住著，花用由鑲親王府供給也理所當然。

鑲親王就是分家也該有蕭梓璘一份，而且還是一大份。他的王位是自己爭來的，他可以不要鑲親王府的家業，但鑲親王府不能不給。

海琪和洛川郡主是李太貴妃作主娶進府的，由鑲親王府供給她們不是理所當然嗎？海琇早就打定了主意，不接她們回臨陽王府，也不會出銀子養她們。

「走吧！」蕭梓璘牽著海琇的手，坦然地往外走。

鑲親王夫婦及蕭梓璉都不高興，但都怕惹惱蕭梓璘，誰也不敢說什麼。海琪和洛川郡主及幾位侍妾望著他們的背影，眼底充滿嫉妒，都快噴火了。

明華郡主狠狠瞪了海琇一眼。「妳就是個妒婦，沒有教養，不懂規矩！」

在場的人都聽到明華郡主痛罵海琇，卻沒人斥責她，還有人暗暗叫好呢。

蕭梓璘沈下臉，要衝明華郡主發威，被海琇攔住了。

明華郡主自幼養在李太貴妃身邊，自己最是沒規矩、沒教養之人，卻愛譴責別人，都成習慣了。李太貴妃年輕時和明華郡主品性相似，不敗給陸太后才怪。

「殿下，明華郡主自幼得太貴妃娘娘教誨，祖孫感情自是深厚。太貴妃娘娘年邁，在西山寺禮佛，也會掛念明華郡主，真可憐她一片護孫深情。」

蕭梓璘轉身對鑲親王夫婦說：「我看明華思念祖母都語無倫次了，難得她孝順祖母，這是好事。這樣吧，我明天派人送她到西山寺，在祖母身邊盡孝。」

「你……」

明華郡主聽說要送她去西山寺，怔了片刻，張開嘴就哭了。鑲親王夫婦還想接李太貴妃回來呢，當然不想讓明華郡主去了，可他們無法改變蕭梓璘的意思。

蕭梓璘拉起海琇就出去了，屋裡的哭叫吵鬧全都拋到了兩人腦後。他們乘坐馬車剛到達宮門，就有慈寧宮的太監迎出來，扶著海琇下車。

「臨陽王殿下、王妃娘娘，你們可來了，慈寧宮出大事了，正等你們呢！」

剛進慈寧宮的大門，就聽到偏殿裡傳出銘親王妃哀天慟地的哭聲。

昨天，海琇和蕭梓璘成親，銘親王妃到新房裡去了三次。每次進去都喜氣洋洋，恭賀的話說得又親切又喜慶，怎麼剛過了一夜，就哭成了這樣？

海琇疑問的眼神投向蕭梓璘，蕭梓璘無奈搖了搖頭。

看到御書房幾名執事太監站在院子裡，就知道皇上也在偏殿裡。蕭梓璘示意海琇在院子裡稍等片刻，他和執事太監說了幾句話，無須通傳，就進了偏殿。

過了一會兒，總管太監宣海琇晉見。總管太監出來時，裡面銘親王妃的哭聲就止住了。海琇進到偏殿，給皇上、陸太后、銘親王夫婦見了禮。

蕭梓融和清華郡主也在，兩人看上去都很難受。蕭梓融一直低垂著頭，像是犯了大錯一樣，清華郡主哭得兩眼通紅，一直抽泣不止。

海琇給陸太后敬了茶，再次給皇上行了禮。陸太后笑得勉強，強打精神訓導了她幾句，賜了她許多名貴器物，就讓人帶她去見海貴妃了。

蕭梓璘送她到門口，沒說什麼，只派了幾名暗衛保護她去了海貴妃宮裡。

第七十七章　明華婚事

海琇一行剛到海貴妃寢宮門口，就聽到宮裡傳來歡聲笑語。管事太監正等在門內，看到轎子一落便迎了出來，未經通傳，就引她們進去。

海貴妃臉上堆滿笑容，正和憫王妃及幾名宮妃逗憫王的幾個孩子玩耍。看到海琇主僕進來，她招了招手，坐到主座上，等海琇給她行禮。

人逢喜事精神爽。

海貴妃沒有什麼喜事，可她的對手倒楣了，這比她自己有喜事還讓她高興。

幾年前，皇后被廢，程德妃也死了。四位一品妃剩了海貴妃、蘇賢妃和葉淑妃。葉家倒了，葉淑妃被削去了封號，和七皇子一起都被軟禁了。

蘇賢妃封號還在，可她的娘家錦鄉侯被葉家連累，現在呈頹敗之勢。她嫡出的姪女現在英王府生不如死，兩個姪子一個死了，一個斷了根，半死不活。

她雖說養了四皇子，卻無親子傍身，總比別人差了些底氣。如今，她娘家又變成了這樣，沒人給她撐腰仗勢，還要連累她，她日日擔心，真是異常難受。

現在，六宮事務皆由海貴妃打理，她現在在後宮的勢頭不亞於皇后了。

海琇給海貴妃行了禮，落坐說話。那些妃嬪看海貴妃的眼色，陸續告辭了。

「妳剛從慈寧宮過來？」

「是。」海琇不是很願意跟海貴妃相處說話，但進宮請安，不得不到她宮裡來坐坐。

早有人報給海貴妃，說銘親王妃在慈寧宮哭鬧，海貴妃不知道為什麼。得知海琇剛從慈寧宮過來，就想繞彎打聽一下，沒想到海琇不上道，不主動跟她說。

海貴妃猶豫片刻，直接問：「慈寧宮可有什麼事？」

「沒什麼事，很平靜。」海琇明知海貴妃想問什麼，就是不和她說。

銘親王夫婦和蕭梓璘、清華郡主臉色都不好，海琇就猜出是因為北越皇朝要為沐飛求娶清華郡主之事，銘親王妃不想唯一的女兒遠嫁，才哭鬧阻止的。

在後宮，海貴妃的地位已無人比肩，可手伸得太長，對她絕對沒好處。

海貴妃眼底閃過不悅，臉上笑容依舊，又問：「臨陽王殿下此次外出辦事可還順利？廢太子的餘黨都剿滅了？他怎麼沒帶葉氏和廢太子的餘孽回來？」

「殿下能平安回來就是順利，至於詳細的情況是朝堂大事，殿下不說，我也不會多問。」海琇面帶恭敬的笑容，以隱晦的言辭提醒海貴妃少過問朝堂的事。

海貴妃恨海老太太入骨，巴不得把葉家滿門抄斬，最好把海老太太也牽連進去。葉家是海老太太的娘家，不遇上這種事，確實很難打擊海老太太的囂張氣焰。

海琇站起來，衝海貴妃施禮道：「葉玉柔的兒子是不是廢太子的血脈還未確定，有些事是道聽塗說，傳得過於誇張，請貴妃娘娘慎言，更不能聽信傳言。」

海貴妃猶豫片刻，才收起臉上的笑容，淡漠地說：「本宮自有分寸。」

「如此最好。」海琇不想再跟海貴妃多說。「妾身告退。」

「嗯，去吧！」海貴妃沈下臉，擺了擺手，便無二話。

海琇剛走出海貴妃寢宮的大門，就聽到茶盞碎裂聲摻雜著斥責和勸慰傳出來。知道海貴妃在發脾氣，海琇只搖了搖頭，快步離開。

她們主僕回到慈寧宮，看到蕭梓璘正在門口等她，海琇心裡頓時舒服了。

「這麼快就回來了？我以為貴妃娘娘會留午膳，正想去處理一些公務呢。」

「話不投機半句多。」海琇扶著蕭梓璘的手下了轎子，說：「殿下既然有公務要處理，就不用管我了。我不喜歡吹宮裡的風，不如我回王府等殿下。」

「我們是夫妻，我不管妳怎麼行？」蕭梓璘在海琇臉上彈了彈，眼底充滿溫柔的笑意，說：「妳以後離這深宮越發近了，這宮裡的風還是要吹的。妳是我的妻子，我自會護妳周全，這宮裡的風無論怎麼颳，若波及到妳，也要換個方向。」

海琇的話說得隱晦，蕭梓璘回答得更加高明，語氣裡還包含了濃濃的愛意。

「銘親王府的事處理完了嗎？」海琇試探著詢問。

蕭梓璘搖搖頭，說：「都是不好處理的事，一時半會兒哪能處理妥當？」

「到底出什麼事了？」

「烏什寨想重新建國，做為盛月皇朝的屬國，朝廷同意了。烏什寨寨主提出聯姻，不敢奢求公主下嫁，要給烏蘭察娶一位郡主，首選就是清華；後來又改變主意，為烏蘭察求娶郡主的事暫時擱置了。烏什寨寨主為表明聯姻的誠意，要把他姪女烏蘭瑤嫁入皇族，未婚或未定親的皇族男子都是他的目標。烏蘭察與融兒交好，烏什寨寨主也看好融兒，就想讓烏蘭瑤嫁給融兒。融兒未經父母同意就自己答應了，烏蘭瑤也很樂意，這事差不多就成了。」

蕭梓融幼年離開家鄉父母，與烏什寨人朝夕相處十五年之久，早已沒了種族界線。從本心來說，他的確願意娶烏什寨女子為妻。

「昨天下午，烏蘭察和烏什寨寨主帶烏蘭瑤趕到京城，今天早朝遞交了聯姻的國書。碰巧北越皇朝為沐飛求娶清華的國書也到了，皇上就一併給了銘親王叔。銘親王叔左思右想，決定以大局為重，回府跟銘親王嬸一商量，就鬧起來了。」

海琇微微皺眉，說：「嫡子外娶，嫡女外嫁，打在哪個做母親的身上都不會同意。外娶也就罷了，家裡添丁進口，父母在身邊，也方便照應。北越國都離京城三千里，若清華嫁到北越國，想回來一趟都需要一個多月的時間，以後父母年邁、兒女纏身，兩頭不能兼顧，任是誰都會很難過。」

蕭梓璘重重點頭，拍著海琇的手說：「以後咱們生一群兒子，都娶遠處或是外邦的媳婦，肯定熱鬧。等我把爵位傳給兒子，趁我們還走得動，我就帶妳天南海北拜親家，到哪一家都會好吃好喝招待，還能遊山玩水，想想都美。」

「想得真美！」

海琇還沒開口說他，就有嗔怪聲自身後傳來，是蕭梓融的聲音。

「想誰不想得美一些呢？」蕭梓璘衝海琇挑眉一笑。「你不用有壓力，就算將來我們生一群女兒，我也都把她們遠嫁，讓她們出去見見世面，然後……」

蕭梓融輕哼一聲，說：「然後你又天南海北拜親家，到處混吃混喝。」

「你說對了。」蕭梓璘握住海琇的手。「妳放心，遊歷五湖四海的那一天肯定會來到，就算不到處拜親家，我也帶妳去，只是那就需要我們自己破費了。」

海琇抖開他的手，嬌嗔道：「行了，說正事吧！」

「好，說正事，融兒，你是有事找我嗎？」

蕭梓融沈默片刻，低聲說：「這些人說了好半天，我母妃才同意清華和親北越國，清華自己也答應了，可她說什麼也不同意我娶烏蘭瑤，還以死相逼。我父王、皇上和皇祖母怕鬧出大事，不敢強迫，我想問妳有沒有讓她同意的好辦法？」

「你怎麼想？願意娶烏蘭瑤嗎？」

海琇衝蕭梓融眨了眨眼。「你先說你是不是很喜歡烏蘭瑤，我們再想辦法。」

蕭梓融搖搖頭。「我剛到烏什寨時，和她見過幾面，據烏蘭察說，那時候她還穿開襠褲呢。後來她隨父母出海貿易，又到華南省定居，一直沒回烏什寨。我都有十幾年沒見她了，以前見過也想不起來，又談何喜歡呢？烏蘭察和烏寨主都想讓她嫁給我，是希望有我照應她，不至於孤單思鄉。」

「原來如此。」海琇和蕭梓璘異口同聲說出這句話。

他們原以為蕭梓融在烏什寨就和烏蘭瑤私定終生了才要娶她，現在看來根本不是。蕭梓融要娶烏蘭瑤只是出於一片好心，若這樣事情就好辦了。

「你想娶烏蘭瑤嗎？」

「沒想過。」蕭梓融想了想，又說：「我答應烏蘭察和烏寨主了，終身大事不能隨意反悔；烏什寨也遞交了國書，點名是我，若我反悔，會失信於人。」

海琇輕嘆一聲，說：「正因為是終身大事更須謹慎，你可不能只憑朋友之義，就隨便答應。你不想失信於人，答應的事不想反悔，可你一味求全，對誰都不好。」

「既是這樣，這件事就好辦了。」蕭梓璘衝蕭梓融笑了笑，又轉向海琇。「妳先回府休息，想想該怎麼開導勸慰清華，我一會兒就回去。」

幾名暗衛護送海琇出宮，很快就回到了臨陽王府。

出嫁之前，她擔心蕭梓璘。自蕭梓璘去抓捕葉玉柔母子，她從未睡過一個好覺；好不容易盼到蕭梓璘回來，把她風光喜慶娶進臨陽王府，嫁為人妻，就要行使人妻的責任，伺候丈夫。昨晚兩人折騰了半夜，直到現在，她渾身的骨頭還發軟呢，她進宮請安、應酬眾人，都強撐了一口氣。

蕭梓璘精神奕奕，說好今晚再戰，至少演習三式，說不定還要重複學習，力爭創新。若她白天不補覺，養好精氣神，晚上怎麼能應付？

回到臨陽王府，換好家常衣服，文嬤嬤就端來燕窩粥，海琇吃了一碗，倒在床上就睡了。文嬤嬤知道她很累，把人都遣走了，親自守門，讓她睡得安心。

這一覺睡得又香又沈，一覺醒來，早已日頭偏西。

「殿下回來了嗎？」

「殿下才回來一陣子，正在書房同幕僚議事，王妃娘娘要請殿下回來嗎？」

「不必了，我休息的這幾個時辰府裡有什麼事嗎？」

「海側妃給您寫了一封信，請求守門婆子務必轉交。」荷風遞過來一封信。

海琇輕哼一聲，沒接那封信。「妳看看寫的什麼，沒正事別搭理她。」

荷風打開信看了一遍，說：「海側妃說洛側妃正密謀聯合李冰兒和鑲親王妃給您使絆子，讓您正妃之位不保；還說跟您姊妹同心，情深意長，要互相幫襯。」

「哼！真有意思，這樣的離間之計太淺薄了，把信丟掉。」

荷風把信丟在廢棄的雜物裡，說：「奴婢以為這也許不是離間之計，可能那三個人真有密謀。不管怎麼說，海側妃想跟姑娘示好，希望姑娘看顧她倒是真的。」

海琇想了想，說：「荷風，把信撿起來，等殿下回來，讓他看看再做定論。」

蕭梓璘在外書房同幕僚清客一起用過晚膳，又閒聊了一會兒才回房。海琇吃過晚飯，略坐了一會兒，洗漱完畢，已靠坐在床上等他了。

看到燈影裡粉面含羞、嬌豔如花的佳人，蕭梓璘按捺不住滿心熾熱狂跳。他脫掉外衣滾到床上，非要先把昨晚的招式重複一遍，才去洗漱。
海琇好說歹說，只差以死相逼了，最終答應今晚八次，這才平息了他的慾火。
「與烏什寨聯姻的事到底怎麼說的？」
「照顧銘親王孀的情緒，融兒不必外娶了，也跟烏蘭察和烏寨主說了。可烏蘭瑤既然來了，就不能再回去，必須嫁入皇族宗室，正選合適的人呢。」
「這樣也好，烏什寨人崇敬漢人的文化禮儀，烏蘭察和烏寨主都是很不錯的人。人家一片誠意地來了，確實要給他們一個讓雙方都滿意的交代。」
「烏蘭察送了兩份賀禮，一份給妳，一份給我，我讓人放到小庫房裡了，妳想想怎麼回禮。他們就住在驛站南院，皇祖母讓清華陪伴烏蘭瑤，妳也去看看。」
海琇笑了笑，說：「叫上清華去看看烏蘭瑤倒可以，回禮就不必了。烏蘭瑤要嫁入皇族宗室，烏蘭察也要娶親，還怕沒回禮的機會？」
「憑王妃娘娘安排。呵呵，說完了嗎？我們是不是該做正事了？」
「再等一會兒。」海琇躺在蕭梓璘懷裡，指了指桌子上的信，說：「海琪寫信向我告密，企圖示好。你也看看，凡事防患於未然，我們也要及早打算才是。」
蕭梓璘打開信看完，冷哼道：「她們串通密謀是好事，就怕她們不動。若她們都安安分分過日子，我還真不能使手段制裁一群婦人。妳不必理會，也不必給海琪回信，我自有妙計。琇琇，妳只需要記住，嫁我為妻，我就能護妳周全。」

海琇輕輕點頭，主動索吻，喃喃道：「我記住了。」

蕭梓璘在她的芳唇上深深吮吸好一會兒，才說：「還有一件事。」

「什麼事？」海琇輕輕舔舐酥麻的雙唇。

「等我們回門回來，把闊兒接進府來住一段日子吧！蘇家現在亂成一團，蘇老太太又病了，內宅的事都是蘇瀅打理，也沒時間照顧他。」

海琇想了想，沈聲道：「葉家的案子還沒審，不知道蘇家是否被牽連，這時候接闊兒入府居住，適合嗎？若讓蘇瀅偷偷送他過來倒好，我們不能去接。」

蕭梓璘要接蘇闊到臨陽王府居住，並不只是因為蘇闊是他的義子，還因為他是程汶錦的兒子。蕭梓璘這麼做是想替海琇彌補遺憾，可海琇考慮更深一層。

「光明正大接他過府會遭人非議，偷偷入府也怕隔牆有耳，這件事是我考慮得不妥當。闊兒是男孩子，又聰明，也該學著應付府裡的局面了。」

海琇緊緊抱住蕭梓璘，心中有千言萬語，卻一句話也說不出來。要蘇闊進府居住，不是蕭梓璘考慮得不妥當，而是蕭梓璘一心替她著想。

兩世相隔，情意未減。讓蘇闊陪在她身邊，能寬慰她的思子之心，也能撫平她兩世的缺憾，而她要考慮臨陽王府的處境，看得更實際了一些。

「我希望闊兒有個好前途，一世平順、富足、安康、無憂。」海琇沒刻意承認她就是前世的程汶錦，但蕭梓璘早就懷疑，現在也該肯定了。

「錦鄉侯的爵位怎麼樣？世襲罔替的一品侯。」

「當然好，你怎麼……」

蕭梓璘兩指抵在海琇的紅唇上。「只要妳說好就行，別問我想怎麼做。」

「好，當然好。」海琇長吸一口氣，壓到蕭梓璘身上，化被動為主動。

蕭梓璘被她的主動勾起了濃烈的情慾，自是積極迎合她。冬夜漫長，春宵苦短，兩個沈浸在濃情密意裡的愛人又是半夜酣戰。

翌日，海琇接到了封賞的聖旨，又同蕭梓璘到鑲親王府的祠堂告慰了他的生母。回來之後，她開始接手臨陽王府的事務，清查產業、家財，清點僕從。

她是京城炙手可熱的王府當家主母，需要打點應酬，禮尚往來。高嫁皇族，許多雙眼睛都在看她，她是好強之人，不容許自己出半點疏漏。

周氏給她陪嫁了四名管事嬤嬤，都是沐公主在世時調教出來的人。幫她打理產業，送往迎來，府內府外之事都能幫襯，而且上手很快，節省不少磨合時間。

銘親王妃已答應清華郡主遠嫁，做為最好的朋友，海琇要去寬慰她，還要幫她準備嫁妝。她一旦遠嫁，執手言談都將成為追憶，兩人也有許多話要說。

離鄉數千里，遠嫁到京城，由此可見，烏蘭瑤也是一個很堅強的姑娘。

烏蘭察視海琇為友，看他的情面，海琇也要去探望烏蘭瑤，盡盡地主之宜。她在西南省待了多年，熟悉烏什寨風俗習慣，和烏蘭瑤也有共同語言。

烏蘭瑤到了京城，無至親密友，與她相厚，聊慰她的思鄉之情，是海琇的打算之一。做為臨陽王正妃，做一些力所能及之事，也能增加她在皇族的威望，她還想見見蘇瀅，打聽蘇家的事，收穫一些大仇得報的喜悅。

新婚三日，京城還有一個風俗，就是請婆家這邊的親朋好友吃三日餃子。說是吃餃子，其實是圖吉利，把餃子當主食，酒席還是要擺的。皇族宗室人多，哪怕客人只來一半，都要擺幾十桌酒席。蕭梓璘在朝堂頗有分量，在皇族也是舉足輕重之人，來捧場的人肯定不少。

又要喧囂熱鬧一天，這一天只賠不賺，因為來吃三日餃子的人都不帶禮物。

這件事由內務府安排，可招待應酬以及給長輩的回禮仍需要海琇操持。好在王府長史、內外宅管事做事盡心，她只需坐鎮指揮即可。

吃完三日餃子，第四日還要回門，按習俗，夫妻要在娘家住上幾天。

回門當日，天濛濛泛亮，海琇惦記著幾件事沒做完，便想要起床。

她在裡面睡，蕭梓璘在外面，她剛爬起來就驚動了蕭梓璘。聽說她要起床準備回門事宜，蕭梓璘很心疼，不想讓她為瑣事操勞，想讓她盡情享受。

於是，蕭梓璘軟磨硬泡，把昨晚沒發揮的那兩式演習了一遍，算上中間休息及交流感受的時間，這兩式以完美收場，足足用去了半個時辰。

此時已天光大亮，不時有僕人們輕碎的腳步聲傳來。

海琇四肢酥軟，渾身痠麻，別說安排回門事宜，就連說話的力氣都沒有了。

「妳多睡一會兒，我去安排。」

「你不知道該怎麼安排。」海琇強睜雙眼，喃喃了一句，眼睛還是閉上了。

「我讓文嬷嬷安排，回門該準備什麼，她很清楚。」蕭梓璘在海琇臉上親了幾下，又抱住她的頭，說：「妳多睡會兒，養足精神。要讓娘家人看到妳無精打采，還以為我餓了多少年呢。妳住的院子安靜，晚上咱們一式兩遍，八次，妳……」

「啊——」

海琇明明睡著了，可聽說蕭梓璘今晚要八次，她一下子就驚醒了，一聲尖叫。

「乖，睡吧！」蕭梓璘輕輕拍打她的背，撫摸她的頭，好像安慰一個受驚的孩子。看到海琇瞪大眼睛看他，不肯閉眼睡覺，他無奈道：「好吧！今晚讓妳休息。」

「說話算……數。」海琇這回真睡著了，大有瞑目安息的意思。

蕭梓璘在她臉上彈了兩下，又勾了勾她的鼻子，挑弄她的芳唇。看到海琇緊閉雙眼，睡得香甜，他輕輕摸弄她的頭髮，在前額吻了幾下，出去了。

第七十八章　欺人太甚

朝陽的桔輝透過窗櫺灑在海琇臉上，在她瓷白的臉龐上映照出星星點點的光芒。

海琇半睡半醒之間，翻了身，感覺四肢輕鬆了許多，身體也不像剛才那麼疲憊了。她睜開眼睛，看到慢慢游移的光芒，一下子就坐了起來。

她這一覺竟然睡到快日上三竿了。

「醒了？」蕭梓璘繞過屏風，笑意吟吟地朝她走來。

「你想幹麼？」海琇的語氣裡充滿警惕。

「不想了，沒時間。」

海琇聽出蕭梓璘回答的話外之音，恨恨瞪了他一眼。「你倒是想呢。」

蕭梓璘微微一笑，扯下一條絨毯鋪在床上，又掀開被子，從裡面抱出一絲不掛的海琇，裹在絨毯裡，不顧她掙扎，也不說什麼，抱起來就去了洗浴室。

寬大的木桶裡盛滿熱水，水面上撒了一層花瓣，正氤氳著朦朧的香氣。

他把海琇放進木桶裡，又把絨毯疊好，笑著說：「小人伺候王妃娘娘沐浴。」

「怎麼敢勞駕殿下？還是換丫頭來吧！」海琇泡在水裡，吸了一口香氣，在水中盡情舒展四肢，一身的疲憊都消融在水中了。

「還是我來吧！」蕭梓璘挽起袖子，很熟練地給海琇洗頭按摩，又拿香胰子給她塗抹全身。給她沖洗乾淨之後，他把她抱出來，放在軟榻上，用柔軟潔白的毛巾裹住頭髮，擦去身上的水珠。

「衣服都準備好了，我伺候妳穿衣。」

海琇裹緊絨毯，目不轉睛地看著他，一言不發。

蕭梓璘把她的褻衣褻褲和中衣放在軟榻上，問：「妳發什麼呆呢？」

「沒什麼，我只是奇怪你伺候女人洗浴太過熟練，不知什麼時候練出來的？」

「哎呀！容我想想，我也發現我伺候妳太過熟練，說沒練過我自己都不信。」

「那你就快說。」海琇挑起眼眉，彎彎的笑眼上斜，隱含怒意嗔怪。

洗浴室門口傳來文嬤嬤急切的嘆息聲，緊接著，重重的腳步聲響起。時候不早了，文嬤嬤不便催促，只能用這種方式提醒他們。

「什麼事？」蕭梓璘真心感謝文嬤嬤，真是救星。

「回王妃娘娘，現在已過巳時，您還沒用早膳，要是……」

蕭梓璘咳了一聲，高聲說：「不急，王妃娘娘剛洗漱完，還沒更衣梳妝，等她收拾完畢，用過早膳，正好巳時正刻。我們最多半個時辰就能到達岳丈家，正好午時，卸下禮物，見過長輩，正好用午膳。王妃娘娘都算計好了，妳不用著急。」

「王妃娘娘，今天是四日回門，哪能這麼算計？這要不讓太太傷心才怪。女兒出嫁了，回娘家磨磨蹭蹭，好像在娘家受了很多委屈、嫁出來就不想回去一樣。」

海琇瞪了蕭梓璘一眼。「你幹麼回我？是我問你話嗎？時間怎麼安排是我回答的嗎？有在外面著急的工夫，不如早讓人進來伺候，省得耽誤時間。」

「小人不耽誤王妃娘娘的時間了。」蕭梓璘趁海琇賭氣，一溜煙出去了。

「我跟你沒完，有你老實交代的時候！」

荷風帶兩個丫頭進來伺候，一邊給海琇擦頭穿衣，一邊勸慰她，倒弄得她有點不好意思了。頭髮擦乾，衣服穿好，她出去之後，看到飯菜已經擺好。

簡單吃過早飯，又梳妝完畢，出發時，已巳時正刻。

蕭梓璘和海琇同乘一輛馬車，加上丫頭、婆子乘坐的馬車，以及裝禮物及隨身用品的車輛，共六輛馬車。另外還有騎馬持刀的侍衛開路、黑衣暗衛斷後。

從臨陽王府出去，浩浩蕩蕩走上街道，也綿延了幾十丈。

兩輛馬車從岔路上出來，想與他們的馬車並排而行，卻被侍衛攔住。聽趕車的人和侍衛解釋，才知道車裡坐的人是海琪和海琳，她們要回柱國公府。

「今日碰巧遇上殿下和王妃娘娘的馬車，我們行禮請安方是規矩，勞煩侍衛大哥通傳一聲。」海琳掀開車簾，面露急切，為即將見到蕭梓璘緊張、興奮不已。

海琪穩坐車上，一言不發，眼睛追著幾輛馬車，猜測蕭梓璘坐在哪一輛裡面。

海琇和蕭梓璘坐的馬車走在中間，正好聽到海琳的話，兩人相視一笑。

早有人遞消息過來，說海琪和海琳昨天跟鑲親王妃說好今天回娘家看看，誰都知道她們回娘家是假，想見蕭梓璘、施展魅力才是真正的目的。

鑲親王夫婦都不想讓海琪和洛川郡主在鑲親王府住下去了，可他們沒理由趕人。因為鑲親王府本來就有蕭梓璘一份，這兩位側妃又是李太貴妃作主給蕭梓璘迎進鑲親王府的，蕭梓璘若不接她們過去，她們還不知道要在鑲親王府住多久呢。

蕭梓璘不想理她們，讓車夫趕緊往前走，海琇卻非讓車夫停車。

這等小事，車夫當然會聽王妃的，馬車馬上就停了下來。

海琇掀開簾子，高聲吩咐丫頭說：「讓她們過來請安吧！這確實是規矩。」

蕭梓璘靠在車廂尾部，捧起一本書，遮住了臉，百無聊賴地翻閱。若不進到車裡，根本看不到他存在。把自己遮擋得嚴實一些，免得海琇說他招蜂惹蝶。

他自認是一個聰明的男人，因為他絕不得罪女人——自己愛的女人。

海琇把車簾全部打起來，坐在車裡，衝海琪和海琳微笑。海琪和海琳過來請安，只見海琇，沒看到蕭梓璘，臉上寫滿了失望。

海琪行禮之後，問：「王妃娘娘要在忠勇侯府小住幾日嗎？」

「未定，妳們要上街嗎？」海琇明知故問。

「回娘娘，妾身祖母染病，妾身回去探望，並想侍疾幾日。」

海琇暗暗撇嘴，笑道：「難得妳一片孝心，荷風，賞她一盒滋補的藥丸。」

荷風也不知道該賞什麼，從錦盒裡隨手拿出一盒藥丸，遞給了海琪的丫頭。

「多謝王妃娘娘。」海琪往車裡看了幾眼，沒見蕭梓璘，才沒說出多謝殿下。

海琳施禮問：「祖母病重，殿下和王妃娘娘不過府探望嗎？」

「長華縣主身體硬朗，沒病沒痛，殿下和王妃娘娘自會多陪陪她。」沒等海琇開口，文嬤嬤就答話了，點明長華縣主才是海琇的祖母，與海老太太無關。

海琇不想再跟海琪和海琳廢話，直接讓車夫趕車前行，把她們的馬車甩到了後面。不用海琇和蕭梓璘暗示，暗衛就會等海琇一行走遠，才將她們放行。

午時已過，海琇一行才回到娘家，忠勇侯府上下早就等急了。

周氏一看海琇慵懶無力的樣子，就知道是她起晚了才耽誤了時間。當著蕭梓璘的面，她不好說什麼，帶海琇回內宅之後，她好一頓埋怨。

海琇陪笑解釋了一番，分配了帶回娘家的禮物，就去給長華縣主請安了。海珂陪她一起過去，一路上，兩人倒是說了一番知心的話。

聽說海璃死了，海珂只感嘆了幾聲，也沒說什麼。

海珂和沈暢本打算今年成親，因海琇的婚期改了，就延到明年了。沈暢求了外任，在離京二百餘里的昌縣做知縣，成親之後，就帶海珂去上任。不用跟沈家人擠在一起住，昌縣又離京城不遠，海珂對這門親事越發滿意了。

「我是認命的，不敢比妹妹的尊貴和福氣，好在我知足。」

「知足常樂最好，恭喜姊姊。」海琇衝荷風招了招手，說：「聽說姊姊有痛經之症，我特意給姊姊帶了三盒藥丸，御醫說服用三盒，就可痊癒。」

「多謝妹妹。」海珂要接荷風手裡的錦盒，被荷風攔了。

「回王妃娘娘，治療痛經的藥丸還剩兩盒，另外一盒賞了海側妃。」

「知道了，回頭再補上，二姊姊先收下這兩盒。」海琇跟海珂說了路上遇到海琪和海琳的事，聽得海珂嗤之以鼻，又不由心酸、心悸。

還好當初海老太太提出讓她陪嫁到臨陽王府做側妃，她沒動心，要不她肯定比海琪還慘。自己現在有中意的夫君，沈暢前途不錯，比海琪強，她滿足了。

海琪和洛川郡主總住在鑲親王府，有名無分，那算什麼？不如低嫁，做元配正妻、當家主母。有娘家和臨陽王府這兩門親戚，只要沈暢不犯大錯，自能保他一世平安順遂。她們剛跟長華縣主說了幾句話，周氏就派人來請，家宴開始了。

海誠一家人不多，周氏怕不熱鬧，又把海氏族裡的人請來了幾家，一共坐了四桌。男女分座各兩桌，推杯換盞，歡聲笑語，倒也熱鬧。

海琇和蕭梓璘回門，忠勇侯府設宴，沒請柱國公府的人，海朝很生氣。他是海誠的親生父親，海誠過繼給了長房就不跟他們來往，而且日子過得不錯，這令他難以接受。海老太太等人鼓動挑撥，又聽說海琪的處境，他的肺都氣炸了。

葉家被削爵查抄，一府上下都被關入死牢，等候審判。海老太太的娘家就這麼敗落，可她並不膽怯心驚，反而認為光腳的不怕穿鞋的，她早就想折騰一番，出一口惡氣了。正好今天海琇回門，她就算計著大鬧一場。

蕭梓璘進來給長輩敬酒，海珂就帶未嫁的姑娘們到暖閣迴避。有長輩提出要蕭梓璘喝一杯、海琇陪一杯，算是待客之道，兩人也同意了。

他們正吃喝盡興，就有人來殺風景。

聽說柱國公府的人來恭賀海琇回門之喜，周氏和長華縣主都沈下臉，海誠也皺起眉頭。海琇出嫁，請他們來喝喜酒，只有四老爺海訓夫婦來了。海朝這親祖父沒來，海老太太、海諍和海詔兩家也都沒露面。

現在他們來恭賀回門之喜，再笨的人也猜得到他們是來搗亂的。

「那邊老太太說王妃娘娘賞的藥很對她的病症，她吃了之後，渾身輕鬆，一下子有了力氣。她問還有沒有那種藥丸，想請王妃娘娘再賞她幾盒。」

暖閣裡傳出海珂的笑聲，海琇也不由掩起嘴，搖頭冷笑。

周氏忙問海琇。「妳賞了她什麼藥？」

「治痛經的藥。」海琇話音一落，就引來一陣輕笑，連蕭梓璘都笑了。

長華縣主冷哼一聲。「我看他們真是有了毛病，要治！讓他們都進來吧！」

蕭梓璘手裡端著酒杯，瞇起眼睛看向門口，酒杯在他手裡慢慢碎裂。海琇看他的臉色，就知道他怒了，心裡不由一顫，很為柱國公府的人捏了一把汗。

「不作死就不會死，至少可以晚死。就像葉家，我本想留他們家到我成親之後，他偏偏往刀口上撞。看憫王的面子，我想留柱國公府到年後，估計不行了。」

聽到蕭梓璘的話，眾人都驚呆了，就連長華縣主這經過風浪的人也面露驚懼。

柱國公府來的人真不少。

海朝和海老太太坐著轎子，到了正房門口才下轎。兩人都陰沈著臉，氣勢洶洶往裡走，那神情、那姿態，任誰看都知道他們不是來賀喜的。

尤其是海老太太，大概痛經藥丸很對她的病症，不但把她的病治好了，可能還治得有些過火，她那氣焰一看就是來找人掐架尋仇的。

大老爺海諍和蘇氏還有他們的兩個嫡子，護衛著海朝和海老太太的轎子；三老爺海詔還有他那個姓葉的姨娘，帶著他們一個未成年的庶子緊隨其後。

四老爺海訓夫婦也來了，同來的還有他們的兒子和女兒，他們一房走在最後面，可能是被逼無奈，不得不來，每個人臉上都有些怯弱。

海琪和海琳也來了，她們被諸多丫頭婆子簇擁著，因打扮得太過鮮豔，想忽略她們都難。

他們這些人一進來，寬闊的大廳馬上就被占滿。初冬風亦緊，再加上他們身上帶來的寒意與殺氣，立刻把大廳裡熱鬧的氣氛淹沒了，溫度直降最低。

登門是客，哪怕打上門來的，也要先禮後兵應對。

海誠衝海朝夫婦深施一禮，勉強一笑，說：「今日琇兒回門，本想……」

「畜生！你就是個無情無義、忘恩負義、不知廉恥、喪盡天良的畜生！你為了爵位、為了榮華富貴，連你的根本都忘記了，你還知道你是誰的兒子嗎？」

海朝咬牙切齒，單看他的神態，誰也不會想到他罵的是他的親生兒子。別說是忠正之人，只要這人還有最起碼的修養，也不會這麼罵人。

「他是誰的兒子還用問？他就是那個姓秦的賤貨生的賤種，一個卑鄙低賤的下流種子，他什麼事做不出來？要不是為了爵位，他會那麼痛快分家嗎？」

海老太太不怕海朝不生氣，只怕他罵得不解氣，不但自己揀最髒的話罵，還變著法鼓動挑唆海朝。大概還嫌氣勢不大，又號召她的兒子、孫子一起罵。

海誠見他們進門就罵，罵得骯髒難聽，氣得熱血衝頭，但他還保持最起碼的理智。他知道跟他們多說無益，但又不能跟他們對罵，只好咬牙忍耐。

海氏族裡的幾個人趕緊陪笑勸架，沒想到海朝等人根本不買帳，他們不但辱罵、諷刺海誠一家，連海家族裡這幾個兄弟也捎帶上了。

周氏是直率爽朗的人，可今天面對柱國公府這麼多人圍攻海誠，她面帶微笑，不慍不惱，只靜靜看著他們。海岩氣不過，想幫海誠，被周氏一把拉住了。

海誠總是顧及情面又講究體面，對柱國公府的人一直太過容忍，需知跟無恥無賴的小人不計較，恰是對他們的縱容，很容易殃及自身。

周氏不急著跟柱國公府開戰，就是想讓海誠看清他們的嘴臉，讓他徹底醒悟，以免遇到大事，海誠還要顧念骨肉之情，想盡辦法幫助他們。

海琇見海誠被海朝和海老太太等人連罵帶諷、斥責侮辱，氣得咬牙，她想上前幫忙，被蕭梓璘拉住了。

蕭梓璘端著半杯酒，貼在唇邊，好像在看熱鬧。

「他們太過分了！」海琇氣得雙手握拳捶案。

「琇琇，妳是很善良的人。」蕭梓璘的語氣溫柔，但笑容卻透著詭異。

「我再善良也不能容忍他們侮辱我父親，這是做女兒的……」

海琇想要拍案而起，被蕭梓璘握住了雙手，拉著她同他坐到了一把椅子上。

「琇琇，如果有些人很可能都看不到明天的太陽了，妳是不是要更加地容忍他們呢？人之將死，其言也善，我對要死在我手裡的人向來是很寬容的。」

聽到蕭梓璘的話，海琇不由驚懼，身心都微微顫抖。

柱國公府的人犯了什麼事得以命相抵，她不得而知，但她知道他們觸犯了蕭梓璘的底限，即使恨他們恨到了骨子裡，聽說他們要死，她的眼神也透出了哀憫。

第七十九章　狗咬狗毛

「這是忠勇侯府，是忠勇將軍海朗的府邸，你們算什麼東西，敢來這裡胡鬧？分家的時候就說過忠勇侯府和柱國公府井水不犯河水，你們欺人太甚了！」

長華縣主拄著枴杖大步往外走，腿腳不穩，幾次差點栽倒。她從內堂走出來的速度很快，一邊走一邊罵一邊敲打枴杖，倒是很有節奏。

秦姨娘帶幾個丫頭婆子阻攔她，都被她氣呼呼推到一邊，不能攔，只能攙了。

「太太，我們攔不住老太太，她……」秦姨娘跑到周氏面前致歉。

聽說柱國公府的人來鬧騰，長華縣主氣昏了，緩了口氣醒過來，就要出來反擊海朝等人。秦姨娘等人好說歹說，沒勸住，長華縣主還是氣哄哄出來了。

「我們一家就是欺負妳，妳能怎麼樣？妳個死寡婦婆子，妳能把我怎麼樣？」海老太太看到長華縣主，一下子蹦起來，氣勢洶洶叫罵。

海老太太出身低微，又是無媒苟合，到柱國公府給海朝為妾，最後才扶正的。她嫉妒長華縣主，作為妯娌，人家出身高貴，是有封號的貴女，又是三媒六聘娶的正妻，即使長華縣主守寡這麼多年，她施威了這麼多年，她還是嫉妒。

長華縣主自幼教養良好，不會像海老太太那麼不顧體面廉恥地叫罵，她罵不出口，可面對海老太太潑婦式的辱罵，她氣得渾身顫抖。

周氏趕緊讓秦姨娘扶著長華縣主到內堂去，怕把她氣壞，又讓人去請太醫。

海誠見長華縣主被罵，海朝及海諍等人一起攻擊他，他實在忍不住，終於發威了。他把一桌子酒菜一下子掀翻，杯盤碎裂，殘羹剩菜濺得到處都是。

「你們到底要幹什麼？臨陽王殿下在呢，你們就不能顧忌一點體面嗎？」

蕭梓璘拍了拍海琇的手，別有意味笑道：「還是岳父大人好，講究禮法，知道我在呢，怕丟了海家的臉，還想提醒他們顧忌一點體面。」

海琇恨恨咬牙，想到柱國公府的人正進行最後掙扎，她就提醒自己要忍。

「我父親不是綿軟懦弱之人，只是對柱國公府太過寬容，才導致他們得寸進尺。我們一家過繼到長房，父親又襲了爵，他們都嫉妒得要死要活了。父親覺得自己運氣好，有貴人相助，祖母才挑中他過繼，又得了爵位。他覺得自己比其他兄弟優越，不跟他們一般見識，也不想自己分家的時候多麼慘。」

「岳父是中正篤直之人，像我。」

海琇不禁一笑。「你好厚的臉皮，你……」

蕭梓璘握住海琇的手，說：「岳母要出馬了，有熱鬧看了。」

「我也該過去了。」海琇抖開蕭梓璘的手，起身要走，又被他拉住。

「小人捨命陪王妃娘娘，自然要一起去。」

海老太太看到長華縣主被她氣得說不出話來，氣焰更旺。她一邊笑話長華縣主，一邊鼓動她的兒孫打砸忠勇侯府，又挑唆海朝跟海誠動手。

一個婆子悄悄跑進來，跟周氏低語了幾句，周氏點點頭，抄起一只腳凳砸到碎裂的杯盤上，發出一聲巨響，吸引了眾人的目光。

「一窩子賤胚子，一群軟王八，你們是什麼下作玩意兒，敢到我們家裡來折騰?!」周氏雙手扠腰，姿勢潑辣，指著海朝和海老太太放聲大罵。

海朝很怵周氏，聽到周氏還嘴罵他們，氣焰頓時消退了不少。海老太太見周氏發威，也愣怔了片刻，氣勢像是被壓住了，但馬上又滿血復活。

「妳以為妳是什麼東西?妳那個娘千里迢迢跑過來和親都沒人要，嫁了一個被逐出皇族的，不過十幾年就被人家棄了，你們……」

海老太太人賤心毒口損，破落戶心性，什麼都不怕，也不看北越皇朝現在是誰的天下，就把沐公主當年和親以及跟前裕王世子的事抖落出來亂說。

她這麼口無遮攔，惹怒了沐公主當年的下人孫嬤嬤。孫嬤嬤手裡拿了一個小孩手腕粗的棍子，趁海老太太罵得正歡，就迎面朝她打去。

這一棍子就打得海老太太噴出了一口血，再也罵不出來。

海老太太嗚嗚咽咽，嘴裡流血，還不甘示弱，推海朝上前給她出氣。蘇氏及幾個丫頭扶住了她，要跟周氏理論，見孫嬤嬤又舉起棍子，就不敢出聲了。

周氏扠腰咬牙，罵道：「你們算什麼東西，真覺得我們一家好欺負？我們老爺跟你們講情面，我也不想跟你們一般見識，你們還得寸進尺了?!葉家那一門子下流種子除了坐牢的，就是待在羈候所裡的，真不知道你們還猖狂什麼？蘇家斷根的斷根、作死的作死，一府上下也半死不活敗落了。這就是你們的好親戚，都得了報應，你們這一家遲早跟他們一樣的下場！」

「妳、妳胡說！」蘇氏聽周氏罵上了蘇家，急得要發飆了。

一個婆子跑進來，說：「回太太，都準備好了。」

周氏咬牙冷笑。「都進來，不分男女老少，給我使勁打，打壞了自有主子們擔著。他們私闖民宅，就是打出個好歹來，見了官，我們也有話說。」

「是，太太。」婆子威風地衝外面招了招手。「都進來吧！」

幾十個身材粗壯、氣勢威猛的婆子每人手裡拿著一根孩童手腕粗的棍子從門外湧進來，呈包圍之勢向兩側分散，把廳裡的人都圍住，門也堵上了。

蕭梓璘握住海琇的手，輕聲說：「原來岳母早有準備，不需要我們幫忙，我們還是到內堂去看熱鬧，免得打重了濺我們一身血，髒了衣服。」

海琇挑了挑眼角，問：「你捨得你的側妃和侍妾受棍棒之苦？」

「當然捨不得，可我分身乏術，總不能又保護妳、又替她們挨打吧？那些婆子好厲害，要是棍子打到我身上，把我打壞了，妳不心疼嗎？」

「捨不得就去護著她們。」海琇甩開他的手，就往內堂走。

「好吧！我承認我膽小，因為護著她們，我挨頓打，豈不是很虧？」蕭梓璘裝出一副害怕的樣子，拉著海琇跑到內堂門口，又隔著漏窗看熱鬧。

「動手，給上門挑釁者一個教訓。」孫嬤嬤不等周氏點頭就下令了。

難怪周氏剛開始面對海朝和海老太太等人上門侮辱並不驚惱，原來她有殺招。讓這些婆子們對付柱國公府的主子，這只能說周氏的主意頗為高明。

柱國公府的主子被忠勇侯府的下人打了，他們就是再有理，也沒臉面。

婆子們聽到孫嬤嬤下令，不管不顧，掄起棍子就打，先衝柱國公府的下人出手。把柱國公府的丫頭婆子打倒一片之後，最先殃及的就是海琪和海琳了。

「殿下，救命、救命呀！」海琳也不管海琪了，一邊求救一邊往裡面鑽。

「別打了，別打了！都住手——」海琪大聲喊叫，卻被呻吟嚎叫聲淹沒。

海琪沒想到會鬧成這樣，她鼓動海老太太等人到忠勇侯府鬧事是想乘機見蕭梓璘一面，她以為只要柱國公府的人登門，不管是來賀喜還是來挑釁，蕭梓璘都會出面，然後，她再扮演和事老，把兩邊的人壓下去，給蕭梓璘留下好印象，不承想時不我與，連老天爺都跟她作對，就是不給她這個機會。

柱國公府這邊的人罵得那麼難聽，兩家人對峙了那麼久，也沒見蕭梓璘正式露面。她明明看到蕭梓璘過來了，可一見他們挨打，他又躲起來了。

畫本上不是到處都是英雄救美的橋段嗎？怎麼到她這兒就不靈了？像她這種人，自詡才高貌美，從始至終都不知道蕭梓璘根本不是她的英雄。

陸通破窗而入，飛躍到蕭梓璘面前，輕聲稟報。「殿下，人帶來了。」

蕭梓璘衝海琇挑眉一笑。「這麼快就帶來了？本王覺得還打得不過癮呢。」

海琇知道蕭梓璘要收拾柱國公府了，心裡充滿期待，又有些心慌。她事先不知情，就是現在，她也不知道蕭梓璘抓住了柱國公府什麼罪證，又到底想做什麼？

「憫王殿下到了嗎？」

「應該快到了，憫王殿下在醉仙樓用膳，柱國公府的人一來，屬下就派陸達去接他了。」陸通支起耳朵聽了片刻，說：「到了，快到大門口了。」

蕭梓璘擊掌點頭。「好，制止他們吧！」

「是，殿下。」陸通躍到椅子上，一聲吼呵，廳堂內頓時沒了聲響。

周氏看到陸通，就知道蕭梓璘要出面管這件事了，馬上給孫嬤嬤使眼色。孫嬤嬤悄無聲息帶著打架的婆子退出去，走得很乾淨，好像她們從未來過一樣。

柱國公府的人除了海朝沒被打傷、只被擠倒了之外，其他人都或重或輕受了傷。海老太太傷得最重，被孫嬤嬤一棍打在嘴上，現在嘴角還往外滲血呢。

像海老太太這種人就是死鴨子嘴硬，傷在嘴上，卻還罵罵咧咧不止。

蕭梓璘慢步走到外廳正中，坐在椅子上，板起臉，威嚴立現。除了海老太太仍嗚咽不止，哭罵者、嚎叫者、呻吟者都不敢出聲了，外廳裡安靜下來。

「坐下。」蕭梓璘衝海琇溫柔一笑，給她扯來一把椅子。

「是，殿下。」海琇很聽話，把椅子扯到蕭梓璘下首，輕輕坐下了。

「殿下、殿下，求殿下為妾身作主，聽妾身說幾句話。」

海琪手臂受了傷，髮髻、衣衫都零亂了，眼淚把臉上的妝也沖花了。她看到蕭梓璘坐下，就跪爬過來，想抱蕭梓璘的腿，被飛花和落玉攔住，推搡到一邊。

「憫王殿下駕到——」

聽說憫王來了，蔫頭巴腦的海朝好像喝了強心醒腦的藥，一下子精神了。

憫王是正經皇子，論身分，比蕭梓璘更尊貴。別看憫王身有殘疾，皇上對他可不錯，任誰都要給他幾分面子。他來替他外公一家作主，蕭梓璘敢攔嗎？

海朝以為憫王是來為柱國公府說情的，根本想不到憫王是蕭梓璘請來的。

「殿下……」海琳帶著顫音跪爬過來，邊爬邊哭，甚是傷心，她沒敢到蕭梓璘跟前，只在海琪身後停住。「殿下，婢妾只想求殿下開恩，放過婢妾的家人。」

「出什麼事了？」憫王到了門外，看到裡面這麼多人，開口詢問。

之前蕭梓璘讓人去請他的時候，只說有事，沒說是什麼事。

憫王進門來，看到柱國公府的人無論主子奴才都帶了傷，再看海誠皺眉無奈的神情、周氏咬牙切齒的模樣，立刻就明白了大半。

這是忠勇侯府，不用問，他就能想到是海朝等人上門挑釁，被人打了。蕭梓璘做為忠勇侯府的女婿，自然要過問這件事，想給他幾分臉面，才讓人把他請來。

憫王恨得牙癢心堵。他長這麼大，從沒聽說過柱國公府的人給他們母子長過臉面，本來他身有殘疾就自覺不如人，海朝這做長輩的還總給他丟臉惹事，真不知道這樣的日子什麼時候才是個頭！

「殿下，您要給外公作主呀！這群畜生……他們居然打人！您看看把您外祖母打的……」海朝哭喊著朝憫王走去，走了幾步，又回頭拉上海老太太。

憫王冷哼一聲，對海朝的醜態視而不見，扶著太監朝蕭梓璘走去。兩人互相見禮之後，蕭梓璘請憫王與他並排而坐，憫王詢問因由，他笑而未答。

過了一會兒，蕭梓璘衝海誠招手。「忠勇侯，你來跟憫王說說事情的經過。」

海誠來到憫王面前，行禮之後，講述事情的來龍去脈，氣得憫王差點吐了血。

陸達帶一個頭髮花白的老者朝蕭梓璘走來，蕭梓璘看了老者一眼，冷冷一笑。

憫王狠狠瞪了海朝一眼，起身衝蕭梓璘抱拳，說：「此事是柱國公府上下有錯在先，今日他們衝撞了臨陽王殿下，任由處置。」

蕭梓璘聽出憫王有偏袒之意，只說衝撞了他，任由處置，根本不理會海朝帶人到忠勇侯胡鬧該擔什麼責任。他輕哼一聲，看向憫王的眼神裡充滿嘲弄。

「若他們只是衝撞了本王，本王看憫王殿下的面子，不會與他們計較。令外祖帶人到我岳丈府上胡鬧，他們挨了一頓打，這件事也算扯平了；可若只是這些小事，我不會勞駕憫王殿下。今日請憫王殿下過來，是為一件陳年舊事，也是一宗大案——此次我追擊葉氏母子，在景州抓到了幾個叛賊……」

蕭梓璘一抬手，陸通就按著那名老者跪倒，又讓他自報姓名。

聽說老者叫洪通，憫王殿下又仔細看了他幾眼，皺眉沈思。他記憶中對這個人毫無印象，海朝和海老太太聽說洪通的名字，互看一眼，臉上充滿疑慮。

「憫王殿下不認識洪通？」

「本王不認識，他是何許人，還請臨陽王殿下直言。」

蕭梓璘招手示意洪通抬頭，問：「洪通，這屋裡有你熟悉的人嗎？」

「回臨陽王殿下，有。」洪通嗓子嘶啞。

「有就好，本王就給諸位介紹一下洪通的身分。」

蕭梓璘清了清嗓子，說：「洪通十幾歲就開始做細作。四十多年前，北狄國把他派到我朝京城，當時，北狄國在盛月京城有一個暗樁分部，洪通還是個小頭目。他表面身分是靖國公府一個下等家丁，一個看上去很不起眼的小角色。就是這樣一個小人物，在我朝與北狄國開戰時，利用某些人，讓我朝損失了幾十名猛將，數萬兵馬，包括老柱國公海潤、柱國公世子海朗的死都是他一手策劃的。」

外廳和內堂響起一片驚呼聲，眾人怨恨、好奇的目光齊齊投向洪通。

長華縣主反應最強烈，她想衝上來抓住洪通一問究竟，被周氏死死攔住。穩重沈靜的長華縣主忍不住哀慟悲戚，癱坐在軟椅上，失聲痛哭。海朗死去四十多年了，聽說洪通是害死他的元凶，她還是抑制不住悲傷，失態了。

「臨陽王殿下還是接著說吧！」憫王很期待下文。心裡越沒底，越想知道後續。

蕭梓璘站起來，又說道：「北狄國覆滅之後，他們成了無主之人，不知道身歸何處時，成王的餘孽收留了他們。這些年，他們發動了幾次叛亂，破壞我朝與鄰國的關係，做了不少危害朝廷的事，雖說他們的成績不大，但朝廷一直視他們為心腹大患。他們勾結大長公主，又說服了葉磊，想顛覆朝廷，擁立成王殘存的後人繼位。前幾年，他們又和廢太子結成同盟，再一次發動了叛亂，廢太子及安國府一派被肅清之後，洪通逃過多次追剿，到景州安營紮寨。若不是葉家被抄家滅門、大長公主被賜死、葉玉柔母子出逃，想抓洪通還真難。」

憫王殿下愣了一會兒，轉向蕭梓璘。「臨陽王殿下還沒說完吧？」

「當然沒說完，接下來的話本王不想說了，本王想等人坦白，這樣大家和朝廷的面子都好看，你說是不是？憫王殿下。」

「本王……」憫王不禁頭皮發麻。他聽蕭梓璘的話意有所指，可他真的不認識洪通，更不可能與洪通勾結反叛。但後宮陰暗、朝堂複雜，保不齊會有人誣陷他，若是有證據，就算他沒做過，也少不了麻煩。

「殿下。」伺候憫王的太監責怪的目光投向海朝和海老太太。

憫王這才恍然大悟。

真是關心則亂。聽蕭梓璘說了洪通的事，他淨往自己身上想，怎麼就忘了海朝夫婦了？當年海潤和海朗戰死可是海朝的過失，這件事天下人都知道。

他剛鬆了一口氣，心又不由提到了嗓子眼。洪通若真跟柱國公府勾結，他和海貴妃能不被人懷疑嗎？就算不獲罪，惹嫌疑上身，也是很難受的事。

憫王緩了口氣，咬牙道：「海朝，你竟敢勾結北狄奸細，本王真是……」

海朝趕緊跪下，哭喊求饒。「殿下，臣沒有勾結奸細，臣就是再混蛋，做為忠良之後，也做不出賣國求榮之事，臣真的不知道他是奸細。」

周氏唯恐天下不亂，冷哼道：「勾結北狄奸細，害死自己的父親和兄長，這樣一來，柱國公爵就弄到手了，逍遙快活了四十多年，沒想到今天事發吧？」

海朝顧不上理會周氏的嘲諷，磕頭求情，越想越害怕，渾身顫抖起來。

蕭梓璘笑了笑，說：「海朝，你一定想起洪通是誰了，跟本王和憫王殿下說說吧！洪通已經全部交代了，本王怕他的口供有假，想聽你說說當年的事。」

「到底是怎麼回事？你說！」憫王咬牙厲喝。

若當年海潤和海朗戰死、朝廷損兵折將是海朝勾結奸細所致，柱國公府勢必會被滿門抄斬，說不定連海氏一族的人都會連累，憫王和海貴妃能躲過去嗎？

第八十章　不作不死

海朝哆哆嗦嗦站起來，轉向海老太太，顫聲道：「我想起來了。是她勾結北狄國的奸細，是她把洪通介紹給我的！洪通是她貼身丫頭的表哥，她是奸細！」

海老太太聽說葉家涉嫌廢太子叛亂之案，就知道即便七皇子和葉淑妃還在，葉家也難逃滅門之罪。蕭梓璘果斷敏睿，手段狠辣，不會給葉家任何翻身的機會。

她是外嫁女，葉家被滅，她頂多沒了娘家，沒有倚仗，不會殃及於她。

當她聽到洪通這個名字，就如同數九寒天又被澆了一盆冰水，把她淋了一個透心涼。她想起了洪通這個人，也想起了當年一些事，不禁心驚膽戰，但她仍心存僥倖。當年發生了那麼多大事，蕭梓璘不可能事無鉅細全查到。

她不敢再嗚咽叫罵，只低垂著頭，暗暗祈禱。

海老太太是凶橫潑蠻、心狠嘴損的破落戶，但她有一個世間厚黑人推崇的優點，那就是能屈能伸。比如現在，如果能有機會活命，她不怕卑躬屈膝。

她萬萬沒想到海朝為保住自己，竟然把她供了出來，還以肯定的語氣指證她勾結北狄奸細。這個閘口只要打開，她就不能再隱瞞，當年的事也就揭諸天下了。

海朝指證她，她想活命就難了。

海老太太一屁股坐到地上，看向海朝的目光充滿哀怨。這些年，她用盡心機手段，拿捏海朝於掌心之中，自認在柱國公府能呼風喚雨一輩子；沒想到臨到花甲之年，海朝卻跳出了她的手掌，回頭就狠狠咬了她一口。

蕭梓璘看了看憫王，又轉向海朝，笑了笑，說：「柱國公，當年的事本王已查清了。不管你是被人蒙蔽，還是有意為之，皇上自有公斷。」

海朝指向海老太太。「我不是有意為之，我是被那毒婦蒙蔽，我是……」

「不管你是被蒙蔽，還是為爵位害你父兄，你都有罪，只是輕重之分。你現在交代能減輕你的罪行，有朝一日，見到海家的列祖列宗，你也不至於負罪太重。」

「是是是……」海朝跪到蕭梓璘腳下，磕頭如搗蒜，越想越心驚。

「臨陽王殿下要在忠勇侯府審案嗎？」憫王認為蕭梓璘折了他的臉面，問話的語氣很是生硬。蕭梓璘讓他目睹海朝等人的挫敗，也挑釁了他的底限。他是皇子，關鍵時刻，怎麼也要硬撐一把。

「本王統率暗衛營，職責是查辦不法之事、追責不法之人。我們查清問題之後，抓到犯罪的人，連同人證、物證、口供一起呈交皇上；皇上看過之後，再決定是交給刑部審理，還是交由大理寺審理，重大案子還需三堂會審。關於柱國公之罪，本王已有人證、物證，給他錄口供，供呈交皇上之用，這是必要環節。當年之事牽扯廢太子，即使過去了幾十年，本王仍不敢懈怠。本王隨興慣了，有時候還在馬車上問案，今日在忠勇侯府問這個案子實屬無奈，憫王殿下若無疑議，要留下來監聽本王審案，還可以適當幫忙。」

憫王殿下沒應聲，但他在這節骨眼上是不能走的。於公、於私都不能。

海朝偷眼看向憫王，眼神充滿急切。現在，憫王已成了他及柱國公一門的救命稻草，不管憫王願意與否、能不能承受，這都是他唯一的希望。

憫王卻不願意做這冤大頭，因為柱國公府對他沒好處。他之所以生下來就殘疾，也是海老太太一手造成的，海朝卻沒想過要給他和海貴妃一個公道。

可他又不能不過問，柱國公府畢竟是他的外祖家，這是臉面問題。

「你還是趕緊交代當年之事，皇上自會給你公斷。」憫王冷冷看向海朝。

蕭梓璘端起茶盞，喝了一口茶。「柱國公，說說吧！」

「我說、我說。」海朝平靜了片刻，看了看海老太太，長吸一口氣，說：「她有一個丫頭叫黃梨，長得很漂亮，人也很機靈，我和她的事……」

說起與海老太太第二次見面，確切地說是一天裡見的第二面，就行了歡好之事，海朝有些難為情。當時好色衝動，現在當著他的兒孫說起來，確實不好意思。

當時，海朝一見海老太太，就被她的美色迷得神魂顛倒，而海老太太見海朝長得英俊，又出身名門，也動了心思，卻為不能做正妻猶豫。

黃梨看出他們郎情妾意，就給海老太太出主意，又替他們互傳情意，極力撮合。海朝把海老太太弄到手之後，黃梨向他邀功，他答應以後會給黃梨好處。

一來他確實感激黃梨，二來他也想等混熟了，就把黃梨弄到手。

海朝與海老太太有私情的事鬧得柱國公府雞飛狗跳，海朝想躲清靜，就掛了個軍需官的虛名，想出去散散心。黃梨得知此事，就提出讓她的表哥洪通隨押運糧草軍需的車隊去北疆，海朝想都沒想就答應了，還讓洪通扮成他的親隨來掩飾。

到了前線，海朝已飢渴難耐多日，想找女人發洩。洪通把他帶到邊境一家妓院，他還沒爬到妓女身上，就被抓了。得知他被抓，他兄長海朗帶人去救他，中了埋伏，戰死了。失了海朗這員猛將，陣營很輕易地就被攻破，他父親也苦戰而亡。

他回到京城，又過了幾個月，才納大腹便便的海老太太過門。聽海老太太說黃梨因洪通死了，很是傷心地回老家去了，他還為沒把黃梨搞上手遺憾了多日。

今天又見到了洪通，經蕭梓璘幾番提醒，當年的事他也想明白了。

他嫖娼被俘，他的兄長因救他而死，他父親守衛的營地又因失去他兄長的守衛被攻破，最終血戰而亡，而他則背著害死父兄的罪名苟活了一輩子。

這一切是為什麼？又為什麼會弄成這樣？他現在才想清楚。

雖說晚了，但畢竟在他活著的時候明白了。

從帶上洪通押運軍需糧草伊始，他就掉進別人精心設計的圈套。洪通是北狄奸細，黃梨能不是嗎？海老太太是黃梨的主子，能不知道丫頭在做什麼嗎？

在海朝看來，就是海老太太勾結北狄奸細算計他，這設想合乎情理。

聽完海朝的講述，蕭梓璘斜了憫王一眼，又看向海朝的兒孫。看到他們或驚恐、或迷茫、或憤恨，又見憫王氣得渾身發抖，蕭梓璘低下頭，掩蓋眼底的笑意。

「說完了？」

海朝跪地點頭，戰戰兢兢回道：「臣、臣都說完了，臣講得句句是實，臣求臨陽王殿下饒命，求憫王殿下替臣求情，求皇上開恩，饒臣一條老命。」

「你、你們……」憫王氣得銀牙咬碎，將一杯熱茶重重摔到地上。

蕭梓璘暗哼一聲，問：「洪通，你還有什麼要補充的嗎？」

洪通想了想，說：「黃梨拿了兩千兩銀子讓葉氏給海朝，又暗示葉氏要弄一些消息來販賣。葉氏答應了，她保證能弄到最新消息，還說要跟海朝聯手。那筆銀子她自己留了一千兩，給了海朝一千兩，跟海朝說這銀子是掩護小人的酬勞。兩千兩銀子不是小數目，小人和黃梨要幹什麼，他們應該都知道。」

「洪通，本王審你時，你沒交代給銀子的事。」

洪通目光躲閃，磕頭道：「小人、小人忘記了，看到海朝和葉氏才想起來。」

「海朝、葉氏，洪通講的可是實話？」蕭梓璘冷冷注視海朝和海老太太。

海朝張大嘴，半天才癱在地上，嗚咽道：「我、我被蒙蔽……嗚嗚……」

海老太太躥起來，想要抓洪通，被一名女暗衛踹倒在地。她在地上趴了一會兒，又抬起頭要罵洪通和海朝，她的嘴角還往外滲血，卻還能罵出髒話。

蕭梓璘重重拍響桌子。「海朝、葉氏，洪通到底說的是不是實話？」

「是……」海朝承認了。「我、我收了一千兩，說、說是酬勞，那一千兩……」

海老太太銜海朝咬牙切齒。那一千兩她要了，海朝和洪通都認了，由不得她不承認。可她一直沒點頭，沒說是，嘴裡一直含混不清地罵人。

不得不佩服海老太太將潑橫進行到底的毅力。

蕭梓璘端起茶喝了一口，銜憫王冷冷一笑，說：「收銀子弄消息，就算令外祖父母不知道洪通和黃梨的身分，也應該知道販賣消息是重罪；何況當時柱國公是主帥，柱國公世子是前鋒，任何一點消息都關係到戰事的成敗及朝廷的安危。為了銀子，不顧自己的親人和千軍萬馬的死活，這是滅門重罪！」

「本王的外祖母已辭世多年，還請臨陽王殿下慎言。」

蕭梓璘看不慣憫王的態度，偏要揭底。「葉氏是海朝扶正的繼室，就是柱國公夫人。貴妃娘娘要尊她一聲母親，她怎麼不是你的外祖母呢？」

「臨陽王殿下這麼說是什麼意思？是想把本王牽連進去嗎？」憫王騰得一下站起來，氣呼呼轉身就往外走，連他那條殘廢的腿邁步都穩健了。

「本王沒說錯吧？按嫡庶尊卑、家族規矩，不是該這麼論輩分嗎？」

憫王殿下沒理會蕭梓璘，甩開扶著他的太監，很快就走出了門。蕭梓璘聳了聳肩，示意陸通把洪通帶下去，又以冷硬的目光看向柱國公府眾人。

「殿下，求殿下……」海琪哭成了淚人。這回她不是想邀寵，而是真的哭了。

「陸達，送柱國公府眾人回府，封門看押，估計賜罪的聖旨明天才能頒下。」

「是，殿下。」

陸達吹響木笛，很快就有幾十名暗衛從門窗而入，包圍了柱國公府的人。陸達一聲令下，這些人就上前連推帶搡、連拉帶扯，把海朝等人帶走。

外廳和內堂都清靜了，偶爾有下人收拾東西的聲音響起。

長華縣主壓抑的哭聲傳來，族裡幾個媳婦陪著她，有人輕聲寬慰，有人低聲斥罵。周氏看了海誠一眼，轉身進了內堂，去勸慰長華縣主了。

海誠低聲嘆氣。族裡幾名兄弟圍著他，默不作聲，也不知道該如何開導他。

蕭梓璘拍了拍海琇的手，說：「我又一次被逼無奈，打草驚蛇，我要馬上進宮一趟，說明今日的情況。妳多陪陪岳母和祖母，我很快就回來。」

「你放心進宮吧，我等你。」

海誠和族裡幾個兄弟去了書房，柱國公府獲罪，他們也該尋求自保之策，另找靠山了。族裡和柱國公府走得近的不少，大家都擔心會被連累。

尤其是海誠，雖說已過繼給海朗為子，但他畢竟是海朝的親生兒子。這些年海朝從未在意他，幾個兄弟也總欺負他，可柱國公府敗落，最傷感的人也是他。

海琇回門本是喜事，又有蕭梓璘作陪，一府上下也頗有面子。現在，喜事被攪成了一團糟，柱國公府危危欲墜，可夠周氏鬧心了。

好在族裡的妯娌們幫她處理善後，她才不至於應接不暇。她恨柱國公府上下恨得牙疼，得知他們大難將至，她沒有喜悅，更沒有幸災樂禍。

海琇和海珂勸慰了長華縣主許久，又服侍她回房休息。她吃了安神藥，睡著了，兩人交代好丫頭，才離開她的臥房。

一路走來，兩人相對無言，即使四目相遇，也只是一聲嘆息。

「稟王妃娘娘，海側妃和海姑娘要回鑲親王府，侍衛阻攔，兩人哭鬧，起了衝突。海側妃要見娘娘，說自己同娘娘一樣是外嫁女，不該受家族連累。」

海琪和海琳見柱國公府大禍已至，就想以外嫁女的身分免去家族的連累。按律法規矩，柱國公府獲罪確實不該殃及她們。

但留著她們，將來也會有後患，不如讓她們自求多福。

「侍衛阻攔海大姑娘和海三姑娘無過錯，她們是尊貴人，別唐突了才好。至於她們受不受家族連累，等殿下回來自會給她一個說法，朝廷也會有公斷。」

海琇按柱國公府排行稱海琪為海大姑娘，稱海琳為海三姑娘，自有深意。若她不承認海琪和海琳是蕭梓璘的側妃和侍妾，她們就難逃家族連累。

下人聽明白了海琇的意思，趕緊去報信了。

夜幕降臨，蕭梓璘回來了，和他一路回來的還有傳旨太監。聖旨頒下，侍衛統領帶御林侍衛包圍柱國公府，把柱國公府的主子全帶走了。

柱國公府的案子雖說是一樁陳年舊案，但與廢太子叛亂以及葉家蓄意通敵叛國都有關聯。人先關起來了，該如何審理，皇上及內閣還需商量斟酌。

海琇和蕭梓璘在忠勇侯府住了三天，這三天誰心裡都不舒服。周氏在給海珂準備嫁妝，有事做，胡思亂想的時間少了，話題自然也圍繞著喜慶之事。

回臨陽王府的馬車駛出大門，海琇掀開車簾，同海誠和周氏等人告別。無意間往柱國公府的大門望了一眼，看到大門上貼了封條，心裡很是難受。

車簾放下，馬車前行，車棚隔開了一聲又一聲的嘆息。

「海琪和海琳怎麼安置？」

蕭梓璘在海琇的唇瓣上輕撫了一下，寵溺一笑，說：「回王妃娘娘，妳該問這兩個人如何處置，不是安置，一字之差，會有千里之謬。」

海琇依偎在蕭梓璘肩上，柔柔輕笑。「六妹妹呢？怎麼安置？」

要說柱國府誰不該死，在海琇看來就是六姑娘海玫了。出事那天，海玫到城外的廟裡去看她的母親，柱國公府獲罪的聖旨頒下來，海琇就往廟裡送了消息。

蕭梓璘輕咳一聲，說：「柱國公府獲罪次日，本王派人到城外寺廟去抓她們母女回京，她們母女不想受辱，在侍衛到達之前就畏罪自盡了。侍衛統領念她們母女忠貞，不想唐突，未將屍首帶回京，就地掩埋了。至於有沒有人行盜屍之事，本王不得而知，王妃娘娘也就別掛念了。」

海琇鬆了一口氣，又輕哼一聲，沒再說什麼。她求蕭梓璘放過海玫母女，蕭梓璘自會把事情做得圓滿，還不會讓人抓住把柄，她也就放心了。遠離京城是海玫的夢想，海琇託付了烏蘭察，烏蘭察自會把她們母女安頓妥當。

「海琪和海琳呢？你打算怎麼處置？」

蕭梓璘把海琇摟在懷裡，輕聲道：「昨日皇上也問了同樣的話。」

「你怎麼回答的？」

「回皇上，她們名分上是臣的側妃和侍妾，但臣與她們無夫妻之實，當初納她們過門是李太貴妃的意思，現在李太貴妃在西山寺懺悔自己的過錯，其中就有為臣迎娶側妃之事。這本是錯事，若是作數，豈不是晚輩在打長輩的臉？」

「明白了。」

海琪和海琳不是蕭梓璘的側妃和侍妾，還是海家的姑娘，被家族獲罪牽連也在情理之中；就算她們僥倖能活命，等待她們的將是流放三千里之外，為奴為妓。

海琇的額頭頂在蕭梓璘的下頷上，嬌憨一笑，問：「洛川郡主也是李太貴妃作主迎娶的，她的側妃之位是不是作數？今後還讓她住在鑲親王府嗎？」

蕭梓璘撫了撫海琇的下巴，說：「先留著她，還有用，年前自見分曉。」

「要把她接入臨陽王府嗎？」

「鑲親王府那座院子是我的，以後她一個人住著豈不更自在？」

海琇舒心一笑，點頭說：「全憑王爺安排。」

蕭梓璘愣了片刻，說：「憫王和貴妃娘娘想合力保下海訓一房，求我助他們一臂之力，這件事我不想再參與，我讓他們去求金閣老和銘親王叔了。」

「能保下來嗎？」

「應該能。這件案子主謀是葉氏，海朝是從犯，罪不致死，應該是流放或入獄。海訓不是葉氏所出，比葉氏所出的兒子受牽連要輕，或許真能安然無恙。」

「隨他們去吧！我也不想多問了。」

第八十一章 大仇得報

七、八天之後，葉家和柱國公府被判決的消息記在邸報上，發下來了。

大長公主先前已被賜死，葉家七歲以上的主子全部被判斬監候；七歲以下的小主子及主子們的貼身僕人都被發配到江東鹽場做苦力了。葉玉柔的兒子是廢太子的血脈，皇上沒顧忌祖孫之情，直接把他們母子賜死。

海老太太被判斬立決，而海詔因牽扯另外的案件，被判斬監候。海朝同海諍和海詔兩房七歲以上的男丁一起被流放到西北省金礦做苦力；海琪和海琳也被流放到塞北了，她們運氣好一點，被賣到石墨礦周圍的勾欄院做頭牌。

憫王和海貴妃保下了海訓一房，他們被貶為庶民，遣送回海家祖籍。柱國公府獲罪沒牽連到海氏一族的人，眾人也都鬆了一口氣。

聽到葉家被判決的消息，葉氏氣急攻心，當晚就死了。

蘇宏佑男根被斷之後，多日高熱不退，昏迷不醒，也於葉氏死去的次日死了。

上面還沒追查錦鄉侯蘇家被葉家獲罪牽連之事，蘇家就敗落了。

得知確實是葉氏和蘇宏佑利用葉家的勢力害死了蘇宏保，蘇乘和蘇老太太都很氣憤。蘇氏族裡一商量，決定不讓他們母子入祖墳，找塊地方草草下葬。

他們剛下葬，蘇宏佑新娶的妻子沐藍凰就得了失心瘋，掉進湖溏淹死了。蘇家借著辦喪事的機會，也把她埋了，正好與蘇宏佑同穴。

半年時間，蘇乘的妻子和兩個兒子、一個兒媳全死了，他也看破了生死，就住進了京城的道觀裡。蘇瀅又伺候蘇老太太去了清安寺，蘇闊也陪著去。

錦鄉侯府的僕人遣散了大半，只留了一些膽大的在府裡看房子。

辦清葉氏母子的喪事，蘇泰就上書吏部，請調外任。他被調到西南省做知州，調令發下後，他不顧寒冬飛雪，匆匆帶著妻子、兒孫上任去。

臨走之前，蘇泰夫婦親自把蘇灩送到了四皇子府。他們知道，若不是四皇子從中疏通，吏部肯定要踩蘇泰一腳，不會讓他再去西南省做知州。

陸太后把蘇灩指給四皇子做側妃，四皇子只是王爵，已有兩位側妃，蘇灩有名無分。說是側妃，沒她的位置不說，這麼草草送進去，也就等同於侍妾了。

聽說葉氏、葉玉柔和蘇宏佑都死了，海琇長長舒了一口氣。她處理完臨陽王府的事，又抽時間抄了〈金剛經〉和〈往生咒〉，用於超渡死去的人。

她和他們只是今生今世有仇，沒必要把仇怨帶到來世，讓自己兩世不得輕鬆。

「回王妃娘娘，慷王妃派人帶話過來。」慷王便是四皇子。

「怎麼說？」海琇趕緊詢問，又合上帳本聽。

「她說她已稟過太后娘娘，會妥善安置蘇八姑娘，請王妃娘娘放心。」

「怎麼叫妥善安置？」

「來傳話的婆子說，慷王妃有一個庶弟今年及冠，在謹親王府做三等侍衛，至今未定親。那婆子和文嬤嬤閒聊時說的，估計慷王妃想把蘇八姑娘說給她庶弟。」

「慷王妃倒是個聰明人。」海琇沈思片刻，說：「傳話給飛花和落玉，讓她們派人到謹親王府打聽一番。要是人不錯，等我問過蘇八姑娘，自會回覆慷王妃。」

海琇思慮了一會兒，又給慷王妃寫了封信，請她把蘇灩送到忠勇侯府住一段時間。海珂明年二月出嫁，正在匆忙準備，府中已無姊妹，讓蘇灩跟她做伴也好。

之後，她又給蘇瀅寫了一封信，簡單說了蘇灩的情況，讓人送走了。

蕭梓璘回府，海琇像所有賢慧的妻子一樣，到二門去迎他。

「勞駕王妃娘娘遠迎，實屬在下罪過。哎呀，太陽呢？怎麼西出東落了？」

「別貧了，我有事問你。」海琇不顧下人在場，親暱地挽住蕭梓璘的胳膊。

「什麼事？」

「早起那會兒，太后娘娘身邊的平嬤嬤到銘親王府說話，順便到我們府上看了看。她一個勁兒說我們府上太清靜了，不夠熱鬧，又說太后娘娘喜靜，適合來我們府上小住，她雲裡霧裡說了一堆話，我越想越覺得大有深意。」

蕭梓璘微微一笑，問：「妳覺得她有什麼深意？」

海琇擺了擺手，說：「什麼也別說了，挑個黃道吉日把沐藍依迎進府才是正經。臨陽王府太清靜了，要是沒有側妃入府，太后娘娘都要住進來了。」

「我明白了，妳是寧願接側妃入府，也不願意讓太后娘娘住進來。」

「你跟我裝是吧？你以為太后娘娘真想住進我們府裡來嗎？」海琇莫名的氣憤。嫁給蕭梓璘做正妃，就知道側妃必不可少，可她心裡還是懊惱彆扭。

蕭梓璘把海琇攬在他厚厚的披風裡。「不說這件事了，說件讓人歡喜的事。」

「這件事要說，我已經讓官媒去問沐藍依了，讓她自己挑過門的日子。」

「娘子，妳好賢慧呀！」

「我才不賢慧呢，但也不想落一個善妒不容人的名聲。唉，說歡喜的事吧！」

蕭梓璘在海琇鼻子上輕輕擰了一下，說：「蘇乘上了摺子，說開年他要和平雲道長去雲遊，求皇上恩准讓他的嫡孫蘇闊承襲錦鄉侯爵。」

「怎麼是蘇闊？不是蘇宏保的長子嗎？蘇家不是早答應章氏和章家了嗎？」

「葉家獲罪，蘇家勢敗，可能會被連累。章家怕被殃及，就把章氏母子接回了娘家，又言明不要錦鄉侯的爵位，還提出要跟蘇家斷絕關係。蘇乘雖沒答應和嫡長孫斷絕關係，但看透了章家的為人，此次他便直接讓蘇闊承襲爵位。」

「皇上會准嗎？」

「已經准了，我回府時，傳旨的太監就去了清安寺。」

海琇抱住蕭梓璘，又被他緊緊摟在懷裡，她感覺溫暖、踏實、安心。她今生得嫁良人，報了前世的仇，程汶錦的兒子也襲了爵，一切都變好了。

次日，沐藍依請官媒給海琇帶了話，她說她的姊姊沐藍凰新死，她想按規矩守孝九個月；她還說明年八月初一是她滿十七歲生日，她想那一天出嫁。

嫁到蘇家的沐藍凰死了，沐藍依要為她守孝九個月無可厚非。同守父母孝一樣，這九個月要忌聲樂飲宴，少外出，更不能談嫁娶之事。

即使給蕭梓璘做側妃，沐藍依是皇上授意陸太后指婚給蕭梓璘做側妃的，臉面比那幾位過門或沒過門的側妃更大一些。

現在，臨陽王府只有海琇一位正妃，海琪受家族牽連，已被遠賣他鄉；洛川郡主還住在鑲親王府裡，有側妃之名，與蕭梓璘卻無夫妻之實。

陸太后嫌臨陽王府太冷清，沒有側妃和侍妾，不熱鬧，這就是在挑海琇這正妃做事不周全。蕭梓璘在朝堂舉足輕重，海琇被人挑飭了，也是很沒面子的事。

蕭梓璘反感洛川郡主，不讓接回府，留在鑲親王府另有他用。海琇要堵陸太后的嘴，就只能把陸太后指的另一側妃沐藍依娶過門。

沐藍依要守孝，這樣一來，海琇就被動了。

「這小浪蹄子，真不識抬舉。」文嬷嬷恨恨辱罵沐藍依。「王妃娘娘要迎她過門是給她臉，沒想到她還要拿捏一把。一個亡國公主，真不知道自己幾斤幾兩了。」

海琇沈思片刻，說：「太后娘娘把沐藍依指給殿下做側妃，還真不是沐藍依求來了，是皇上嫌殿下不收下葉家送來的側妃，又提前動了葉家，惹了麻煩，才讓太后娘娘賜了側妃。或許有些事我們都想擰了，等殿下回來仔細問他才是。」

聽沐飛說，沐藍依的生母出身低賤，又不得寵，在北越國的後宮裡，沐藍依遠不如沐藍凰尊貴，卻比沐藍凰更精明、更有心機。

沐藍依提出守孝合乎規矩禮數，但這樣對她的前途不利。她想等到明年八月初一嫁進來，到時候，蕭梓璘會不會給她這個機會還是未知數。

作為一個聰明人，不會看不透這些，更不會錯失機會，除非她另有打算。

「王妃娘娘犯不著跟她計較，白白浪費精力，您還有許多大事要做呢。」

海琇搖頭一笑，說：「年前確實還有幾件大事要做。」

她提筆寫字，開始羅列眼下的幾件大事。

給蘇灩找一個好歸宿，這件事慷王妃比她著急，她不會打頭陣；幫清華郡主備嫁，以銘親王妃為主，她只是幫忙；海珂明年要出嫁，周氏自會準備，秦姨娘幫忙。還有給蕭梓璘娶側妃的事，沐藍依今年不嫁，可以緩一緩。

除了這些，還有一件大事，需要她操持。

蘇闊已經接到了賜封的聖旨，襲爵儀式明年開春舉行。

這兩天，蘇瀅和蘇老太太就要帶他回京籌備襲爵的儀式了。襲爵是喜事，要祭拜祖宗，要擺宴席慶祝，可錦鄉侯府現在真不適合辦喜事。

錦鄉侯府的宅子不錯，可短時間內接連死了這麼多人，陰氣過重，僕人又遣散了許多，府裡熱鬧不再，更沒有當年繁華富貴的景象。

好在蘇家還有一座別苑，可以暫時落腳，只是位置太過偏僻。

蕭梓璘想送蘇闊一套宅子，作為義父的賀禮，襲爵儀式也在新宅子舉行。至於錦鄉侯府的老宅，先閒置幾年，等蘇闊長大了，再重新修整、搬回去。

海琇有兩座陪嫁宅子，一座是他們一家回京城時住過的，另一座剛蓋好，是新宅，還沒裝修。她想把那座新宅子給蘇闊，也算是她和蕭梓璘共同的心意。

新宅要修葺裝飾、採買器物，這些都需要海琇操持打理。

蘇闊有了爵位，再給他一座宅子，看著他長大成人、娶妻生子，海琇繫在他身上的一顆心才算圓滿。這件事是蕭梓璘牽的頭，她每每想起，都滿心感激。

「稟王妃娘娘，銘親王妃請您過府，幫她挑選給清華郡主陪嫁的首飾。」

「知道了，我馬上過去。」

清華郡主明年二月就要遠嫁北越國，即將遠離家鄉，她心情浮蕩。銘親王妃怕她難受，不想讓她參與備嫁，就讓她進宮陪伴陸太后了。海琇一邊幫銘親王妃挑首飾，一邊跟她閒話，話題自然而然引到沐藍依身上。

「妳是聰明人，卻忽略了一個簡單問題，看來還是經的事少。」銘親王妃笑得高深莫測。有些事，她不能多說，只能提醒，要讓海琇自己去悟。

「什麼問題？」海琇擺出一副虛心受教的模樣。

「驛站人來人往，很是嘈雜，哪裡適合守孝呀？」

海琇明白了銘親王妃的意思，趕緊行禮。「多謝銘親王嬸提點。」

從銘親王府回來，海琇就召來文嬤嬤、李嬤嬤等心腹下人商議。

京城有兩座驛站，一座用來接待本國進京辦事的官員，另一座用來接待外國賓客。驛站本來人員往來就頻繁，人進人出，不適合久住。

年關將近，屬國進貢，鄰國來賀，不同國度、形形色色的人都會在驛站休息小住。這麼雜亂的地方，不適合沐藍依守孝，還是臨陽王府這清靜的地方最好。

「王妃娘娘是想把那小浪蹄子接進府來，讓她到王府守孝？」

海琇點點頭。「這樣不是兩全其美嗎？」

「老奴擔心請神容易送神難，把她接進府，她就有名有實了。她要是真出么蛾子、不安分，王妃娘娘再想把她打發出去可就不容易了。」

「為什麼要把她打發出去？她有名有實了，生是臨陽王府的人，死是臨陽王府的鬼，無緣無故，我怎麼能打發她出去呢？那麼做會落人口舌的。」

海琇彎起嘴角，淡淡的笑容含於唇邊，那笑容裡飽含高深與陰澀。

前世，程汶錦的生母死得冤屈且不值；她換體重生，成了海家四姑娘，周氏是精明爽利之人，卻也被葉姨娘和秦姨娘折騰得去寺廟裡找清靜。不說別家的妻妾相爭，光她待的這兩家，她就總結了不少經驗和教訓。

妻和妾有根本的利益衝突，就算能和平共處，也僅限於表面。與其將來和妾爭鬥花費精力，還不如從根源上杜絕，或者不給那些妾室任何喘息的機會。

把沐藍依接進臨陽王府守孝，放在她的眼皮子底下，沐藍依就是本事再大也掀不起什麼風浪。臨陽王府有了一位側妃，陸太后等人也就沒理由挑飭了。

畢竟她和蕭梓璘新婚剛一個月，正是新婚燕爾、濃情密意之時。

文嬤嬤愣了一會兒，說：「王妃娘娘要接沐側妃入府，該跟殿下說清楚。老奴以為，還應該告訴夫人和老夫人一聲，真有什麼事，她們還能幫王妃娘娘。」

海琇笑了笑，說：「等殿下回來，我會告訴他，也把顧慮都跟他說清楚。至於我的母親和祖母，還是先別讓她們知道，她們給二姊姊備嫁也不輕鬆。」

文嬤嬤知道海琇是有主意的人，沒多說，就按海琇的吩咐去準備了。

傍晚時分，蕭梓璘才回來。

海琇親自幫他洗漱更衣，邊忙碌邊說話，說了許多事，唯獨沒提把沐藍依接進府的事。

蕭梓璘見海琇把府裡安排得井井有條，很是滿意欣慰。

「辛苦妳了，我的寶貝。」蕭梓璘把海琇攬在懷中，雙手在她身上揉捏遊走。

看到海琇閉著眼睛，嘴角含笑，像是很享受的樣子，蕭梓璘又開始大規模進攻。他撩撥海琇，倒把自己勾弄得面紅耳示、氣喘吁吁，而海琇卻很平靜。

「你還去外書房嗎？」海琇輕聲一問，就如同給蕭梓璘澆了一盆涼水。

「去，還有兩件很重要的事需要處理。」蕭梓璘無奈地鬆開了嬌妻。

海琇把蕭梓璘送到院門外，回到房裡，幾個心腹僕人就跟來了。她們都關心海琇接沐藍依過府的事，擔心蕭梓璘會爽快地答應沐藍依進府守孝。

「殿下有重要的公事，那件小事我還沒來得及跟他說。」

「王妃娘娘，沐側妃要在驛站給其姊守孝是好事，您何必非接她進府呢？」

海琇笑了笑，沒回答。沐藍依要等到明年八月初一入府，她還能清靜八、九個月，這對她來說確實是好事。可這樣一來，她跟沐藍依第一次較量就等於敗下陣來。表面上，她多了幾個月的清靜。而實際上，沐藍依得到的好處遠比她多。

亥時已過，蕭梓璘才回房，新婚夫妻又是一夜纏綿。

在演習二十四式間歇的工夫，海琇趁蕭梓璘心滿意足休息，跟他說了沐藍依的事。蕭梓璘的回答很爽快，全憑海琇作主，即使海琇錯了，他也會替她擔當。

海琇就在等蕭梓璘這句話。

嫁為皇族婦，還是蕭梓璘這位高權重、英俊瀟脫的年輕王爺，這明裡、暗裡不知有多少雙眼睛盯著她呢，一件小事處理不當，說不定就會掀起滔天巨浪。

她不能率性而為，她要縝密行事，還要爭取讓蕭梓璘替她擋在前頭。

第八十二章　得寸進尺

次日，海琇到鑲親王府請安，跟鑲親王夫婦說了要接沐藍依到臨陽王府替其姊守孝的事。鑲親王對此表示支持，而鑲親王妃非讓她先把洛川郡主接回府。

「妳打算什麼時候接沐藍依入府？」

「殿下請欽天監副使算了日子，說五天之後是大吉之日，媳婦想那天接她入府。因她是守孝之身，怕驛站到年關人來人往，影響她的閨譽，這才接她進府。故而媳婦想免去迎親的儀式，也不擺宴席了，等明年八月初一再好好慶賀一番，這是媳婦的打算，有勞父王跟皇族長輩們說清楚。」

鑲親王點點頭。「既然定好了日子，那妳就準備著吧！」

「媳婦已安排人灑掃了院子，正按守孝的規矩裝飾呢。按理說沐藍依也是尊貴身分，她能給殿下做側妃，是媳婦的榮幸，媳婦準備那天親自接她過府。」

鑲親王想了想，說：「妳不必親自去接她了，妳為正，她為側，就是她原來的身分再尊貴，也低妳一頭。我讓妳大嫂去接她，妳大嫂兒女雙全，也吉利。」

「還是父王想得周到。」海琇趕緊站起來給鑲親王行禮。

鑲親王妃聽鑲親王讚她的兒子，臉上有光，不陰不陽提點了海琇幾句，無非是想給自己的親兒媳討些好處。海琇很痛快地答應了，用人家辦事，理所當然要給人家酬勞，她不是拈酸小氣之人，這點人情還是明白的。

「妳跟璘兒說選個日子把洛川郡主也接過去，臨陽王府都修葺好了，地方也寬敞。前幾天，清平王來信還問起洛川郡主的事，要是再不圓房，我就沒法跟他交代了。妳是皇上指婚的正妃，洛川郡主就是封號再高，也越不過妳去。」

「父親教訓得是，兒媳記下了，回府就勸殿下再擇吉日，接她入府。」

鑲親王妃輕哼一聲。「妳還是要麻利些，別拿正事不當事，總是拖延。洛川郡主是臨陽王側妃，總住在鑲親王府好說不好聽，沒的讓人非議。」

「母妃教訓得是，洛川郡主進府的事，兒媳保證辦得體面周全。」

「體面周全也要有個時間，多長時間接她回府，妳跟我明說。」

海琇想了想，說：「一個月之內吧！」

洛川郡主這個曾經的皇家寡婦，早把自己和清平王府的臉面丟盡，李太貴妃之所以把她許給蕭梓璘做側妃，不就是想讓蕭梓璘丟臉嗎？當然，洛川郡主喜歡蕭梓璘，清平王府也想把鑲親王府和臨陽王府當倚仗。

蕭梓璘娶洛川郡主做側妃，見到蕭梓融，就要低半頭了。

所以，蕭梓璘絕對不會接洛川郡主過府。

海琇許諾一個月的期限，這可能會讓蕭梓璘很為難，說不定還會惹來麻煩，可鑲親王妃非逼她承諾時間，不給她跟蕭梓璘商量的機會，就是要從她入手、拿她開刀。

鑲親王妃冷哼一聲，果斷否了海琇。「一個月太長了，就半個月吧！」

海琇皺起眉頭。「半個月？我……」

「行了，就按妳母妃的意思，半個月內接洛川郡主過府。」鑲親王發話了。

「好吧，兒媳回府跟殿下商量一下。」

回到臨陽王府，海琇先把接沐藍依過府的事吩咐下去，讓下人們準備。一想到半個月後要接洛川郡主過府，她就頭大，還不知道怎麼跟蕭梓璘說。

鑲親王知會了皇族眾人，又派人傳話給沐藍依，告知接她過府的事。

如今，海琇肯接沐藍依到臨陽王府守孝，質疑鑲親王的聲音消失了，海琇也撈到了好名聲。至於沐藍依到臨陽王府的日子過得怎麼樣，會以海琇所說的為準。

文嬤嬤見海琇進來，咬牙冷哼，說：「大奶奶真是黑了心了，讓她去接沐側妃入府，連來帶去也就是兩個時辰，她竟然獅子大開口，這事還沒辦呢，王妃娘娘就給她送了五百兩銀子的謝禮，她還張口要一千兩的喜銀，虧她敢要！大爺和殿下是同父兄弟，就算他做了鑲親王世子，不也矮殿下一頭嗎？」

海琇冷冷一笑，說：「這種事不值得生氣，花銀子能辦事最痛快，省得欠人情。大爺和殿下自幼情分淡薄，現在等於分家了，哪有多少情面可講？」

蕭梓璉和蕭梓璘不只是兄弟情分淡漠，而是關係一直不好。蕭梓璉外家頗有勢力，又為嫡為長，卻因他母妃是扶正的繼妃，身分就低了蕭梓璘這個次子一頭。

蕭梓璘七歲被封世子，不知有多少明槍暗箭出自蕭梓璉和鑲親王妃之手，只沒想到蕭梓璘能穩坐世子之位十幾年，又憑自己拚殺得王爵加身。蕭梓璘被封臨陽王之後，鑲親王上摺子為蕭梓璉請封世子之位，皇上卻將摺子留中不發。皇上回話很簡單，說等蕭梓璉為朝堂做出功績，讓朝野民眾認同之後，再冊封也不晚。

蕭梓璉頗有心機，心思也縝密，小聰明一大把，卻沒有大智慧，魄力不足。皇朝人才濟濟，想在朝堂建功立業、憑個人之力站穩腳跟哪那麼容易？

因此至今蕭梓璉仍沒有顯著的功績，鑲親王世子之位也懸了三年。

蕭梓璉越是所求不得，就越嫉恨蕭梓璘。如今，海琇有求於他的妻子，他們夫婦能不藉機拿一把嗎？就這麼點小聰明，世子之位落到他身上都被埋汰了。

文嬤嬤見海琇不生氣，心裡好受了一些，但她不如海琇想得開，仍嚥不下這口氣。一想到接沐藍依入府給海琇添堵，還要花大把的銀子，她就心疼又肉疼。

「謹親王府、明王府、勝王府、良王府光娶親的嫡出少爺就十幾位，兒女雙全的奶奶們占了多半，王妃娘娘請哪一個去接人，她們礙於情面，肯定不會要那麼多銀子。我們跟大奶奶是一家子，她真敢開口，還說事情辦完要有謝禮。」

「事情辦完再給她封一份謝禮。」

「還給她一份謝禮？不是給過她一份了嗎？」

海琇微微一笑。「那一份是事前的，再給她一份是事後的，她也是這麼要的。」

「娘娘啊！她只是去給接個人，最多兩個時辰，就要從我們府裡要走兩千兩銀子的財物？」文嬤嬤深呼吸幾次，心情稍稍平復，才說：「做奴才的說句不該說的話。鑲親王爺真是偏心呢，讓大奶奶去接人可是他的意思。」

「占小便宜吃大虧，嬤嬤以前不是經常這麼教導我嗎？」

「好幾千兩銀子還算小便宜嗎？王妃娘娘心也太寬了。」

「那就讓她吃更大的虧。」海琇攬住文嬤嬤的手臂。「我心寬不是好事嗎？」

「是好事，可奴才心疼王妃娘娘。娘娘讓黑了心肝的賤人折騰，大奶奶還火上澆油，好在殿下疼娘娘，要不娘娘受這麼多委屈，奴才們也難受呀！」

海琇冷冷一笑，說：「誰也折騰不了我，是我在折騰她們。不放縱她們，她們怎麼可能這麼快流露本性，我又怎麼能輕易抓住她們的狐狸尾巴呢？」

荷風進來，說周氏派人來傳話，海琇趕緊讓人進來。

來傳話的人說海珂和周氏已把蘇灩接回府了，讓海琇放心。蘇灩給她寫了一封報平安的信，信裡充滿哀戚的感激，令海琇很難受。

蘇灩再也不是那個活潑靈動、說起話來沒完沒了、笑起來清脆爽朗的姑娘了。

真的很懷念在西南省無憂無慮的日子。

海珂沒有因為蘇宏仁的事跟蘇灩計較，這令海琇很欣慰。

海琇賞了來傳話的人，說：「你回去告訴我母親，我明天回府探望。」

下人接了賞，高高興興地走了。

蘇灩的事有了著落，文嬤嬤等人也鬆了口氣。

「荷風，妳進來。」海琇衝文嬤嬤使了眼色。

「王妃娘娘叫奴婢？」荷風入內後發現氣氛不對，謹慎地看著海琇。

「文嬤嬤，妳來跟荷風說吧！」

文嬤嬤點點頭，喜孜孜說：「荷風，妳可是有福氣的人，殿下看上妳了。」

「什麼？奴婢……」荷風懵了，驚恐不已。

蕭梓璘看上她了？這、這、這……這絕不是好事。她雖是奴婢、丫頭，也是心高之人，卻從未想過爬主子的床，尤其是蕭梓璘那麼狠辣的主子。這代價太大，她孤身一人在府，可不想冒這個險。

海琇見荷風嚇得不輕，嗔怪道：「嬤嬤氣還沒消嗎？說話都語無倫次了，看把荷風嚇的。荷風伺候我幾年了，我信得過她，嬤嬤也沒必要試探她。」

「奴婢可不是試探她，是話講到了一半，想緩口氣。」文嬤嬤拍著荷風的手，笑著說：「殿下確實看上妳了，想向娘娘求了妳，說給陸達做媳婦。」

荷風拍著胸口長長鬆了口氣，得知蕭梓璘想把她說給他的手下，臉又紅了。

海琇接著說：「殿下身邊除了金大和銀二，最得力的就是陸通、陸達。這次到景州抓葉氏母子，陸達左腿受了傷，以後走路可能會有些障礙，但也不十分要緊。殿下想讓他退下來，到郊外的暗衛營做教習，再給他置些產業，讓他娶妻生子，也不枉他跟殿下出生入死這些年。殿下看妳不錯，想讓我問問妳意思。」

「我……」荷風面對婚姻大事，不知該如何應答。

「陸達現在能下地走路了，再恢復一段時間，就會搬到暗衛營去。他斷了一根腳筋，再長好也不如以前靈活，但不需要人專門照顧。他武功很好，妳大可以放心他的身體，他只是不能再走南闖北、跋山涉水抓捕重犯了。」

「奴婢不擔心，奴婢信得過殿下和王妃娘娘，只是……」荷風欲言又止。

文嬤嬤嘆氣道：「荷風，妳和蓮霜都是姑娘身邊的一等大丫頭，論聰明、俐落，妳還勝蓮霜一籌，可妳遠比不上她的心思打算。我們家剛回京幾個月，妳們陪姑娘去周家總共就三次，周家大管事就看上她了，求舅太太把她要了去，說給了他的小兒子。他小兒子打理太太在城東的莊子，蓮霜現在是管事娘子，等生完孩子再回府，就與我平起平坐了。大管事怎麼就看上她了？還不是因為她有眼色嗎？妳做了暗衛營的教習娘子，就算陸達身上有點傷，也不礙事，這樣一來，妳的身分可比蓮霜高多了，妳不痛快答應，還有什麼好猶豫的？」

海琇衝荷風輕嘆一聲。「聽文嬤嬤又是鞭策妳、又是誘惑妳，我都無話可說了。要不是我知道陸達傷得不重，聽她說得那麼好，我會以為是重傷不治呢。」

「聽娘娘說的，好像奴婢是貪財的媒婆，奴婢這不是為荷風好嗎？」

「我知道嬤嬤是為我好，可我不想這麼早嫁，我想再伺候娘娘幾年。」荷風愣了片刻，又說：「在臨陽王府做幾年奴才，也學個眉高眼低，身分也不同了。」

「我聽出來了，妳怕殿下和娘娘坑妳，想找個比陸達好的。」

「嬤嬤想多了，我的命都是主子的，主子給我安排，我哪能不滿意呢？」

海琇笑了笑，說：「過幾天，我讓殿下把陸達帶進府，妳也見見。妳要是覺得不錯，我再作主。妳年紀不小，伺候了我好幾年，我也該安頓妳了。」

「多謝娘娘。」荷風當然想嫁給暗衛營教習，只是擔心陸達的腿傷嚴重。海琇此時讓她見過之後，再決定願意與否，她也就放心了。

竹修進來回話，說沐藍依派人來求見海琇。

荷風和文嬤嬤一聽，都如臨宿敵，打起全部精神。海琇只是淡淡一笑，絲毫不擔心。她自持身分，不會親自見沐藍依派來的人，就讓文嬤嬤代她去了。

一會兒，文嬤嬤就氣呼呼回來了。

「那小浪蹄子不想進府守孝，還想留在驛站。她說她想見娘娘，不方便到臨陽王府來，讓娘娘到驛站看她。奴婢沒答應，把她派來的人也罵跑了。」

海琇笑了，尋思片刻，說：「現在天寒地凍，像她這常年住在驛站、又沒銀子打點的人，吃住肯定不好。鑲親王知會了皇族眾人，又跟她說得很明白了，她還想留在驛站，不想到臨陽王府享受側妃的分例尊榮，恐怕就不是守孝那麼簡單了。我會見見她，但我不會去驛站，她也不便來臨陽王府。這樣吧！如果她再派人來，就讓她明天去忠勇侯府，我們見一面。」

「王妃娘娘真是給她臉了。」

等到下午，沐藍依又派人來了。這一次，她不只想跟海琇見面，還要跟海琇借五千兩銀子，文嬤嬤氣得要發作，被海琇攔下，讓文嬤嬤去準備銀子了。

沐藍依向海琇借銀子是示弱的表現，或許是故意而為之。海琇讓她明日喬裝去忠勇侯府，銀子都拿到了，她也會欣然答應。

第二天，海琇回了娘家，見過周氏和長華縣主之後，就去找蘇灩。

看到蘇灩瘦得脫了形，一臉憔悴，小小年紀，臉上佈滿滄桑，海琇忍不住潸然落淚。蘇灩下月才及笄，可看她那張充滿無奈的臉看上去比周氏還蒼老。

海琇緊緊握住蘇灩的手，哽咽道：「會好起來的，一切都會好起來的，相信我。慷王妃說她會去求太后娘娘收回為妳指婚的懿旨，以後妳就住在我們家。」

蘇灩重重點頭，輕聲飲泣，眼淚在眼眶裡打轉，卻一直沒有落下來。

蘇泰帶妻妾子女離京去西南省為官，只把她這個嫡女丟在了京城。她是陸太后指婚給慷王的側妃，他們臨走時，把她送進慷王府，才不會被人指責非議。

慷王是王爵，只能有兩位側妃，侍妾無數。他的側妃都有了子女，無病無災活得很好，慷王府不會再有側妃之位，蘇灩只是一個頂著側妃名頭的侍妾。

可這些都不在蘇泰和蕭氏的考慮範圍之內，他們只想把蘇灩送過去就了卻了一樁事，至於蘇灩在慷王府過得怎麼樣，他們不想多管，也無暇顧忌。

好在慷王妃通情達理，又買海琇的面子，海琇才能把蘇灩接出來。海琇想給她全新而穩定的生活，為她尋一良人，哪怕是嫁得低，只圖安穩和順。

在西南省時，她們曾是好友，曾經一起玩得開心，海琇把最美好的記憶藏在心中。不管蘇家某些人，包括蘇灩的生母多麼可恨，她都會善待蘇灩。

這就是她對情意的闡釋。

周氏恨蕭氏不通情理，恨蘇宏仁浮誇愚頑，但對蘇灩，她也恨不起來。蘇灩聰明懂事又安分，剛來忠勇侯府不久，連長華縣主都很喜歡她。

若不是海誠和蘇泰結了仇，她又看不慣蕭氏，周氏都有心讓蘇灩做她的兒媳婦了。可蘇灩還未及笄，又被父母扔下，周氏就是想得再美，也不能付諸實施。

海琇把蘇灩帶到她出嫁之前的院子，讓蘇灩在這座院子住下，一應花費使用比照她未嫁前的分例，無論蘇灩住多久，標準都不能改變。

蘇灩忍不住了，一直在眼眶裡打轉的淚水落下來，直到她嚎啕大哭。海琇沒勸她，蘇灩這些日子過得太壓抑了，哭出來心裡會好受些。

下人來報，說驛站裡有人來求見海琇。

海琇知道沐藍依來了，吩咐下人把她帶到門房候著。過了一會兒，她又吩咐文嬤嬤去作陪，上門是客，不能冷了場。

海琇陪蘇灩說了一會兒話，又同她一起去看海珂，坐了一刻鐘，她才到門房去見沐藍依。沐藍依是沈穩而有心機的人，海琇正好藉機端詳她。

第八十三章　洛川有孕

「讓沐公主久等了。」海琇慢悠悠進到門房，衝一身素衣淡妝的沐藍依一笑。

沐藍依起身給海琇行禮，笑容恭敬，說：「沐公主這個稱呼是人們對王妃娘娘的外祖母特有的稱呼，在小女子看來，也只有她擔得起這個稱呼。」

「過獎了。」海琇不再稱呼沐藍依為沐公主，也不想對她太客氣。

沐藍依看了看海琇，輕聲說：「忠勇侯府的點心很好吃，天寒地凍還有這麼新鮮的果品也實屬難得。不瞞王妃娘娘，小女子已好久沒吃到這麼美味的東西了。」

陸太后指婚的側妃名分已定，可沐藍依卻在海琇面前自稱小女子，她這是什麼意思？海琇心裡沈思，表面一副雲淡風輕的樣子，看沐藍依的眼神不由就變了。

她深深看了沐藍依幾眼，笑道：「妳知道沐雪齋吧？那是我外祖母開的點心鋪子，沐雪齋的點心以北疆風味居多，我想妳應該更喜歡吃。沐雪齋每天都會送新鮮出爐的點心到臨陽王府，臨陽王府沒有做點心的廚娘，卻能吃到京城最好的點心。臨陽王府的瓜果都是皇上直接賞賜，是從各地或鄰國進貢來的，遠比忠勇侯府的更新鮮、更好吃。臨陽王府東北角有座清靜的院子，我原想在那裡建一座佛堂，妳入府之後，可以在那座院子裡守孝禮佛，府裡更會按側妃分例供給妳。」

沐藍依點點頭，說：「王妃娘娘說得很對，臨陽王殿下在朝堂舉足輕重，王府吃食用度想必都是最好的，能在臨陽王府做奴才都風光無限，可那麼大的福分不是誰都能享的，那麼大的造化也不是誰都能有的。小女子不聰明，卻有自知之明，深知自己的身分不配享那麼大的福。」

見海琇聽得認真，沐藍依笑了笑，又輕嘆一聲，毫不客氣地吃喝起來。

文嬤嬤撇了撇嘴，想提點她幾句，被海琇以眼色阻攔了。海琇給丫頭使了眼色，讓她再去取更精緻的茶點果品供沐藍依享用。

沐藍依拍去手上的渣沫，又喝了口茶，說：「小時候，我聽過一個故事，說一個人對一隻烏鴉有恩，烏鴉想要報答，就對人說太陽升起的地方遍地黃金。這個人動心了，央求烏鴉馱他去取黃金。烏鴉說到那裡取黃金不能貪，否則太陽升起來，人會被烤死。這人答應了，烏鴉就帶他飛到了太陽升起的地方。一個經歷過窮苦的普通人，看到遍地黃金，隨便拿，能不起貪念嗎？這個人忘記了烏鴉的叮囑，幻想發財的日子，撿金子撿得不亦樂乎，最後怎麼樣了？」

海琇笑了笑，說：「人為財死、鳥為食亡的故事我也聽說過，只是我不明白妳為什麼講這個故事？其實這個故事寓意簡單，就是人千萬不要貪。」

「是呀！這個人太貪，所以他被烤死了。那隻烏鴉是一隻神鳥，牠囑咐人不要貪，可牠聞到烤熟的人肉很是美味，為了吃，也被烤死了。凡人和神鳥都貪，試問哪一個人不想讓自己的日子過得更好呢？可為了過上好日子，為了吃得好、穿得好，為了名分和地位，搭上自己的性命就不值了。」

海琇微微點頭。「妳是聰明人，自會把握這個度。」

沐藍依大笑幾聲，湊到海琇面前，說：「正因為我是聰明人，我才會痛快地告訴妳。臨陽王殿下不得我心，在臨陽王府享受多少尊榮，都不是我想要的。我不想到臨陽王府做側妃，可我得盛月皇族庇護，寄人籬下，沒辦法。如果王妃娘娘非讓我入府，想向世人證明妳能容人，我願意配合，但我也有條件。」

「說。」海琇的臉色變得沈謹，原來許多問題她真的想擰了。

「讓我配合妳演戲，給我五千兩銀子做酬勞，衣服首飾隨便賞，我不在意。」

「不行。」沒等海琇發聲，文嬤嬤就否了。「妳也知道自己的身分。王妃娘娘讓妳入府是妳的福分，妳該感恩戴德才是，哪容妳提條件？」

海琇衝文嬤嬤擺了擺手，又衝沐藍依一笑。「妳接著說。」

「我最多在臨陽王府待上一年，一府上下都當我是側妃，但我不會伺候臨陽王。一年之後，妳可以對外說我犯了錯，把我趕出府，或者讓我詐死出府。」

「妳為什麼非要一年後出府？若妳守本分，可以在臨陽王府平安過一輩子。」

沐藍依搖頭一笑，說：「我在北越國後宮住了十六年，看到高空的飛鳥，哪怕是會飛的蚊蟲，我都羨慕不已。北越國覆滅了，我好不容易從宮裡走出來，看到了外面的大千世界，若再被關進臨陽王府這華麗的牢籠，我這輩子就真完了。看看臨陽王的幾位側妃，死了的、出家的、被遠賣他鄉的，真是可憐。我不會生她們的心思，更不想步她們的後塵，我要妳發誓，保我一年後活著出府。」

海琇點點頭，說：「銀子我可以給妳，但不是我接受了妳的條件，不是妳配合演戲的酬勞，而是對妳聰明的獎賞。妳目光敏銳、心思豁達，若一年之後連活著出府都做不到，那只能說明妳把聰明用到了不該用的地方，死了也活該。」

「明白了，王妃娘娘放心，我會把自己的聰明用到正當之處。」

「妳很有想法，我不知道是該嫉妒妳，還是該佩服妳？」

「什麼也不需要。我和王妃娘娘不是一路人，所求不同。我跟妳要五千兩銀子，當作我以後謀生的資本，如果有朝一日我富足了，會加倍奉還。」

「那好，後天有人去接妳，妳入府之後，我分三期給妳銀子。」

「多謝王妃娘娘。」沐藍依衝海琇深施一禮。「告辭。」

「文嬤嬤，替我送送沐側妃，把點心瓜果給她多帶一些回去。」

離開門房，海琇長長鬆了一口氣，心裡又隱隱難受。她知道沐藍依這亡國公主的日子過得艱難，由己及人，她不由感慨萬分。

她喜歡和聰明人打交道，若不是陸太后把沐藍依賜給蕭梓璘做了側妃，她倒希望多一個這樣的朋友。或許她跟沐藍依沒有緣分，以後再相逢也是陌路。

又解決了一件大事，她的心輕鬆了，卻又感覺空落落的。
第三天，沐藍依被接進了臨陽王府，住進歸心園，一心一意為其姊守孝。
蕭梓璘又忙碌了幾天，將幾年前廢太子叛亂的案子全部審清，他緊繃的心神也放鬆了。皇上准他好好休息幾天，他計畫帶海琇到郊外的莊子踏雪尋梅。
荷風相中了陸達，陸達也喜歡她。海琇要去莊子小住，想順便看他們成親。
就在他們準備出發的前一天，事又來了，而且是一件讓蕭梓璘一片碧綠，又讓他摩拳擦掌的大事——
住在鑲親王府的洛川郡主懷孕了，孩子不是蕭梓璘的！
這件事是海琇先知道的，從她安插在洛川郡主身邊的眼線嘴裡得到的消息。
聽到這個消息，她愣怔一會兒，意識到這件事的嚴重性，趕緊派人把蕭梓璘找了回來。
蕭梓璘聽說自己被綠了的消息，沒有惱怒，反而笑了，笑得摩拳擦掌。
「有什麼好笑？這種事不管是誰做的，被恥笑的人都是你。」
「被恥笑不算什麼，用一個我毫不在意的人，擺平一件我很在意的事，妳不覺得很划算嗎？一點都不想付出，哪能得來莫大的回報？」
海琇替洛川郡主感到悲哀。可憐她心比天高，最終是可憐之人必有可恨之處。
本來名聲就壞了，嫁一個普通人、過平凡安定的日子有什麼不好？可她偏偏看上了蕭梓璘，還非君不嫁，寧願以郡主之尊做側妃都要嫁給他。

離鄉幾千里，孤身一人在京城，即使有親戚，誰會把她的事當大事呢？大概是覺得得蕭梓璘寵愛的路太過悠遠迷茫，她才做出不貞之事，還懷孕了。

她想以這種方式引起蕭梓璘的注意，哪怕只有短暫的一刻；又或許這是她報復蕭梓璘、怨對自己命運的手段，也是她向禮數和規矩宣戰的檄文。

而蕭梓璘卻想以這件事大做文章，達到自己蓄謀已久的目的。

這就是蕭梓璘其人，不愛就是不愛，絕不勉強。對失去自尊、硬貼上來的女人，他沒有絲毫的憐香惜玉之心，再自以為貌美才高的女子都休想改變他。

海琇輕嘆一聲，問：「你打算怎麼做？」

蕭梓璘妖嬈地衝海琇勾了勾手指，海琇不禁皺眉。看蕭梓璘的樣子，她都以為自己出現幻覺了。這傢伙表面是深沈的硬漢，內心卻飽含了輕佻發浪的潛質。

海琇小心翼翼走近他，跟他保持兩步的距離。「說吧，我聽得見。」

「都老夫老妻了，還這麼矯情。妳到我懷裡來，我細細跟妳說。」蕭梓璘坐到軟榻上，見海琇猶豫，一把將她拽到懷裡，沒頭沒臉地落下一通熱吻。

「我就知道你會這樣，沒正形，出大事了你還有那興致？真是心大。」海琇嬌嗔了他幾句，聞著他身上清冽冷香的味道，輕輕依偎在他懷裡。

兩人相擁長吻，熱烈調情，海琇有幾分情動，眼角的餘光不由看向大床。

「說正事。」蕭梓璘戛然而止，惱得海琇恨恨瞪他。

「快說。」

蕭梓璘曖昧一笑，抱起海琇，說：「床上去，一邊辦正事，一邊說正事。」

「白日宣淫，你……」海琇的嘴被嚴嚴堵住，只能嗚咽呻吟，說不出話。

大白天，即使在自己府上、床上，兩人也都有些緊張，但更為刺激。時間比以往短了許多，一炷香的工夫完活，但兩人都享受到了極致的快樂。

正事辦完，兩人相擁而臥，在床上說正事。

蕭梓璘在海琇耳邊嘀咕了一番，拍了拍她的屁股，說：「妳先去，裝作什麼也不知道，凡事按規矩來，不怕把事情鬧大，我自會為妳收場。」

海琇點點頭，自戀地說：「我這麼能幹的人，想把事情辦壞，還真不容易。」

「妳是很能幹。」蕭梓璘衝海琇拋出一個別有意味的媚眼，又說：「還很耐幹。」

「討厭。」海琇拿起一只迎枕砸向他，又穿好衣服，洗漱梳妝。

她收拾完畢，已到了午飯時間，她和蕭梓璘一起用過午飯，略微休息了一會兒，想好到鑲親王府怎麼說、怎麼做，就讓人去請沐藍依了。

沐藍依入府之後，以守孝為主，晨昏定醒一應全免。她入府的第二天，海琇帶她去鑲親王府請過一次安，也只是走了一個過場。

今天遇到這種事，海琇想帶她去開開眼，也考驗一下她的忠心和應變能力。

聽說海琇要帶她去看洛川郡主，讓她們先認識，頭年要選一個黃道吉日把洛川郡主接回府。沐藍依微笑點頭，面色平靜，眼角的餘光裡卻充滿懷疑。

昨天，海琇按之前的約定給了她兩千兩銀子，今天又帶她去見洛川郡主，這是要把她推到人前的先兆，一入臨陽王府，不管她身上幾重孝，都會身不由己。

這些她入府之前已經考慮到了，但只要利大於弊，她不怕麻煩纏身。

「敢問王妃娘娘，見到洛川郡主需要我說些什麼、做些什麼？」沐藍依眉宇間寫滿謹慎和疑慮，只怕半步不慎，被海琇賣了，還幫著數錢呢。

海琇微微一笑，說：「該吃吃、該喝喝，只要不差了規矩、失了大格，沒人在意。再說，我帶妳去見洛川郡主，確實是想接她回府，不是去找她打架。」

「多謝王妃娘娘提點。」沐藍依並不相信海琇的話，但她無從選擇。

臨陽王府和鑲親王府一牆之隔，從牆上開的那道門進出很方便。但自海琇嫁進來，牆上那道門就不開了，她去鑲親王府都是走正門。從臨陽王府的二門坐上轎子，到鑲親王府的二門下轎，再走進內院，去一趟時間不短。

到了鑲親王府，海琇先帶沐藍依去見了鑲親王妃。

鑲親王妃本不想見她們，直接打發回去，心腹嬤嬤勸了幾句，才讓她們進去。

「今兒過來有事嗎？」鑲親王妃神色淡淡，語氣裡充滿不耐煩。

鑲親王妃是李太貴妃的親姪女，無論是心智還是機謀，比李太貴妃都差得遠。李太貴妃現在敗走西山寺，鑲親王妃沒有危機意識，反而覺得少了約束。靠山倒了，鑲親王妃還想拿喬，真是不開眼的人，海琇都懶怠和她鬥了。

「兒媳來看洛側妃，路過母妃這裡，來請個安，閒話幾句。」

「好端端的，妳來看她做什麼？」鑲親王妃有些緊張，意識到自己失態，又換了一張笑臉。「妳是正妃，她是側妃，她該去給妳請安才對。」

看到鑲親王妃神色變化，海琇心裡一動。難道她知道洛川郡主懷孕的事？

海琇微微一笑，把疑問壓在心裡，淡淡一笑，說：「兒媳過門也有一個多月了，總是有許多閒事忙碌，洛川郡主曾多次提出過府請安，我也沒時間接待。這會兒年關將近，也閒下來了，碰巧今天沒事，我帶沐側妃過來看看她，正好也想跟母妃商量，擇個黃道吉日把洛側妃接到臨陽王府，總不能讓她在鑲親王府過年吧？」

「過年是一家團圓的日子，人多過年不是更好？哪有過年了把人往外接的？」鑲親王妃想和海琇說幾句熱乎話，神色和語氣卻都很勉強。

「妳和璘兒分府別居，鑲親王府卻沒分家，妳沒嫁過來之前，璘兒都和我們一起過年。他們父子兄弟在一起，談天說地，又親切又熱鬧。」

今年若她和蕭梓璘不在鑲親王府過年，倒成了她的不是，因為她嫁過來了。

海琇暗哼一聲，微笑說：「母妃說得是，過年確實該一家子團聚，熱鬧紅火才叫過年。殿下的意思是年前把洛側妃接過去，這並不妨礙一起過年。」

說到最後，海琇語氣裡透出落寞，好像蕭梓璘急著寵幸洛川郡主一樣。聽出海琇語氣裡的無奈和惆悵，鑲親王妃舒了一口氣，心裡痛快了許多。

沐藍依謙恭一笑，問：「殿下和洛川郡主年前要圓房嗎？」

「圓房？哼！洛川郡主是郡主，可也是側妃，殿下讓她伺候是她的福分，那不叫圓房，那叫承寵，這裡面區別大了，妳聽明白了嗎？」海琇沈下臉，那語氣和神態活像妒婦加怨婦，把沐藍依劈頭蓋臉一頓訓斥。

「妾身明白，王妃娘娘息怒。」

「我去看看洛側妃。」海琇衝鑲親王妃行了禮，沒等她開口就出去了。

看到海琇失態離開，鑲親王妃與滿屋子的丫頭、婆子都面面相覷。

難道蕭梓璘真的急著跟洛川郡主圓房，才要把她接入臨陽王府？若不是真的，海琇這臨陽王正妃怎麼嫉妒得連一點體面都不顧了呢？

猜到海琇和蕭梓璘失和，鑲親王妃心中暢快，都想撫掌大笑了。可一想到海琇去看洛川郡主，還要挑日子接回府，她的臉色馬上變了。

「快、快跟去看看，找人攔住她們，別讓她們見洛川郡主。」鑲親王妃趕緊打發何嬤嬤去阻攔海琇幾人，又讓人給她更衣梳妝，她要親自去看看。

何嬤嬤最是忠心，她知道鑲親王妃因什麼事著急，趕緊衝出去，召集了十幾個婆子，一路小跑去追海琇幾人。

沒想到何嬤嬤剛帶人走出院門，就被落玉帶幾名女暗衛擋住了去路。不管她們問什麼、說什麼，是罵是求，落玉幾人就是不開口，只把她們包圍了。飛花追上來，跟海琇低語了幾句，海琇微微點頭，臉龐浮出冷冷的笑容。

第八十四章 宿敵被除

到了洛川郡主居住的院門口，飛花二話不說，就把守門的婆子、傳話的小丫頭擋到了一邊制住。海琇直接往裡走，都走到內院了，屋裡人還不知道呢。

海琪被賣之後，洛川郡主沒了對頭，就搬進了正房，過得倒也自在了許多。正院的門窗關得嚴實，但站在院子裡，仍能聽到裡面低低的爭吵聲，可見裡面吵鬧的激烈。聽聲音，倒像是洛川郡主在跟下人爭論。

「王妃娘娘來了，洛側妃還不出來迎接。」

竹修喊了一嗓子，裡面的爭吵聲戛然而止，取而代之的是死寂和沈默。

海琇使了眼色，竹修立刻帶兩個婆子撞開了門，引著海琇進到屋裡。

洛川郡主長髮披散，面色蒼白憔悴，只穿了家常衣服窩在床上。看到海琇進來，她和她的心腹下人都瞪大眼睛，恐懼裡摻雜著警惕和敵意。

「妳來幹什麼？」洛川郡主雙手抓緊被子，咬緊牙關瞪視海琇。

海琇微微一笑，直奔主題。「聽說妳懷孕了，我來看看妳。」

她這句話就像一塊巨石拍進暗濤洶湧的水面，頓時激起了千層浪花。竹修和文嬤嬤等下人都一臉驚訝地看著洛川郡主，猶疑的目光又轉到海琇臉上。她們都是海琇信得過的人，可洛川郡主懷孕之事她們卻一點都不知道。

沐藍依淡淡一笑，並不吃驚，躲到一邊看熱鬧了。她早就知道海琇邀她來看洛川郡主另有目的，只是沒想到會讓她看這麼一場大戲。

「妳、妳、妳……」洛川郡主渾身發抖，看向海琇的驚恐目光裡充滿祈求。

「王妃娘娘莫不是拿我們郡主開玩笑？她是臨陽王殿下的側妃，未得殿下寵幸，如何有孕？」說話的是洛川郡主的奶娘，隨主子姓洛。

「桃韻，把暗衛營特訓出來的醫女請進來，給洛側妃診診脈。」海琇不在意洛嬤嬤不敬的語氣，也不想浪費時間，開門見山，就拿出了殺手鐧。

「不、不……」洛川郡主鑽進被子裡，連被子都隨著她身體抖動。

洛嬤嬤聽說海琇連醫女都帶來了，就知道她們是有備而來，不敢再多說。飛花進屋，得到海琇的示意，不由分說，就把她拉出去審問。

在海琇印象中，洛川郡主倨傲任性，還有點刁蠻，但她不是笨人，有時候還挺聰明的。出身清平王府，即使是嫡長女，沒心計也難以活得順風順水。

可今天，她的聰明似乎都退化了，她連一句完整的話都說不出來。

看來她懷孕是真的。她還沒進臨陽王府，沒得蕭梓璘寵幸就懷上了孩子，如今，正妃聽說這件醜事，找上門質問，任她再有心計，也不由慌了神。

她的名聲本就不好，削尖腦袋才嫁給蕭梓璘做了側妃，好不容易如願以償，她卻懷上了別人的孩子，這就不只是失貞的問題了。

混淆皇族血脈是重罪，別說她，恐怕連整個清平王府都會被連累。

海琇衝洛川郡主抬了抬下巴，立刻就有兩個婆子衝上去，掀開洛川郡主身上的被子，把她拉起來。醫女上前捏住她的胳膊，強制性地給她診了脈。

「回王妃娘娘，洛側妃脈象為滑脈，從脈象上看，已懷孕五十日有餘。」

海琇點點頭，衝洛川郡主嘲弄一笑，說：「我嫁給臨陽王殿下還不足五十日，這樣算來，妳的孩子該是臨陽王殿下去景州追拿葉家餘孽時懷上的。」

洛川郡主眼裡充滿殺人的光芒，又摻雜了恐懼和怨毒。她恨恨咬牙，牙齒卻酸麻無力，怎麼咬都咬不緊，還在不停地打著哆嗦。

「孩子是誰的？」

「當然是臨陽王殿下的，妳嫉妒嗎？妳是不是想害我？」洛川郡主的五官都扭曲了，可不管她怎麼折騰，都缺少底氣。

不守禮教、背夫通姦，還有了孩子，這種情況下還有底氣的人絕無僅有。

海琇聳肩一笑，輕蔑道：「是誰的都有可能，只絕不可能是殿下的，他對妳厭惡至極。妳與銘親王世子定親，當那麼久的皇家寡婦，又上趕著給他做側妃。真不知道妳有多大的臉，就妳這樣的身分，用腳趾想都知道他不會寵幸妳。即便他被妳設計，身不由己，但只要他清醒，他會第一時間殺了妳。妳與人私通懷了孕，在妳面前是一條什麼樣的路，妳很清楚，還用我害妳嗎？跟妳這種人我不想再多說，我只想知道孩子的父親是誰，一併處置。」

「妳休想知道，妳休想！」洛川郡主喊叫的聲音尖厲嘶啞。

背夫通姦懷孕，就算皇族顧忌她的身分，饒她不死，她也不可能再做臨陽王側妃，最好的出路就是長伴青燈古佛，求佛祖慈悲，給她一條活路。

海琇冷哼一聲，說：「飛花把妳奶娘帶出去審問了，暗衛營七十種刑罰，我保證她試不過十種就會招認。妳與誰有私，她若不知，就不是妳的心腹了。」

「妳……」

文嬤嬤快步走進來，輕聲說：「鑲親王妃來了。」

海琇冷笑。「來得好，我正等她呢。」

鑲親王妃不用丫頭攙扶，快步走進房裡，四下看了看，呵問：「妳要幹什麼？」

「我沒幹什麼，正和洛側妃說話呢，母妃沒看清楚？」海琇笑意吟吟注視著鑲親王妃。

「我正想向母妃稟報呢，洛側妃懷了身孕，我正問她情況。」

鑲親王妃擠出幾絲笑容，說：「她懷孕是好事，璘兒年紀不小，也該有兒女了。洛川郡主是側妃，皇族族譜有名，和普通侍妾不同；妳作為正妃，理應大度容人，不要嫌棄她的孩子先出生，搶了妳的風頭，畢竟是璘兒的血脈。」

「母妃這番話兒媳不敢認同。」海琇別有意味的目光注視著鑲親王妃。

「妳不認同？難道我說得不對嗎？長輩說話妳竟敢不認同，妳的孝道規矩呢？妳還懂不懂禮數？」鑲親王妃橫眉立目，發起了脾氣。

海琇見鑲親王妃不分青紅皂白就發脾氣，知道她心虛了。洛川郡主肚子裡的孩子是誰的，她已猜測到八分。

蕭梓璘讓她打頭陣，來撕破這層窗戶紙，就是不想讓鑲親王妃胡攪蠻纏。不管孩子是誰的，蕭梓璘都會大作文章，達到他想要的目的。

海琇不緊不慢說：「暗衛營的醫女說洛側妃懷孕已有五十天，算算日子，那時候殿下正在景州追拿葉家餘孽。事關朝堂決策，生死攸關之時，連迎親他都差點回不來，要說他回來寵幸洛側妃讓她懷孕，傻子都不信。」

蕭梓璉之妻杜氏、蕭梓騰之妻祈氏，還有鑲親王府的四位側妃都來了。聽到海琇的話，再看洛川郡主驚恐呆滯的神態，她們各懷心思，暗使眼色。

鑲親王妃看到房間裡多了這麼多人，大概也感覺到沈重的壓力，說話的聲音低了許多。「要照妳這麼說，她懷的孩子不是璘兒的？但怎麼可能不是呢？」

「不是可能不是，是一定不是，我敢拿身家性命來賭，不知誰想賭一把？」

海琇冷厲的目光掃視眾人，看到沒人接她的話，又說：「我已讓人去請臨陽王殿下、鑲親王殿下和太醫了，一會兒他們就會趕來。飛花去審問洛側妃的奶娘，把暗衛營的手段都用一遍，不出一時半刻，她定會乖乖招了。」

「妳還讓人請了太醫？妳就不怕把醜事嚷嚷到京城人盡皆知嗎？」

「母妃也知道，清平王府很是尊貴，若不請太醫做見證，清平王府來人之後不認此事，我們就被動了。我這麼做是不想讓鑲親王府和清平王府之間產生誤會。」

鑲親王妃愣了片刻，低聲道：「洛側妃在鑲親王府懷孕，總不能是那些隨從侍衛的。再不濟也是鑲親王府這一脈，不把事情鬧大，一家人解決豈不更好？」

海琇不禁暗嘆。鑲親王妃能穩坐這正妃的位置，定是沾了李太貴妃天大的光。

「依母妃之見，怎麼解決？」

鑲親王妃看了洛川郡主一眼。「左不過把她休棄，讓她另嫁，或者轉贈。」

「洛側妃是上了皇族族譜的側妃，不是普通侍妾，怎能轉贈？母妃忘記了？」

落玉匆匆進來，附到海琇耳邊說蕭梓璉來了，問海琇是不是要攔住？

海琇微微搖頭，給落玉使了眼色，又看了在牆角看熱鬧的沐藍依一眼。落玉點點頭，轉身離開。沐藍依見狀，趁眾人不注意，悄悄溜出去找落玉了。

鑲親王妃強爭一口氣。「那又怎麼樣？事急從權。」

話說到這裡，海琇已確定洛川郡主肚子裡的孩子是誰的。鑲親王妃想把這件事妥善解決，可她每一句話都急於掩飾，反而把她想掩飾的暴露無遺。

海琇看到洛川郡主臉龐流露出悽苦，由暴戾轉為無助，不由暗嘆一聲。

此時的洛川郡主好像一頭走到末路絕境的野獸，面對眾多逼迫她的人，想搖尾乞憐、保住自己的一條命都不知道該找誰。

剛發現懷孕，奶娘就讓她把孩子打了，當什麼事也沒發生過，繼續等蕭梓璘寵幸，就算不是處子之身，奶娘也有矇騙之法，可以讓她姑且一試。可她猶豫不決，又聽信了那人的甜言蜜語，連奶娘的話也不聽了。

事到如今，她悔綠了腸子也沒有辦法，距離她劫難的到來要靠眨眼來計算時間了。

沈重而急促的腳步聲傳來，房門也被重重撞開。

海琇剛要詢問，就見窗子打開了一道縫隙，冷風吹進來。她看向窗子，發現落玉正衝她打手勢，她還沒明白落玉的意思，就聽到了驚叫聲。

撞開房門進來的人是蕭梓璉，他手裡拿了一把劍。就在海琇聽到驚叫，轉過頭看時，那把劍刺進了洛川郡主的胸膛，血噴湧而出。

在場的人都驚呆，全瞪大眼睛看著蕭梓璉。

洛川郡主眼底充滿驚懼與不甘，看到自己血流如柱，感到心房劇痛，她的身體抽搐幾下就倒下了。飛花帶洛嬤嬤進來看到這一幕，洛嬤嬤淒厲尖叫著撲過去。

「你為什麼殺了她？」海琇抓住飛花的手，高聲喝問蕭梓璉。

蕭梓璉確信洛川郡主死了，冷哼道：「這賤人竟敢說她懷的孩子是我的，這是赤裸裸的構陷，我若不殺了她，以後如何在這王府立足？」

「大爺這是不打自招呀！」海琇見蕭梓璉紅了眼，趕緊拉著飛花往外走。

又一聲慘叫傳來，是洛嬤嬤的，她步了洛川郡主的後塵，也是蕭梓璉動的手。

海琇剛要開口，就見蕭梓璘走進院子，後面還跟著鑲親王。

蕭梓璘沒等海琇開口，就攬住她的肩膀，使了眼色，說：「時候不早，妳回去休息吧！把飛花和落玉留下就行，有什麼事我隨時讓人通知妳。」

親眼看到洛川郡主被人殺死，海琇有點害怕，回來喝了安神的湯藥就睡了。她不知道蕭梓璘什麼時候回來的，也不知道第二天蕭梓璘上早朝是什麼時候走的，直到第二天下午，她才知道蕭梓璉被抓進了順天府大牢，罪名是趁弟外出公幹逼姦弟媳，致其懷孕後又將其殘忍殺害，並企圖殺死證人。

洛氏一族在京的族人聽說洛川郡主死了，且是未與夫圓房就懷了身孕死去的，死得卑賤且恥辱，都義憤填膺，要跟鑲親王府要個說法。

鑲親王提出私了，洛家不同意。第二天早朝，七、八名御史參了他，皇上看到摺子，把他罵了一個狗血淋頭，著令順天府按正常程序辦理。

洛嬤嬤沒死，被刺了一劍，傷得不輕，但還能到堂作證。洛家在京的族人空前齊心，連外嫁的女兒都哭哭啼啼參與了，順天府想徇半點私都難。

清平王府及洛氏一族讓洛川郡主給蕭梓璘做側妃，是想得到庇護，讓蕭梓璉這為嫡為長卻連個世子之位都沒撈到的人逼姦有孕、殺害了，也死得太不值。

關鍵是，蕭梓璉已有妻有子，想把洛川郡主轉嫁給他都不行。堂堂郡主，總不能給他這種人做妾吧？名分可比臨陽王側妃低得太多。

快過年了，別人家歡歡喜喜置辦年貨，送往迎來互相走動，鑲親王府卻死氣沈沈。蕭梓璉坐牢了，鑲親王被罰俸三年，連賞賜都沒有，能高興得起來嗎？

鑲親王妃病得不輕，還尋死覓活添亂，府裡過年的事也不管了。鑲親王一氣之下把她送到西山寺，讓她去伺候李太貴妃了。

明華郡主也在西山寺，鑲親王妃再去，一家人也能團聚了。

海琇正查看置辦年貨的清單，忽然想到一個問題，看到落玉進來，便道：「那日妳來回我說大爺來了，我示意妳出去看看情況，怎麼他進來就殺了人？」

落玉想了想，說：「奴婢當時以為王妃娘娘想讓奴婢阻攔大爺，奴婢就想見機行事。奴婢剛出去，沐側妃就跟了出去，看到大爺，她湊過去說了句話，大爺就變了臉。他從侍衛手裡奪過一把劍，衝進去，就把洛側妃殺了。」

海琇微微皺眉。「她跟大爺說了什麼？」

「後來奴婢問了她幾次，她才告訴奴婢。當時她跟大爺說，洛側妃供出那孩子的父親是大爺，還說殿下馬上就回來了，大爺一急，進屋就殺了人。本來奴婢想把此事告訴王妃娘娘，可沐側妃說這個結果是殿下想要的，不讓奴婢多事。大爺確實可恨，用這樣的下作手段欺辱殿下，活該他作死。」

洛川郡主與別人私通懷了孕，即便蕭梓璘對她厭惡至極，也等於她綠了蕭梓璘。蕭梓璘不想自己處置洛川郡主，除了嫌惡，他也不想讓太多人知道他的計謀。

沐藍依只矇騙挑撥了幾句，蕭梓璉就在急怒恐懼之下殺了洛川郡主，還把自己搭了進去。這個結果的確是蕭梓璘想要的——不用背任何嫌疑，還能達到目的。

海琇輕哼一聲。「沐側妃真是一朵解語花。」

好在沐藍依只想在臨陽王府待一年就離開，之後遠走高飛，要不海琇還真怵跟這麼聰明的人過招。多一個朋友好過多一個敵人，還是把她早早打發了才好。

人與人爭鬥，誰也不敢保證自己每次都贏，常贏的人敗了會更慘。

有洛嬤嬤這個強而有力的人證，她還搜羅出不少物證，僅七天，順天府對蕭梓璉的判決就下來了。連皇上過問了案子，速度自然非一般地快。

為照顧皇族體面和鑲親王的情面，蕭梓璉逼姦洛川郡主、致其有孕之事就抹去了。蕭梓璘不追究，洛氏族人得了好處，也沒再提，這一筆就揭了過去。

可蕭梓璉殺人的事無法遮掩，而且還不能斷為誤殺。他故意殺人，儘管因由都是空白，還是判了他流放西北二十年。至於他能不能活著回來，尚是未知數。

判決下來，三天之後啟程去西北，流放到天山下做苦力。這個年乃至今後的十九個年，他別想在京城和家人一起過了。

鑲親王再心疼這個長子，也無法改變他被流放二十年的判決。有蕭梓璘和清平王府這兩個尊貴的苦主，蕭梓璉休想提前回來，也休想使手段、套關係減免罪刑。

第八十五章　鳳心之說

朝廷封印之前，又頒下了一道指婚的聖旨。

烏蘭察的堂妹烏蘭瑤來盛月皇朝和親，按身分應該嫁給王府世子。皇上把她指給了鑲親王第四子蕭梓恩，聖旨頒下，又賞賜了許多年禮。

死氣沈沈的鑲親王府終於有了活力，平添了幾分過年的喜慶。烏蘭瑤理應嫁給親王世子，皇上將她指婚給蕭梓恩，也就明確了蕭梓恩的身分。

冊封世子的聖旨沒頒下，但明眼人誰都看得透。皇上要考驗蕭梓恩，他會更加恭謹尊重，他的生母嚴側妃也母憑子貴，被推出來打理鑲親王府的事務。

與鑲親王府相熟的人都知道，這嚴側妃正是蕭梓璘生母的丫頭，蕭梓璘喪母多年，嚴側妃對他照顧有加，他們母子能出頭少不了蕭梓璘的一臂之力。

海琇備了厚禮去了蘇家的別苑，蘇老太太讓蘇灉回家過年，海琇也一併把人送回去了。蘇灉見到蘇老太太，想到這一年發生的事，少不了痛哭一場。

蘇乘卸下錦鄉侯的爵位，一心修行，過年也不回府了。這個年只有蘇瀅、蘇灉和蘇闊陪蘇老太太一起過，還有十幾名下人，不似以往熱鬧，卻安定了許多。

過完年，他們就搬進海琇和蕭梓璘送給蘇闊的宅子裡。蘇闊襲爵儀式由蘇瀅操辦，蘇灉幫忙，海琇就不用費太多心思了。

喜慶熱鬧的日子總過得很快，似乎就在轉眼間，年就過完了。

正月十六，朝廷開印，頒下的第一道聖旨就是對清華郡主的封賞。清華郡主被封為清華公主，二月中旬啟程和親北越，嫁給北越皇長子沐飛。銘親王親自送女兒和親異邦，同他一起送嫁的還有蕭梓融、蕭梓璘和謹親王世子、勝王世子。另外，海琇和謹親王世子妃、勝王世子妃也一同前往。

清華郡主提出要帶蘇瀅同行，皇上痛快答應了，陸太后還賜了蘇瀅一個縣君的封號。兩人交好多年，一朝遠嫁，能送上一程，更顯得情意綿長。

謹親王提議並推舉原裕王的爵位由周貯承襲。周貯是原裕王世子的長子，襲爵理所當然，可周貯卻婉拒，並懇請謹親王把這個機會給周賦。

因為北越太上皇念及親妹不易，快人一步，給了周貯更厚重的封賞。周貯是厚道人，不想腳踩兩隻船，受了北越的封賞，在盛月皇朝，也就成了客居之人。

封周賦為裕王，封周達為裕王世子，這是朝廷開年的第二道聖旨。

接旨了第二天，周達就上書皇上，說自己熟悉去北越的路，請皇上恩准他也為清華郡主送嫁。皇上和銘親王都猶疑不定，還是清華郡主極力張羅，請他同行。

海琇知道周達是因為蘇瀅才願意跑這一趟，讓他把洛芯帶上，周達也答應了。

蘇闊舉行了襲爵儀式，成了盛月皇朝年紀最小的一等侯。人們在羨慕嫉妒恨的同時，又深挖了他的背景，得知他是蕭梓璘的義子，就沒人敢掂酸非議了。

蘇灩同慷王妃的庶弟也定下了親事，儀式很簡單。她想過兩年再嫁，多陪陪蘇老太太，等蘇闊再長大一些，慷王妃及其庶弟很痛快就答應了。

海珂也嫁了，在京城成了親，四日回門之後，他們夫妻才去了任上。緊鑼密鼓，這三件大事都在清華郡主和親啟程之前辦清了，海琇也鬆了口氣。

和親的隊伍二月十六出發，一路向北三千里，一個多月之後到達北越國。此時，京城已花紅柳綠，春天的腳步也悄然踏入了北疆沃土。

沐飛於四月中旬從行宮裡迎娶了清華郡主，把她迎進了原盛月皇朝和親公主親自畫圖監造的宮殿。宮殿原本華貴富麗，改建之後更加清雅舒適，這令清華郡主很滿意。遠嫁異國，能一解思鄉之情，真是大幸了。

他們在北越國待了一段日子，回來時已是六月，京城已到了盛夏。

蕭梓恩已被冊封為鑲親王世子，七月下旬迎娶烏蘭瑤。因他娶的是烏什國來和親的貴女，比其他世子成親的規格更高，需要準備的東西更多。

鑲親王妃還在西山寺，她多次哀求、悔過，想回來，陸太后卻一再囑咐她對李太貴妃多盡孝道。別說是她，連明華郡主這麼能鬧騰的人，也一直沒回來。

把這三位弄走，整個皇族都清靜了，除了鑲親王，沒人想讓她們回來。

鑲親王府沒有正妃，一應事務皆由嚴側妃打理，海琇理應幫忙。她從北越回到京城，歇了幾天，就開始打理蕭梓恩迎娶烏蘭瑤之事。

正在這時候，沐藍依病了，延請了京城名醫和太醫，病情卻一點也不見好轉。

「她病得可真是時候。」蕭梓璘衝海琇眨了眨眼。

「當然，她這麼聰明的人，銀子收得果斷，演起戲來自是一流。」海琇已把與沐藍依的約定告訴了蕭梓璘，蕭梓璘佩服聰明人，也認同了她的做法。

蕭梓璘抱緊海琇，柔聲說：「妳有打算最好。」

「我有打算，她的病要是總不好，就備下東西沖一沖，說不定隨時就能派上用場呢。」海琇的嘴角挑起嘲弄和無奈。沐藍依這麼快就死去，她還真捨不得。

次日，海琇去看了沐藍依，出來時，眼圈紅紅的，讓府裡預備起來。沐藍依病重的消息很快就傳遍了全府，一、兩天的時間，就傳得京城人盡皆知。

沐藍依臉色蒼白、脈象虛弱，用最好的藥材進補也不起作用。起初還能偶爾下床走動，沒過幾天，就總躺在床上昏迷不醒了。

陸太后惋惜哀嘆。她給蕭梓璘指了幾位側妃，都出身尊貴、才高貌美，到最後結局都很悲慘，只有沐藍依入了府，可還不到一年就得了重病。

太醫院五名太醫奉陸太后之命會診，卻一直查不出病因，更不知該怎麼開藥治療。這五位怕折了手藝，一商量就給沐藍依確定了最終的診斷。

沐藍依得的是癔病、邪症，不在他們的診斷範圍之內，應該做法事、驅邪祟。

海琇不懼暑熱，趕緊安排做法事，又日日吃素，不分晝夜跪經。深宮內宅的貴婦、貴女看到海琇為一個側妃的病這麼用心，都很是感動，更感嘆不已。

原定七天的法事，做到第四天，沐藍依病逝了。

「真是個沒福的，唉！」陸太後跟進宮請安的命婦們說起來，還落淚嘆息。

「是呀，碰到這麼好的主母，怎麼就……」

因天氣太熱，沐藍依的「屍首」不能久留，應該盡快入土為安。她沒跟蕭梓璘圓房，只頂了一個側妃之名，蕭梓璘提出不讓她入皇族祖墳，怕不吉利。

沐藍依沒娘家，只跟鑲親王和陸太后說了一聲，這兩人便答應了。

海琇找了風水大師，選了上好的墓地，就在清安寺後山。次日，沐藍依的屍首就被抬到了清安寺，安置在寺內的溶洞裡，防止變質，下葬也方便。

沐藍依的棺槨抬走了，臨陽王府的法事接著做，為死人超渡，為活人求福。

法事做完，一位遠道而來的高僧開腔了。

臨陽王府的內宅居於京城鳳心之上，鳳心最正，不得行偏。

所以，這臨陽王府最好只有一位正妃。命薄的女子若為側，不入此宅就會非死即傷，即使是有福之人，如沐藍依這亡國公主，在這府裡也會把福澤耗盡。一個把福澤都耗盡的人，最終的結果怎麼樣，那就不言而喻了。

高僧這麼一說，京城半數以上的人都信了，剩下的也是半信半疑。

細數蕭梓璘這些側妃，短短一年不到，都傷了。連潔縣主現已剃度出家，葉玉嬌身首異處，海琪被遠賣到他鄉為妓，洛川郡主死得丟人，沐藍依也死了。

沒人敢說高僧說得不對，因為這五位側妃的遭遇沒法解釋。

高僧又強調蕭梓璘不是剋妻之人，與他命格相合者，嫁給他會身體健康、精神抖擻，榮華富貴享之不盡。比如他的正妃，現在不是活得很好嗎？

這樣一來，人們十有八九都信了高僧的話。

當然，高僧的話也有人不信，只有兩位，是誰就不言而喻了。

海琇正查帳，看到蕭梓璘滿臉輕鬆進來，問：「你請皇上下旨，請欽天監給臨陽王府改宅子的事辦得怎麼樣了？我還想給你納側妃呢。」

若沒有皇上的旨意，欽天監真不敢動臨陽王府的宅子。誰不怕擔責呀？

蕭梓璘笑了笑。「皇上問了欽天監正使，臨陽王府的宅子該怎麼改？欽天監正使說最好別改，若動了鳳心，太后娘娘恐怕會災病纏身、命不久矣。臨陽王府原是廢太子的別苑，建好沒住就敗落了。欽天監說廢太子可能建宅子的時候動了鳳心，所以廢后和廢太子才敗得那麼慘，皇上一聽就害怕了，當即就說我的宅子哪裡也不能改。從御書房出來，我又去了慈寧宮，跟太后娘娘說妳想再給我納幾位側妃，她張口就要我別害人了，我說養在外面，不住在府裡，她這才答應給尋思尋思。陪她說話的貴婦人聽說我要納側妃，跑得比兔子還快，只怕找上她們家的姑娘們。唉！今時不同往日，以前她們看到我，恨不得把我吃了。」

「哈哈哈哈，你成瘟神了，看你以後還敢不敢拈花惹草。」

「眾賞之下，必有勇女，妳信不信？」蕭梓璘一把將海琇抱起來，輕輕放到床上。「沐藍依給妳出的這個主意好，她沒格外收妳銀子吧？」

「銀子沒多給，我把塞北一個小馬場給她了，讓她以後也能自由生活。」海琇撲到蕭梓璘懷裡，緊緊擁抱他，充滿憧憬的目光投向窗外的藍天。

悠然從容，自由自在，這是她的夢想，是她和蕭梓璘一生一世一雙人的夢想。

「王妃娘娘，今天小人有心情，天氣又這麼好，咱們……」

「不行。」海琇抓住蕭梓璘的手，臉上充滿幸福的笑意。「跟你說一件事。」

「什麼事？快說。」蕭梓璘很急，另一隻手去解海琇的衣服。

「我懷孕了，從今天起，你至少……」

蕭梓璘愣了片刻才反應過來，他滿臉驚喜，看了海琇許久，才大叫一聲，輕輕拉她起來。他難以抑制滿心激動，抱著海琇轉了一圈，好像捧著一顆玻璃心。

「王妃娘娘，實不相瞞，小人也懷孕了，以後天天陪著妳，我們一起生養。」

春去秋來，寒暑相接，時光飛逝，轉眼又幾年劃過。

忽如一日秋風緊，晚菊遍地黃。霜寒露重，涼意浸人，卻難消融京城的喧囂。

京城是最不缺熱鬧的地方，新鮮事此起彼伏，接連不斷。

這些日子，被京城民眾津津樂道的一件醜事與江東程氏一族有關。

幾年前，程家三姑娘程文釧被採花大盜迷姦並懷孕，家人把她帶回江東，滑胎之後，就讓她在寺廟清修。沒想到她竟然從寺廟逃了出去，一路跑到京城，投奔她的姨母。她姨母見她可憐，收留了她，尋思著找機會和程家人說她的事。

沒想到她剛安定了幾天，就打扮得花枝招展，跑到臨陽王府，求蕭梓璘納她為妾。哪怕是最低等的侍妾，她都願意，只要能入臨陽王府，做僕人都心甘。

她叫嚷著她是太后娘娘指婚的臨陽王側妃，在臨陽王府門口大吵大鬧。她確實是陸太后指婚的臨陽王側妃，可那是幾年前的事了，現在黃花菜都涼透了；再說，她被迷姦受孕，已不是處子之身，怎麼能嫁入皇族？

可她執念不改，竟然以死相逼。

蕭梓璘正陪海琇安胎，聽說此事，夫妻二人相視一笑，並沒有半點怒意。他讓人把程家在京的族人都叫來，還有程文釧姨母一家，讓他們看看程文釧的醜態。

程氏一族族長的嫡長子現任禮部侍郎，禮部尚書明年就退了，他是最有希望的接任人選，程家女鬧出這種事會影響他的仕途，他當即就下令把程文釧抓回去。

程氏族長和程文釧的父親程琛都被請到京城處理程文釧的事。

不等程琛表態，程氏族長就下令把程文釧沈溏，以正程氏家風。沒把程文釧弄回江東，直接在京郊就把人解決，又扔到亂葬崗胡亂埋了。

幾年前，程文釧弄出醜事，小孟氏又死了，程琛就請旨調回了江東。程琛的次女嫁到了葉家，葉家參與廢太子叛亂一案，牽連了程琛，官階連降幾級。

現在，程琛只是江東書院的侍講，正七品，程文釧再一次鬧出醜事，御史言官彈劾程琛教女無方。皇上一怒之下罷了程琛的官，這對他來說無異於雪上加霜。

至此，程琛三個引以為傲的女兒都死了，兒子程文鋼倒是活得很好，只是極不成器，文不成、武不就，還喜歡附庸風雅，在程氏一族都成了異類。

程琛已不再是那風流倜儻的飽學雅士，他要為生活操勞，心性不復當年。自程汶錦死後，他們一家的日子越來越不好過，至今家破人亡，一敗塗地。

這時候，人們又想起了臨陽王府的宅院建於鳳心之說，很快又傳得沸沸揚揚。

程文釧這個才女就這麼悲慘且卑賤地死去，人們輕蔑之餘，難免惋惜。

誰讓她曾經是臨陽王的側妃呢？

連臨陽王府的大門都沒進，就弄得慘乎慘矣。明知臨陽王府有鳳心之忌，還不死心，一味執著，結果，自己搭上了命，還帶累了家人乃至家族。

這件事被人們議論了許久，連蘇家出孝、已作古的英王殿下的小妾蘇漣在出孝大祭上鬧事出醜，回到英王府就自盡了這樣的鬧劇都壓了過去。

海琇靠坐在軟榻上，撫摸著自己高高隆起的肚子。聽丫頭、婆子妳一言、我一語講程文釧的事，她不時微微搖頭，肉嘟嘟的臉上擠出嘲笑。

不作不死，這幾個字適用的人越來越多了。

「回王妃娘娘，殿下回來了。」

海琇長長喘了一口氣，說：「扶我起來。」

兩個身強力壯的婆子小心翼翼扶起她，交給飛花和落玉這兩個武功高、力氣大的丫頭。在她們共同攙扶下，海琇才扶著碩大的肚子往門口挪去。

「不是說殿下回來了嗎？怎麼還不見人？」

「今兒天氣好，奶娘帶兩位小郡主在園子裡玩耍，殿下一定是去看她們了。」

海琇艱難地緩了口氣，笑道：「人家都說娶了媳婦忘了娘，他有了女兒連媳婦都忘了。他這一天除了做正事就是和她們混在一起，他也不嫌煩。」

「殿下多喜歡兩位小郡主呀！說她們是幾世情緣的牽絆，愛情的結晶。要是她們再大一點，說不準殿下上朝都要帶上她們了。」

海琇輕哼道：「情緣的牽絆、愛情的結晶？肚子裡還有一堆呢。」

「王妃娘娘說一堆，把小主子們當成什麼了？」

「當人唄！」海琇長吸一口氣，被幾個丫頭婆子扶著挪到門口。

蕭梓璘一手一個，抱著兩個衣飾打扮一樣如雪團般的女孩走進院子。看到他們，海琇圓乎乎的臉上充滿幸福的笑容，眼底的柔情都充溢而出。

海琇第一胎生了兩個女兒，到現在，兩個孩子都兩歲多了。

「娘——我是欣怡。」抱在左邊的女孩衝海琇拱起小拳頭行禮。

「娘——我是紫怡。」右邊的女孩笑出一口銀牙。「娘，姊姊不聽話，打屁屁。」

「我們的紫怡最乖巧、最靈動。」蕭梓璘先親了親次女，又親了親長女，誇讚說：「我們的欣怡最純善、最懂事，總是謙讓妹妹、愛護妹妹。」

「娘，父王說我最乖巧、最懂事，最……」紫怡說話早，吐字也清晰，奶氣不重，剛兩歲多，就能連成句講述一件事了。

相比之下，欣怡這個姊姊就遜她一籌。欣怡吐字還有些奶聲奶氣，但倒是很懂事。紫怡很早就會告她的狀了，可她從不計較，頗有長姊風範。

其實，欣怡只比紫怡大一刻鐘。

海琇衝紫怡輕哼一聲，嬌嗔道：「妳個小丫頭，最是事多、乖滑、挑剔。」

「娘，紫怡是妹妹，欣怡不生氣。」

「欣怡不聽話，姊姊不聽話，打屁屁，打……」

海琇抬起手，衝紫怡比劃了一下。「小小年紀就會告狀，妳最該打。」

「娘偏心，娘不乖，父王……」

蕭梓璘見紫怡咧開嘴要哭，趕緊把欣怡遞給奶娘，對她又逗又哄。許諾了許多條件，撒嬌賣萌全用上了，總算把紫怡逗得破泣為笑，才鬆了一口氣。

文嬤嬤抱過欣怡，哄了幾句，問：「欣姊兒，妳娘肚子裡是妹妹還是弟弟呀？」

欣怡仔細看了看海琇的肚子，說：「是妹妹，兩個妹妹，三個……」

「是弟弟，全是弟弟，三個弟弟。」紫怡打斷欣怡的話，緊緊摟住蕭梓璘的脖子，撒嬌道：「父王，娘想要弟弟，紫怡也想要弟弟，紫怡喜歡。」

「紫怡真乖，知道妳娘想要什麼，就盼著來什麼，是不是？」蕭梓璘又哄了紫怡一會兒，才把她遞給奶娘，又抱過欣怡親了兩下，送回奶娘懷裡。

「娘，紫怡最乖，紫怡聽話。」

「知道妳最乖，妳聽話，去跟姊姊到花園裡玩吧！」

海琇最疼欣怡。欣怡是長女，厚道聽話，不像紫怡，聰明機靈，最會哄父母開心。蕭梓璘喜歡紫怡，不管他有多少煩心事，一聽紫怡說話，就笑逐顏開了。

欣怡拉著紫怡來到海琇面前，兩人伸出四隻小手摸了摸她的肚子，兩人互相笑了笑，就跑開了。幾十個丫頭、婆子追上去保護她們，真如眾星捧月一般。

蕭梓璘扶住海琇，看到海琇比三個他都寬，不由就笑了。

「你去太醫院問過了嗎？到底是幾個？我這肚子都太邪了。」

「還是有說兩個的，有說三個的，妳也無須再問，還有幾天就要生了，生下來就知道了。太醫說京城已二十年不出一胎三個了，妳要能生三個就是奇跡。」

「唉！我是真想知道。」

蕭梓璘小心地扶著她跨過門檻，笑道：「妳想知道是男是女比想知道幾個更多。太醫說最壞的結果是三個女兒，我倒希望最好是三個女兒。」

「這一胎要真是三個女兒，我就一根繩子吊死也不丟這個人，太不爭氣了。」海琇一邊說一邊咬牙，竟然哽咽起來，手要捶肚子，被蕭梓璘緊緊握住了。

蕭梓璘吃力地把她攬在懷裡。「我問妳，妳是跟誰生的孩子？」

「那還用問嗎？真是廢話。」

文嬤嬤趕緊陪笑說：「小主子們當然是王妃娘娘和殿下的孩子。」

蕭梓璘正色道：「既然是我的孩子，我喜歡女兒，不在乎沒有兒子，妳還擔心什麼？別人說什麼，就讓他們說去，又不是不能生，想生兒子還不容易？」

「說得輕巧。」海琇心裡舒坦了一些，賞了蕭梓璘一個大大的微笑。

頭一胎是雙胞胎，兩個女兒。這一胎太醫最初診斷也是雙胞胎，並斷言還是兩個女兒。最近兩個月，又有太醫診斷說有可能是三胞胎，都是女兒的可能性大。

聽到這個結果，海琇都抑鬱了。

她知道蕭梓璘根本不在乎她生什麼，只要是兩人的孩子，他都捧到手心上疼愛。可臨陽王府需要傳承，這偌大的家業也需要有人承繼，他們需要兒子。

蕭梓璘常說沒有兒子，可以繼續生，總有一天能生出兒子。可海琇卻覺得太過繁重，若這胎真是三個，他們就有五個孩子了。

海琇長長嘆了一口氣，問：「你忘記那件事因何而起了？」

她說的是程文釧的事。

程文釧之所以敢在臨陽王府門口哭鬧，吵著讓蕭梓璘收留她，就是因為海琇生了兩個女兒，肚子裡有可能還都是女兒，而臨陽王至今無子。

有人說程文釧易懷孕、好生養，而且能生兒子，程文釧才動了心思。

蕭梓璘輕蔑冷哼。「一顆廢棄的棋子罷了，想她做什麼？」

海琇輕嘆道：「程文釧是一顆廢棄的棋子，那還沒廢棄的不是大有人在嗎？」

「那妳也無須擔心。死了一個程文釧，我就不信還有人敢來試水；就算有人敢來也不怕，像沐藍依那麼聰明的人由妳應付，蠢笨的我自會處理。」

自海琇這一胎有可能全是女兒的消息傳出去之後，京城內外想結交蕭梓璘的家族或臣子又開始蠢蠢欲動。若哪一家的女兒生下臨陽王的長子，這裙帶關係豈不是很穩固？若海琇一直生不出兒子，臨陽王的爵位和家業就要讓庶出來承襲。

什麼時候都不缺少有野心的人，而且野心還會無限膨脹。

有幾家選好了女兒，準備透過陸太后和鑲親王或皇上送到臨陽王府為側妃。程文釧也動心了，只是她採取了最直接的方法。

海琇和蕭梓璘正想給想往臨陽王府送女兒的人家一個警告，就選中了程文釧這個廢棄的棋子。

人們又想起了高僧所說的鳳心之忌，程文釧又是一個例子。

程文釗死得卑賤，還帶累了父兄。

越是聰明人越害怕忌諱，想往臨陽王府送女兒的人家馬上就消停了。不管海琇是不是能生出兒子，這樣的戲碼以後還會上演，但海琇相信蕭梓璘會處理得很好，對某些人痛下殺手，能殺一儆百也不錯。

沒有一勞永逸的辦法，只能殺雞駭猴，短時間內起到震懾的作用。就因為蕭梓璘年輕有為、位高權重，又英俊瀟灑，自會有人不怕做撲火的飛蛾。只要他們夫妻同心，彼此之間絕對信任，就不怕誰來橫插一腳。

被女子覬覦確實麻煩，蕭梓璘也沒辦法，好在這對海琇和蕭梓璘只是小事。有人不怕死，他們就不怕煩，反正閒著也難受，有點調劑更精彩。

海琇輕輕偎在蕭梓璘身上。「總要時時防著那些人，多麻煩呢。」

「誰讓妳夫君我這麼英俊瀟灑、風流倜儻呢？正如烏蘭察所說，我敢保我是一只無縫的蛋，可偏偏有蒼蠅喜歡叮，我有什麼辦法？」

他的身分地位擺在這裡，外貌氣度又是一等一，哪怕他對人都冷眼相待，也有不怕死的人勾引他。

海琇笑了笑，岔開話題，問：「你去裕王府了？」

「上午剛去過，都已準備齊全，就等迎娶了。」

周賦襲了裕王的爵位，新貴出爐，想結交者自是多不勝數，而結交最直接最有效的手段就是聯姻。周達已娶妻生子，周賦次子周逸功名加身，馬上要成親了。

海岩去年高中二甲第一名，又考中了庶起士，進了翰林院。他的親事也定下了，是他授業恩師的嫡次女，今年也要成親，日子比周逸晚半個月。

周逸和海岩都要成親，兩府都在忙著準備。海琇揣著「包袱」，不能幫忙操持，很是著急；可就算她甩掉了「包袱」，還要坐月子，再有熱鬧她也不能去。

第八十六章　落地開花 幸福纏長

預產期快到了，穩婆、奶娘一個月前就進了府，一應用品也準備齊全了。可直到預產期過了七天，海琇還沒有要生的意思，眾人都替她擔憂著急。

海琇也不閒著，只要陽光正好，還會到花園裡散步走動，以求生產順利。

這一日，她到花園裡溜達，累了就靠坐在軟榻上休息。兩個可愛的女兒在她身邊玩耍撒嬌，不時摸著她肚子巧語戲言，逗得眾人哈哈大笑。

「回王妃娘娘，太后娘娘擺駕銘親王府，說一會兒來臨陽王府看您。」

「她老人家要過來看我？我怎麼擔待得起？快去告訴殿下。」海琇扶著婆子的手站起來，肚子一陣墜疼，她咧了咧嘴，又坐下了。

「殿下已經知道了，是殿下讓人來給王妃娘娘傳話的。殿下還說讓王妃娘娘在後花園等著，他把太后娘娘接到花園，午膳就擺在後花園的水榭裡。」

「知道了，我們去水榭看看怎麼準備。」

海琇剛站起來，肚子又一陣疼痛，她趕緊坐下。這一陣劇痛來得猛，持續的時間也長，而且接連不斷，疼痛也在不停地加劇。

「娘娘要生了，快、快準備起來，去告知殿下。」

應對她生產的一切事宜早已準備停當，一旦有動靜，就緒也簡單快捷。

蕭梓璘去銘親王府接陸太后了，聽說海琇陣痛，趕緊回府。好在兩座府邸離得不遠，他不管不顧地跑起來，一炷香的工夫就趕到了產房外面。

過了一會兒，銘親王妃和銘親王世子妃也陪著陸太后過來；鑲親王府的嚴側妃得信亦來了，她派人通知了周氏，又詢問府裡的準備情況。

周氏在裕王府，離臨陽王府不遠，半個時辰後便和裕王妃一起過來。產房外面聚集了不少人，蕭梓璘怕陸太后受風，趕緊請眾人到內堂等待。

「進去多長時間了？」周氏急得眼圈發紅。女兒生孩子，她也跟著疼。

「有一個時辰了。」

「怎麼還沒生下來？預產期都過七、八天了，還這麼慢嗎？」

「海夫人不必著急，生孩子哪有那麼快？太醫和穩婆都說情況不錯，應該不會難產，妳放心就是。」陸太后一臉喜悅，拉著周氏的手輕聲安慰。

周氏這才看到陸太后，剛才光顧著急，她趕緊行禮請安，又忍不住心急。

蕭梓璘扶住周氏，笑道：「岳母不必著急。琇琇生欣怡和紫怡只用了半天時間，很順利；這一次多一個，頂多用一天的時間，入夜之前就都生下來了。這幾個孩子都很好動，三個多月時就你踢我踹，互不相讓。我估計他們都想出來，肯定各不相讓，正打呢。誰贏了，誰當老大，第一個生出來的肯定健壯。」

「別胡亂說。」陸太后嗔怪一笑。「快帶你岳母去客房休息，別急壞了身體。」

周氏不放心，不想走，可陸太后發話，她同裕王妃只能先去客房。一般女子生產時，娘家人是不必守在產房外的，生了自然有人報信。

蕭梓璘送了周氏回來，聽到海琇的叫喊聲，他吸氣咧嘴。「怎麼還沒決出高下呀？總不能一塊兒出來吧？看來這三個小東西不好調理，欠收拾。」

「你怎麼知道是三個？太醫確定了？」

「沒有，他們昨天來診脈，有說兩個的，有說三個的。我希望越多越好，就相信是三個。要是一胎能生七、八個，哪怕都是女兒，也是天下奇聞。」

陸太后瞪了蕭梓璘一眼。「別胡說。你怎麼就管不住嘴呢？一胎生八個，那還是人嗎？生孩子是鬧著玩嗎？你媳婦生了欣怡和紫怡這雙胎，身體就虧得厲害，應該調養三、五年再生。不承想生下欣怡和紫怡沒多久就又有了，又是雙胎，還可能是三胎。剛才你岳母在場，哀家不便說，她生完那兩個，身體還沒養好，就又懷了，這不是好事。要是這次能順利生下來，不讓她養上五年，可千萬別……」

蕭梓璘訕訕一笑，雙手掩住額頭，很難為情地說：「生了欣怡和紫怡，孫兒也想讓她養上幾年，可這次真的是意外，我和她都沒想會有，這就是天意吧！」

「哼！天意。唉！哀家問你，你媳婦這一胎要都是女孩怎麼辦？」

「那還怎麼辦？養著唄！五個女兒，吉利之數，多好。人家最好的是一年一個，三年抱倆也不錯。孫兒和琇琇剛成親三年，就有了五個孩子，多厲害。」

陸太后嘆氣道：「五個女兒，沒有……」

蕭梓璘知道陸太后要說什麼，趕緊打斷她的話。「五個女兒都是嫡出，相差不過兩歲；別說在皇族，就在京城、在朝野上下也絕無僅有。孫兒記得皇祖母最愛看【五女拜壽】那齣戲，五個女兒、五個女婿，各有千秋，多麼熱鬧。再過二十年，孫兒的五個女兒來給皇祖母拜壽，那可是真真切切的。孫兒早就想好了，這五個女兒只留一個在京城，另外四個嫁到四方。北方有沐飛，西部有烏蘭察，他們都有了兒子，我都想好怎麼跟他們兩家要聘禮了。」

陸太后張了張嘴，想罵蕭梓璘幾句，又覺得他說得可笑。

「另外還有兩個女兒一個嫁到東邊，一個嫁到南邊，還請皇祖母幫忙物色，聘禮可以少收些。等她們五個都嫁了，孫兒就卸下朝中職務，做個閒散王爺，那時候，孫兒就帶著媳婦到處走走，每家住上幾個月，加上路上的時間，一圈輪下來就是五年。輪個十圈、八圈的，孫兒也就該心滿意足地作古了。」

陸太后聽著蕭梓璘對五個女兒的希望以及對將來的憧憬，等蕭梓璘說完，眾人都笑了，她才回過神來，表情古怪地瞪著蕭梓璘。

「哀家懶怠跟你說話。」

陸太后擔心海琇這一次生的都是女兒，五年養下來，能不能生出兒子還是未知。也許海琇接連生孩子，身體損虧太厲害，以後就不能再生了。

沒有嫡子承繼爵位，即使蕭梓璘不說什麼，皇族乃至朝堂上下也會非議此事。

蕭梓璘笑了笑。「孫兒知道皇祖母擔心什麼，孫兒也想好了，不就是個爵位嗎？沒有嫡子承襲，就還給朝廷，孫兒的親王爵不也是孫兒自己掙來的？這可不是祖上傳下來的，就算孫兒不要了，也不必擔心愧對祖宗，自己怎麼高興怎麼活。我答應琇琇絕不給她添堵，說到肯定做得到，再說孫兒也怕麻煩。又是嫡出，又是庶出，又是正妃，又是側妃，住在一座府裡太混亂，孫兒不想給自己找麻煩，也不想別人給孫兒添麻煩，孫兒清楚自己想要什麼。」

陸太后點點頭，又嘆了口氣，說：「哀家明白了，你是好樣的。」

蕭梓璘剛想再開口，就聽到幾聲響亮的孩啼聲傳出來，驚得他笑容密布在臉上，都凝固了。他趕緊朝產房走去，想進去，卻被文嬷嬷拉住。

銘親王妃笑道：「你又不是第一次當爹了，還急著要往裡闖，真是的。」

文嬷嬷也勸說道：「收拾好了，自會送出來讓殿下看，殿下就別急了。」

蕭梓璘笑了笑，又回到陸太后身邊，說：「第一個出來的肯定力大健壯，想當老大呢，不知道上面還有兩個姊姊要壓她一頭，等她懂事了就知道失望了。」

穩婆抱了襁褓中的嬰兒出來，勉強笑道：「恭喜殿下，是位千金。」

陸太后早聽太醫說是女孩，還是忍不住失望，看了看其他人，沒說什麼。

「早知道是個千金。」蕭梓璘喜孜孜地抱過孩子，眉頭就皺起來了。「哎呀，怎麼這麼瘦小呢？第一個出來的應該戰勝了他們，難道是他們讓了妳？」

穩婆忙說：「小小姐確實瘦小，醫女診過脈了，說她沒有先天不足之症。王妃娘娘剛生完兩位小姐才一年半多，又懷了這一胎，孩子瘦小也正常。」

陸太后看了看，說：「沒有毛病就好，仔細餵養，小孩子不愁長。」

銘親王妃抱過去。「別看瘦小，眼睛明亮、眉眼清秀，是個漂亮丫頭。」

「確定是幾個了嗎？」陸太后問穩婆。

「是三個，孩子開始往下走，就能摸出來了。」

「三個好，要是三個女兒，真能湊一場【五女拜壽】的大戲了。」

周氏得知生了，同裕王妃進來，剛到門口，聽到陸太后的話，一下子坐到了門檻上。一想到海琇肚子裡都是女兒，她心裡堵得發慌，忍不住就哭了。

銘親王妃扶起周氏勸慰，把蕭梓璘的話學給她聽，周氏聽了心裡這才舒坦，但眼淚仍止不住。要是連生五個女兒，不成了京城的笑話才怪，這肚子也太不爭氣了。即使蕭梓璘不在乎，可海琇在皇族可怎麼立足呀？

陸太后寬慰了周氏幾句，問：「給這丫頭起好名字了嗎？」

「早起好了，這個叫芬怡，下一個叫芳怡，第三個叫文怡。」蕭梓璘把女兒抱給周氏。「快讓外祖母看看我們芬怡，外祖母可喜歡芬怡了。」

周氏猶豫了片刻才接過芬怡，抱在懷裡，也不仔細看，連聲嘆氣。芬怡大概知道周氏不喜歡她這個外孫女，大哭起來，蕭梓璘又接過去，這才不哭了。

文嬤嬤看了看周氏，陪笑說：「殿下把三小姐交給奶娘看護吧！」

蕭梓璘把芬怡遞給奶娘，要進去看海琇，被穩婆攔住了。聽到欣怡和紫怡在門外問生了弟弟還是妹妹，他就出去給兩個女兒報喜了。

他正哄兩個女兒玩耍，又聽到細亮的嬰兒哭聲傳出來。知道海琇又生了，他趕緊讓奶娘帶走欣怡和紫怡，進去看剛出生的孩子。

又是一個女兒，在眾人意料之中，連周氏的失望情緒都降低了。

蕭梓璘抱著孩子皺起眉頭，滿臉納悶。他的四女兒芳怡比芬怡還要瘦小，但兩姊妹一樣細眉細眼，皮膚皺巴巴，黃裡透紅的顏色都很相似。

陸太后看了看，說：「這老三和老四長得真像。」

蕭梓璘抱著芳怡看了一會兒，交給奶娘，他得到特許，進屋看海琇了。

臨陽王府的管事來問擺宴的事，眾人才知道天已過午。

蕭梓璘本打算擺席款待陸太后和銘親王妃等人，又有周氏和裕王這娘家的客人，偏偏海琇突然陣痛，生下了兩個女兒，眾人把午膳的事都忘了。

銘親王妃見陸太后興致不高，就讓她到銘親王府歇息用膳。陸太后要回銘親王府，又囑咐嚴側妃款待周氏和裕王妃，並陪到海琇生下第三個。

海琇得知連生了兩個女兒，肚子裡還有一個，很是失望，精神也不好，和蕭梓璘說了幾句話就休息了。蕭梓璘問了海琇的情況，得知無事，才離開。

生下芳怡，又過了一個時辰，海琇再一次疼痛了。

這一次不好生，足足痛了兩個時辰，海琇才生了她和蕭梓璘的第五個孩子。

蕭梓璘看到孩子，在別人的歡聲笑語之中失望了。湊不成五女拜壽了，因為這個是兒子，一個又白又胖、比芬怡和芳怡加起來都重的兒子。

海琇聽說小五是個兒子，咧開乾巴巴的嘴笑了幾聲，睡著了。

比起芬怡和芳怡出生的情景，周氏像換了一個人，抱著小五不撒手，又讓人到各處去報信，一想到海琇能挺直腰桿了，她也下意識地挺了挺腰。

海琇的身體確實虧虛得厲害，她睡睡醒醒，昏昏沈沈，直到洗三那天，她才清醒了。太醫給診了脈，開了調養的藥方，醫女又給她熬製了滋補的藥膳。

臨陽王妃一胎生三個，兩女一兒的消息很快就在京城傳開。

洗三那天熱熱鬧鬧，直到滿月、百天，臨陽王府歡慶滿府，宴席不斷。

賜封的聖旨頒了下來，芬怡和芳怡都封了縣主。皇上還想封小五為世子，被陸太后攔下了。

好不容易生下這麼一個寶貝兒子，過早受封怕壓不住，還是等過幾年再授世子之位。海琇和蕭梓璘也不想讓小五這麼小就背上世子之名，正合了心意。

海琇和蕭梓璘也有這個意思，皇上從善如流，收回冊封世子的聖旨。

皇上給小五賜了名，叫奕文，文怡這女孩的名字用不上了。

欣怡和紫怡百天就被封為郡主，芬怡和芳怡又被封了縣主。

臨陽王四個嫡女都有了封號，而且封得還不低，自前朝數起，這都是頭一宗。人們正興致勃勃議論臨陽王妃三年抱五個時，京城又出現了兩大熱門話題。

六皇子上書求皇上把蘇瀅指給他做正妃。聖旨剛送上去，批覆還沒下來，他就大張旗鼓籌辦婚事，親自給王公大臣送請帖，理直氣壯要喜錢。

熟悉六皇子的人都知道他的德行，跟他交好的人也願意給他多添喜錢，畢竟他第一次娶正妃時沒擺酒席，人們自然而然也就省了隨禮。六皇子第一位正妃是陸太后指婚，婚期臨近，他岳家卻被爆出曾參與一樁大案，消息一經傳出，滿京譁然，連皇上都保不住他們家。他岳家獲罪，六皇子只好提前把他的正妃接入府裡，婚禮則免。他的正妃鬱結於心，入府不到三個月就病逝了。

六皇子鬱悶了兩年之久，又請旨賜婚，能不被人們關注嗎？聖旨頒下時，海琇剛出了月子，身體還很虛，但仍高高興興為蘇瀅備嫁勞心勞力。

范成白又升官了，西南省總督，細數兩朝，他都是最年輕的封疆大吏。但他此次被人們熱烈關注的不是他仕途通達，而是他身邊多了一位與他形影不離的異族美人。美人還下了最後通牒——若范成白不娶她，她保他娶一個死一個。

聽說范成白和烏蘭察莫逆患難，成了鐵血同盟，海琇還怔了一下。烏蘭察要成為范成白的大舅哥了，他們倆有了見面就想跑的共同敵人——烏蘭姬。烏蘭姬為范成白放棄了烏什寨聖女的身分，甘願為他不沾蠱毒、洗手作羹湯。

當年，烏蘭姬就因為烏什寨仿照漢人立了烏蘭察為少主，才一怒之下離寨出走。她小小年紀就渴望權力，現在卻甘心放棄，可見愛上一個人有多偉大。

「都要有好的結局，都會有好的結局，真好……」

海琇抱著熟睡中的奕文，看了看躺在她身邊睡得正香的芬怡和芳怡，又看了看躺在蕭梓璘懷裡昏昏欲睡的欣怡和紫怡，忍不住灑了淚、又帶了笑。

蕭梓璘對她眨了眨眼睛，輕聲問：「有何感想？」

「你先說。」海琇摟緊兒子，圓潤瑩滑的臉龐笑容洋溢。

「感覺以前不管自己做什麼，有多麼威風，有多少榮光，都好像懸浮於半空之中，有了妳，有了他們，我才感覺到落地生根。」

蕭梓璘說得情真意切，連自己都感動了，眼圈不由就泛紅。

海琇輕嘆一笑，說：「我也一樣，不是落地生根，而是落地開花。」

「落地開花？說得不錯。」蕭梓璘湊到海琇身邊，從她手裡接過奕文，放在小床上。

「王妃娘娘，小人覺得妳的花開得還不夠燦爛，應該再接再厲。」

海琇知道他的心思，笑問：「不是說讓休養五年嗎？」

蕭梓璘搖頭道：「我為妳補給不遺餘力，太醫說休養三年就可以了。光他們五個還不夠，至少再要兩個。妳確實該養身子，但周公之禮我們該且行且樂。」

「好，那我們今天就先演練十招。」海琇擺出一副不怕死的架式。

「十招？妳確定妳能應對？以前妳可是最多四招就……」

「以前是以前，現在是現在，再說都空閒八個月了，四招怎麼行？來吧！」

蕭梓璘看到海琇笑得風韻迷人，腿一下子就軟了。但他是好強且有上進心的人，海琇提出演練十招，他就是拚上半條小命也要接下來，否則，他以後怎麼展現男人的雄威？

——全書完

2017年2月出版

貴妻揚進門

文創風 493～496

既然嫁與不嫁是兩難，又非得選條路走，
要不豁出去……跟那男人賭一把？

喜逢好逑 並蒂成歡／半巧

嚇！昏迷醒來竟穿越到古代，家徒四壁不說，還有嗷嗷待哺的弟妹？!
佟析秋連抱怨都省了，幸好她會繡會畫又會孵豆芽，先賺銀子養家吧，
想她前世也是靠自己在商場廝殺，獨力撐起門戶應該沒問題！
正想著如何讓荷包滿滿，失蹤多年的爹突然出現，派繼母接他們上京，
唉……自由日子到頭了，爹當官又再娶，此時親近前妻的孩子絕沒好事，
果然，那些人打算逼她嫁入鎮國侯府，替未來的榮華富貴鋪路。
官家女兒乃棋子無誤，既然逃不了，不如交換條件，讓弟妹分府自立，
但侯府傳聞甚多，聽說婆婆貴為公主卻是小三，兩房勢同水火？
她要嫁的二房長子亓三郎遭皇帝貶斥，不光丟官，還瘸腿毀容？!
這種夫家是個坑吧……可為謀得生機，也只好冒險一搏了！

2017年2月出版

娘子押對寶

文創風 491～492

這個時代的女子過得太拘束，
她想讓她們的生活也能海闊天空，
於是，大燕朝討論度最高的「公瑾女學館」就此開張……

同舟共濟，幸福可期／新綠

張木盼著能嫁個好郎君，不求大富大貴，只求兩廂情願，
只是前夫家一直死纏爛打，大有不弄死她不罷休的意味，
好不容易擇了個好姻緣，卻時不時冒出覬覦自家夫君的小娘子，
她要斬斷前夫這朵爛桃花，又要護住得來不易的家，
沒想到在古代經營婚姻竟這般不容易！
關於夫君吳陵，他是木匠丁二爺的徒弟兼養子，真實身分是個謎，
不過對張木來說，只要夫妻攜手並進，簡單過日子她便心滿意足，
尤其相公寵她護她，看似溫和俊秀，其實閨房之樂也參透不少，
她異想天開想經營女學館，他也把家當雙手奉上。
她本以為兩人風雨同舟，就沒有過不去的風浪，
豈料某天相公離家未歸，她這才明白他其實大有來頭，
他的深藏不露，原來是有一段不堪回首的過去——

文創風 508

媳婦說得是 3 完

國家圖書館出版品預行編目資料

媳婦說得是 / 沐榕雪瀟著. --
初版. -- 臺北市 : 狗屋, 2017.03
冊 ; 公分. --（文創風）
ISBN 978-986-328-709-4（第3冊 : 平裝）. --

857.7 106000361

著作者 沐榕雪瀟
編輯 王佳薇
校對 黃亭蓁 簡郁珊
發行所 狗屋出版社有限公司
地址 台北市104中山區龍江路71巷15號1樓
電話 02-2776-5889～0
發行字號 局版台業字845號
法律顧問 蕭雄淋律師
總經銷 知遠文化事業有限公司
電話 02-2664-8800
初版 2017年3月
國際書碼 ISBN-13 978-986-328-709-4
原著書名 《朱门锦绣之爱妃至上》，由瀟湘書院〈www.xxsy.net〉授權出版

定價250元
狗屋劃撥帳號：19001626
網址：love.doghouse.com.tw E-mail：love@doghouse.com.tw